读客三个圈经典文库

经典就读三个圈　导读解读样样全

寻欢作乐

[英] 威廉·萨默塞特·毛姆 著
(1874—1965)
姚锦清 译

图书在版编目（CIP）数据

寻欢作乐 /（英）威廉·萨默塞特·毛姆
(William Somerset Maugham) 著；姚锦清译. -- 南京：
江苏凤凰文艺出版社, 2024.6
　　（读客三个圈经典文库）
　　ISBN 978-7-5594-8227-3

Ⅰ.①寻… Ⅱ.①威… ②姚… Ⅲ.①长篇小说－英国－现代 Ⅳ.①I561.45

中国国家版本馆 CIP 数据核字（2024）第 008092 号

寻欢作乐

[英] 威廉·萨默塞特·毛姆　著　　姚锦清　译

责任编辑	丁小卉
特约编辑	李晨茜　洪子茹
封面设计	胡艺
责任印制	杨丹
出版发行	江苏凤凰文艺出版社
	南京市中央路 165 号，邮编：210009
网　　址	http://www.jswenyi.com
印　　刷	河北中科印刷科技发展有限公司
开　　本	880 毫米 × 1230 毫米　1/32
印　　张	9.25
字　　数	197 千字
版　　次	2024 年 6 月第 1 版
印　　次	2024 年 6 月第 1 次印刷
标准书号	ISBN 978-7-5594-8227-3
定　　价	39.90 元

江苏凤凰文艺版图书凡印刷、装订错误，可向出版社调换，联系电话：010-87681002。

Cakes and Ale

William Somerset Maugham

目　录

第一章	001
第二章	017
第三章	033
第四章	042
第五章	056
第六章	071
第七章	073
第八章	083
第九章	097
第十章	101
第十一章	108
第十二章	133
第十三章	141
第十四章	146
第十五章	165

第十六章	171
第十七章	178
第十八章	188
第十九章	191
第二十章	201
第二十一章	205
第二十二章	206
第二十三章	211
第二十四章	216
第二十五章	226
第二十六章	233
三个圈独家文学手册	251
毛姆自序	253
导　　读	259
图文解读	269

第一章

　　我早就发现,如果有人打电话找你却得知你不在,留下口信要你一到家就给他回电话,说有要事相商,那么所谓的要事,往往只是对他来说很重要的事而已,或许对你而言那就是不值一提的小事。一般来说,每当有人提出要送你什么礼物,或是要帮你什么忙时,大多数人都能沉得住气,他们不会过于急不可耐。那天下午我回到寓所后,趁更衣吃饭前的工夫喝了点儿酒,抽了支烟,又看了一会儿报纸。这时我的女房东费洛斯小姐过来告诉我,阿尔罗伊·基尔先生要我马上给他回个电话,但我觉得大可不必理会他的要求。

　　"就是那位作家吧?"她问我。

　　"是的。"

　　她和善地瞥了一眼电话机。

　　"要我帮你打过去吗?"

　　"不用了,谢谢。"

　　"要是他再来电话,我该怎么说?"

"叫他留言吧。"

"好的,先生。"

她噘了噘嘴,拿起空的调酒瓶,扫视了一下房间,确认屋里整洁便出去了。费洛斯小姐很喜欢读小说。我敢说她一定读过罗伊的全部作品。我对罗伊不甚热情的态度引起了她的不满,这说明她很欣赏罗伊的作品。晚饭后,我又回到家,看到餐具柜上放着一张费洛斯小姐用清晰的粗体字写的便条:

基尔先生来过两次电话,问你明天可否同他一起吃午饭。如果不行,你觉得哪天合适?

我皱了皱眉头。我同罗伊已有三个月没见面了,上次也只是在一个聚会上见了短短几分钟。那次见面时他的态度热情友好,不过他一向如此。临分别时,他还由衷地对我们很少见面这件事表示遗憾。

"伦敦这地方太糟糕了,"他说,"想同朋友见见面,可总也抽不出时间。下星期找一天我们一起吃午饭如何?"

"可以啊。"我答道。

"我回家查一查我的记事本就给你打电话。"

"好的。"

我认识罗伊二十年了,不可能不知道他总在背心左上方的口袋里放着那个小记事本,上面记着他的所有活动安排,所以那次见面后没有再听到他的答复,我也并不感到意外。现在他这么急于同我见面,我很难相信只是因为他热情好客而已。临睡前我抽着烟斗，反复思索着罗伊请我吃午饭的各种可能的原因。或许是因为某个崇拜他的女读者非要他把我介绍给她认识，也可能是因为某位要在伦敦逗留几天的美国编辑请求罗伊向我引荐他。不过我也不能如此小看我的这位老朋友，认为他连这样的小事都应付不了，何况他都明说了要我来定日子，也就不太可能是想要我去见别的什么人。

罗伊对待同行的态度往往是这样的：只要遇到名气大的小说家，他总会表现得比谁都热情亲切，而一旦这位小说家因不够勤奋或受到挫折而名声衰落，或者被别人的成功盖过了风头，罗伊又会立刻对他冷眼相看，变脸变得比谁都快。所有作家都会有得意和失意的时候，而眼下我也没有什么名气，这是我自己再清楚不过的。显然，我本可以找个借口婉拒他的邀约，也不至于得罪他。不过他不是个肯轻易罢休的人，假如他出于某种目的非要见我，那么我知道，只有直截了当地叫他"滚蛋"，才有可能让他不再纠缠下去。可是我按捺不住自己的好奇心，何况我对罗伊其人还是颇感兴趣的。

我曾怀着钦佩之心目睹他在文坛崛起。他的经历完全可以成为任何有志于文学事业的年轻人效法的典范。在我的同辈中，我想不出还有哪个人像他那样，能够凭借如此有限的才华获得如此成功的地位。他的做法就好像聪明的英国人会在早餐吃的麦片里加一点儿麦胚芽一样，他或许每次都加满满一汤匙。他自己恐怕也心知肚明，凭着这么点儿能耐自己居然已经写出了三十来本书，因而有时自己也觉得是创造了奇迹。我禁不住猜想，他一定是在当年刚读到查尔斯·狄更斯在一次宴会后的演说中说的"天才就是无止境吃苦耐劳的能力"这句话[1]时，突然灵光乍现，此后一定反复琢磨过这句名言。想必他曾暗自思忖，如果这样就能成为天才，那么他也必能同别人一样成为天才。后来有一家妇女报刊登了一位激情飞扬的书评人写的介绍罗伊一部作品的短评，其中就用到了"天才"这个词（近来，评论家们越来越喜欢用这个词了），他看到后一定心满意足地长吁一口气，那感觉就像一个人苦思冥想好几个小时后总算解开了一组字谜一样。凡是多年来见证了他是如何坚持不懈努力的人，都得承认他配得上"天才"二字。

罗伊在人生刚起步时颇有优势。他是家里的独子，父亲是一名英国官员，曾担任香港总督多年，最后出任牙买加总督。如果在密密麻麻的《名人录》里查一下"阿尔罗伊·基尔"的条目，可以看到这样的内容：荣膺圣米迦勒及圣乔治勋章和皇室维多利亚勋章的雷蒙德·基尔爵士之独子，其母埃米莉为已故印度陆军少将珀西·坎珀当之幼女。罗伊曾就读于温切斯特公学和牛津大学新学院，当过学生会主席，要不是因为不幸得了麻疹，他很可能获得划船比赛的奖牌。他的学习成绩不算拔尖，但也还是很不错的，特别是他没有欠下一分钱的债就读完了大学。早在学生时代，罗伊就养成了省吃俭用的好习惯，绝不在没有实际收益的事情上多花一分钱。他当然也是个孝顺儿子，深知父母要支付这么昂贵的学费供他念书已经做出了很大牺牲。罗伊的父亲已经退

---

[1] 查尔斯·狄更斯（Charles Dickens，1812—1870），十九世纪英国著名作家。现在一般认为，此处关于天才的名言是另一位英国作家托马斯·卡莱尔（Thomas Carlyle，1795—1881）说的。——译者注（若无特殊说明，本书注释均为译者注）

休，住在格洛斯特郡斯特劳德区附近的一幢并不华丽但也不简陋的房子里，每隔一段时间还会到伦敦出席同他管理过的殖民地相关的官方宴会。每逢这种时候，他总会去伦敦的雅典娜神庙俱乐部[1]，他是这个俱乐部的会员。也就是通过这个俱乐部里一位老友的关系，他为刚从牛津毕业的儿子谋得了给一位政客当私人秘书的职务。这位政客当过两届保守党政府的国务大臣，丢尽了脸面，最后却被册封为贵族。这次任职使罗伊在年轻时就有机会认识显贵人物，他很好地利用了这些机会。有些作家只能靠画报类的刊物研究上流社会，因而在他们的描述中往往会出现各种有损作品真实性的谬误，而在罗伊的作品中绝不会出现此类纰漏。他熟知公爵之间是如何交谈的，也知道不同身份的人，诸如议会议员、律师、赛马赌注登记人或男仆，分别应当用怎样的礼仪同公爵说话。在他的早期小说中，他对总督、大使、首相、王公贵胄和贵夫人的描写驾轻就熟、引人入胜。他将书中的人物写得友善而不倨傲，亲切而不失礼仪。读者在读了他的作品后不会忘记这些人物的身份地位，又能在不知不觉间产生一种共鸣：原来这些人物同你我一样，也都是有血有肉的人。我一直感到遗憾的是，由于时代潮流的变迁，贵族生活已不再是适合当今严肃小说的题材，而罗伊素来是个善于审时度势的人，因而他在创作后期所写的小说中顺应潮流，只写一些普通律师、会计师和农贸商贩的喜怒哀乐。他在刻画这些人物时就不如描写贵族时那样得心应手。

我最初认识他的时候，他刚辞去家庭教师的工作，打算专

---

[1] 雅典娜神庙俱乐部（Athenaeum），伦敦一家专属于知识界人士的私人会员俱乐部。

心投入文学创作。那时他还是个仪表堂堂的年轻人，不穿鞋净身高六英尺[1]，体格强健如运动员，宽宽的肩膀，一副充满自信的神态。他相貌不算英俊，但也挺耐看的，还颇有几分男子气概。他有一双大大的蓝眼睛，目光坦诚，一头浅棕色的卷发，鼻子又短又宽，下巴方方的。他看上去是个诚实的人，干干净净、健健康康的，的确有几分运动员的气质。他在早期小说中描写牵着猎犬外出打猎的情节是那么生动而又真实，谁读了都会相信那是根据他的亲身经历写出来的，而且直到最近，他还时不时地放下笔，出去打一天猎。在他的第一部小说出版的那个年代，作家为了表现自己富有活力，都爱喝啤酒、打板球，所以有那么几年，几乎每支作家球队中都会出现罗伊的大名。我也不知道为什么，这类作家后来失去了当年的声势，他们的作品不再有人看好。虽然还有作家在打板球，但他们的书稿却很难找到地方发表了。罗伊好多年前就不打板球了，转而爱上了喝红酒。

　　罗伊对自己第一部小说的态度十分谦虚。这部小说篇幅不长，文笔也简洁，同他后来出版的每一部作品一样，写得颇有格调。他将书稿寄给当时文坛每一位著名的作家，并附上一封言辞恳切的信。他在信中大谈自己如何对对方佩服得五体投地，学习对方的大作如何让自己获益匪浅，尽管自己望尘莫及，却仍殷切希望能追随这位前辈，走他开创的道路。他将自己的拙作呈献在大师的脚下，以一个初涉文坛的年轻人的身份向某个他将永远尊为恩师的人表达崇敬之心。他深知请求大师在百忙之中为他这个

---

[1] 长度计量单位，一英尺约等于零点三米。——编者注

新手的粗劣之作浪费时间是多么的唐突，但他仍不揣冒昧恳请大师指教。那些大作家读了他信中的赞美之词，大都被奉承得心花怒放，便都写了长长的回信，少有用三言两语敷衍的。他们在回信中对罗伊的作品大为赞赏，不少人还邀请他共进午餐。他们无一不被他的坦诚打动，无一不被他的热情感染。他满怀谦卑之心向大师们求教，还信誓旦旦地保证一定会谨遵教诲。他的诚心可鉴，令人难忘。于是，那些作家无人不觉得这是一个值得费心指点一二的人。

处女作大获成功，他因而崭露头角，并且在文学圈里结交了不少朋友。没过多久，只要去布卢姆斯伯里、坎普登山或威斯敏斯特[1]出席文人的聚会时，就必定会见到他。他不是在忙前忙后为客人递送黄油和面包，就是在为某位因手持空茶杯而略显尴尬的老夫人添茶加水。他是那么年轻，那么热情洋溢，那么兴致勃勃，只要人家讲个笑话他就会开心地放声大笑，所以谁都不会不喜欢他。他参加各种聚会，同一群文人作家、年轻律师，以及穿着利伯蒂[2]丝绸衣裙、戴着珠宝首饰的女士一起，在维多利亚街或者霍尔本街某家旅馆的地下室里一边吃着三先令六便士一份的便饭，一边谈论文学和艺术。大家很快发现他颇有餐后即兴演讲的才能。他实在讨人喜欢，他的同行、对手和同辈都对他十分宽容，对他略显做作的社交礼仪也不计较了。他从不吝啬对新人新作大加赞赏，只要有人寄送手稿请他批评指正，他总是说他们的作品无可挑剔，所以大家认为他不仅是个好人，而且见解独到、

---

[1] 二十世纪初伦敦以文人聚集著称的三个区。
[2] 利伯蒂（Liberty），伦敦老字号服装公司。

评判公允。

　　罗伊接着写出了第二部小说，他花费了很大心力，也从各位前辈作家给他的指点中获益良多。就这样，好几位老作家在他的恳请下慨然为一家报纸写了书评——罗伊早已同这家报纸的编辑联系好了，书评当然也满是溢美之词。他的第二部小说也很成功，但还没成功到引起竞争者嫉妒的地步。事实上，这部作品反倒证实了他们之前的猜想，更相信这个人永远不可能一举成名。他就是个乐呵呵的大好人，不会拉帮结派，反正他也不会攀升到对他们形成障碍的高度，大家也就乐得抬他一把了。我认识的一些人现在回想起自己当初的失算时，只得报以苦笑。

　　不过，他们说他如今骄傲膨胀，那可又错了。罗伊从未丢失他年轻时最有魅力的谦逊品质。

　　"我知道自己不是个大作家，"他会这样对你说，"同那些文学巨匠相比，我根本就不值一提。曾经我也希望自己总有一天可以写出一部真正伟大的小说来，但是我早已打消这个念头了。只要有人觉得我在尽我所能做到最好，我就心满意足了。我的确是在努力写作的。我从不会马马虎虎随便对付。我觉得自己还能讲好一个故事，塑造的人物也算得上真实可信。说到底，布丁好不好吃，尝了才知道。毕竟我的《针眼》在英国售出了三万五千册，在美国售出了八万册，而我下一部小说的连载版权合同是我至今签下的稿酬最高的合同。"

　　直到今天，他仍会写信给为他的作品写书评的人，感谢他们对他的夸奖，并邀请他们共进午餐，如果不是谦虚，那又能是什么呢？不仅如此，如果有人在书评中写了尖刻的批评，使罗伊不得不忍受恶毒的诋毁——特别是在他负有如此盛名之后，他不像我们大多数人那样，耸耸肩，暗暗咒骂这个不喜欢我们作品的恶棍，然后就把此事抛诸脑后了。他遇到这种事时总会给那个批评者写一封长信，表示对方不喜欢他的作品令他深感遗憾，不过那篇书评本身还是写得颇为有趣，而且恕他冒昧妄言一句，这篇书评表现出作者极高的批评眼光和文字修养，因此他拜读之后感触良多，不得不致函讨教。没有人比他更求教心切，他也希望自己还能够继续学习。他不敢唐突造次，但是他仍想恳请这位评论家于星期三或星期五拨冗，前来萨沃伊饭店与他共进午餐，届时也好当面指教一二，谈谈究竟为什么会觉得他的小说如此糟糕。谁都不如罗伊会点菜，一般说来，那位评论家在吃下六七只牡蛎加一块羊羔肉后，就把要说的话咽进肚子里去了。等罗伊的下一部小说出版时，这位评论家便马上能从罗伊的新作品中看到他水平的突飞猛进，这不能不说是理想的以德报德吧。

　　人这一生中总有些难题要面对，其一便是，有些人曾一度同自己交往甚密，随后却渐行渐远，这种情况往往让人不知该如何应对。如果双方的社会地位一直都很普通，关系疏离也就没什么大不了的，彼此间也不会产生嫌隙。一旦其中一方有了声望，就会出现令人尴尬的局面。有了声望的这个人后来又结交了很多新朋友，可是以前的老朋友毫不退让。尽管他诸事缠身，忙得不可开交，那些老朋友还是觉得他们有权优先占用他的时间。除非他有求必应，否则那些老朋友就会耸肩叹气、怨声连连：

　　"唉，得了，我看你跟别人也没什么两样，出名了，眼里就没有我这个老朋友啦。"

如果此人有勇气，他当然也乐得抛弃这些旧友，可是他多半没有这个勇气。于是他不情不愿地接受邀请，星期天去某位老朋友家吃晚饭。那牛肉是从澳大利亚运来的冷冻牛肉，中午就烤好了，肉简直老得咬不动。那勃艮第红葡萄酒——啊，居然管这也叫勃艮第？难道他们从没去过博讷[1]，没住过波斯特酒店吗？当然了，老朋友在一起叙叙旧，聊聊从前在小阁楼上分享一小块面包的那些日子，还是挺不错的。然而，一想到自己此刻所在的这间屋子比以前那个小阁楼也好不到哪里去，你就不免会感到有些不安。接着，你的老朋友便同你谈起了他写的书没有销路，他的短篇小说找不到地方发表，他写的剧本剧院经理连看都不想看一眼，这时你就如坐针毡了。他又把自己写的剧本同剧院里上演的剧本做了一番比较（说到这里，他会用埋怨的目光盯着你），这可真叫人难堪。你很狼狈，便把目光移开。你只好夸大自己遭受过的失败，好让他明白你也在生活中屡经艰辛。你把自己的作品贬得一文不值，不过令你感到吃惊的是，原来请你吃饭的老朋友竟然也是这么想的。你谈到读者大众的评价变幻无常，好让他想到你的名望也是不会持久的，以便从中得到些心理安慰。此时，这位老兄已然变成了态度友好却严苛的批评家。

"你最近出的那本书我没读过，"他说，"但我看过前面的那本。书名我忘记了。"

你将书名告诉他。

"我对你的这本书挺失望的。我觉得它不如你写的另一些作

---

[1] 博讷（Beaune），法国东部城市，勃艮第葡萄酒的主要产区。

品。当然,你知道我最喜欢的是哪一本。"

由于别人也这样责难过你,所以你立刻说出了你的第一部作品。你写那本书时才二十岁,文笔粗糙,文风很不成熟,那是可想而知的,每一页都看得出作者缺乏经验。

"你再也写不出这样好的作品了,"他恳切地说,他的语气让你不由得感到,自从最初一炮打响后,你的整个写作生涯就开始走下坡路了,"我总觉得,你当年展露的潜力始终没有真正发挥出来。"

煤气炉烤着你的双脚,可是你却感到手脚发凉。你偷偷看了眼手表,心里嘀咕着才十点钟就告辞会不会让你的老朋友生气。你事前吩咐司机把车停在街角处等候,以免停在他家门口太过招摇,会叫他觉得自己太穷酸,面子上过不去。可是刚走到门口,他就说:

"这条街的尽头就有公共汽车站,我陪你走过去。"

你顿时感到一阵心慌,只好承认自己有汽车。他对司机为什么要在拐角处等候感到奇怪。你只好回答说这是司机的怪脾气。等你们走到车旁时,你的朋友以高高在上却又不失宽容的神情打量着你的车。你紧张不安地邀请他改天一起吃饭。你许诺一定会给他写信。坐车离开后,你心里一直犯愁,等他应约来吃饭时,要是请他去克拉瑞芝酒店,他会不会认为你是在炫耀?要是请他在苏活区的餐馆吃一顿,他会不会又觉得你太吝啬?

罗伊·基尔是从来没有这种烦恼的。他总是在从别人身上捞尽了好处后就不再理睬他们。这话听起来未免有些刻薄,但是要把事情说得更委婉就太费时间了,而且需要拐弯抹角地换用不同的暗示，吞吞吐吐、欲言又止，调侃或温和地影射，既然事实原本就是如此，我看倒不如就这样一语道破的好。我们大多数人在对别人做了什么缺德事后总会对那人心怀怨恨，但是罗伊的心思总在正事上，他从不允许自己小肚鸡肠。他可以把别人利用得很惨，事后仍不对那人怀有丝毫恶意。

"那个可怜的老史密斯，"他会这么说，"他是个好人，我也很喜欢他。可惜他的脾气变得越来越坏了。我真希望谁能帮帮他。是啊，我都好几年没有见到他了。同老朋友一直交往下去没什么意思，会使双方都不愉快。事实上，人总会慢慢失去一些友情的，唯一的办法就是面对现实。"

不过，如果罗伊真的在某个聚会上撞见了史密斯，比如在皇家艺术院的预展上，他就会比谁都亲切热情。他会紧紧握住史密斯的手，兴冲冲地对他说见到老朋友有多么高兴。他笑容可掬，满脸洋溢着灿烂的、阳光般的笑容。史密斯见到他如此热情，也不由得高兴起来。看来罗伊这家伙还真是挺够意思的，只听他马上夸起了史密斯最近出的一部新作，说他自己要是能写出一部好作品，哪怕只有史密斯那部新作的一半那么好，他就要烧高香了。话说回来，要是罗伊觉得史密斯没有看见他，他就会转过脸去，装作没看见史密斯，但是史密斯其实看见他了，他发现罗伊故意不理他，对此很是恼火。史密斯说话也尖刻。他说想当年他同罗伊在一家寒碜的小餐馆里分吃过一份牛排，还同他在圣艾夫斯的一个渔民家里共度了一个月的假期，那时候罗伊可是乐得美滋滋的。史密斯说罗伊是个见风使舵的家伙，是个势利小人。他还说罗伊是个骗子。

这一点史密斯可说得不对。阿尔罗伊·基尔身上最鲜明的特点就是真诚。没有一个骗子可以靠招摇撞骗混上二十五年的。装模作样是一个人最难做到也最耗费心血的恶习，为了装模作样就必须得时时刻刻绷紧神经，同时需要表现得超然洒脱。如果说通奸或贪食这些恶习可以在空闲时间偶尔为之，那么装模作样则可以说是一项全职工作。装模作样者还需要具备一种玩世不恭的幽默感。虽然罗伊老是笑声不断，但是我从不认为他有敏锐的幽默感，而且我敢断定他也做不到玩世不恭。虽然我很少读完他的小说，但是读了开头部分的可不少，我感觉他那些洋洋洒洒的鸿篇巨制通篇都铭刻着他的真诚品性。这显然是使他名声不衰的主要原因。罗伊始终真心地相信当时人人都相信的东西。当他描写贵族阶层时，他真心地相信这个阶级的成员都是生活放荡、道德败坏的，但他们仍具有某种高贵的品质和天生的才干，这使得他们适于统治大英帝国。当他后来描写中产阶级时，他又真心地相信中产阶级是国家栋梁。他笔下的反面人物总是十分邪恶，主角总是像豪侠一样，少女总是那样贞洁。

如果罗伊请某位赞扬他作品的书评作者吃饭，那是因为他要真心地感谢这位作者的好意夸赞；如果他请的是批评了他作品的书评作者，那是因为他真心地想要提高自己的水平。如果有素不相识的仰慕者从得克萨斯或澳大利亚西部来到伦敦，他会带他们参观国家美术馆，那可不只是为了扩大他的公众影响力，还因为他真心地渴望观察他们的艺术鉴赏力。只要听了他的演讲，就会对他的真诚深信不疑。

只要他往讲台上一站，不管是身穿风度翩翩的晚礼服，还是因场合需要而穿一身很旧但做工考究的宽松便服，面对着听众，他的神情总是既严肃又坦率，还流露出一丝动人的羞涩，谁都禁不住相信他会全身心投入即将开始的演讲中。尽管他会时不时地假装想不起某个词，但那只是为了在他说出这个词的时候达到更惊人的效果。他声音饱满，富有男子气概。他很会讲故事，说话从不乏味。他喜欢讲英美的年轻作家，总会热情洋溢地向听众一一讲解这些作家的出众文采，这也足以证明他的慷慨大度。或许他讲得太多了点儿，反正听完他的演讲后，大家都会觉得自己对这些作家的情况已经无所不知，完全没有必要再去读他们的作品了。我想大概就是这个缘故，只要罗伊到某个外地城镇演讲，他讲到的作家的书就一本都卖不出去了，而他自己的作品却因此销量大涨。他有异常充沛的精力。他不仅在美国四处演讲并大获成功，还在英国各地讲学。罗伊从不嫌弃哪个俱乐部规模太小，或哪个为提高会员自我修养而成立的协会无足轻重，这些组织只要邀请他，他就一定肯抽出宝贵的时间去演讲一个小时。每隔一段时间，他会把这些演讲稿修改一下，编订成精致的小册子印发出来。大多数对此类演讲感兴趣的人至少都翻阅过题为《现代小说家》《俄罗斯小说》《作家传略》之类的小册子，几乎没有人能否认从中看到了作者对文学的真实情感和他富有魅力的个性。

不过，罗伊的活动远不只这些。他还积极参加一些旨在维护作家利益或援助因年老患病而陷入贫困境地的作家的组织。每当出现与版权立法有关的问题时，他总是乐意出面协助解决，只要有代表团为增进各国作家的友好关系出访海外，他从不会缺席。在任何公众餐会上，但凡有文学方面的提问，总可以指望他来解答。每逢成立欢迎外国来访的文学界名流的接待委员会，也照例少不了他。无论哪次义卖活动，都至少会有一本他亲笔签名的作品。记者要采访他，他更是有求必应。他在这个问题上说得很公道，他说自己比别人更了解靠写作为生的人的艰辛。如果愉快地闲聊一次就能帮助一个艰辛谋生的记者挣到点儿钱，他又怎能狠心拒绝呢？他通常会请采访的记者同他共进午餐，也照例会给对方留下良好的印象。记者只需遵守一条约定，那就是文章发稿前要先给他过目。有些人为了满足报刊读者对名人的好奇心，往往会不分早晚在很不合适的时间给名人打电话，打探他们是否信奉上帝，或者他们早餐吃了什么，罗伊接到这种电话也从不会不耐烦。无论在什么专题讨论会上都能看到他的身影，所以公众都很清楚他在禁酒、素食主义、爵士乐、吃大蒜、锻炼身体、婚姻、政治及妇女的家庭地位等一系列问题上的看法。

只有在有关婚姻的问题上，他的观点含混不清，因为他不像许多艺术家那样，总不免难以协调婚姻与狂热的艺术追求之间的矛盾，他成功地避免了陷入这种两难境地。大家都知道他多年来一直痴恋着一位已婚贵妇，尽管他每每提到这位女子时总是赞不绝口、敬重有加，但是据说人家总是对他很冷漠。他中期创作的小说中不时会流露出莫名其妙的怨愤之情，这应该也反映出了他内心遭受的煎熬。也正是由于那时他经历着精神苦痛，因此就顺理成章地避开了一些无名女子的追求。这些女子是被更替频繁的社交圈抛弃的明日黄花，自然乐意放弃眼下飘摇不定的生活，嫁给一位成功的小说家来换取安稳的生活。一旦从这些女子的明眸里看到了婚姻登记处的影子，他便立即告诉她们，自己始终忘不了那段唯一的苦恋，受此牵绊，他再也不能同任何人结成终身伴侣。他这种堂吉诃德式的痴情可能会惹恼那些女人，却不至于冒犯她们。有时他会轻叹一声，说自己此生恐怕再也无缘家庭生活的欢乐，也享受不到为人父的满足了，但这是他甘愿做出的牺牲，不只是为了自己的理想，也是为了那个可能和他相伴、同享生活乐趣的伴侣。他早就留意到，人们其实并不喜欢同作家和画家的妻子打交道。一个艺术家不管去哪里都坚持带上妻子，就只会惹得别人厌烦，结果往往是有些活动他很想去，但人家再也不会邀请他了。要是把妻子留在家里，等他回到家后又免不了大吵一架，搅乱他内心的平静，导致他完全没办法好好做事情了。阿尔罗伊·基尔一直没有结婚，他现在已经五十岁了，看来他一辈子都会是单身汉了。

一个作家凭着勤奋、诚实、精于人情世故，加上手段和目的的有效结合，获得了不凡的成就，在这方面他堪称楷模。此外，他还是个好人，除非是鸡蛋里挑骨头的人，不然谁都不会对他的成功心怀芥蒂。我估摸着，心里想着他的形象入睡，自己一定能睡上一夜好觉。于是，我便草草给费洛斯小姐写了张便条，磕掉烟斗里的烟灰，关掉客厅的灯，上床睡觉了。

第二章

第二天早上我按铃要我的信件和报纸时，我写给费洛斯小姐的便条有了回话，她说阿尔罗伊·基尔先生当天中午一点一刻会在圣詹姆斯街他的俱乐部里恭候我。快到一点时，我先漫步到自己的俱乐部去喝了杯鸡尾酒，因为我可以肯定，罗伊不会请我喝鸡尾酒。然后我顺着圣詹姆斯街走下去，悠闲地看着街上商店的橱窗，因为还有几分钟可以消磨（我不想太准时地赴约），我便走进了佳士得拍卖行，想顺便看看那里有什么我看得上的东西。拍卖已经开始，好几个皮肤黝黑的小个子男人正在传看几件维多利亚时代的银器，拍卖商一边用不耐烦的眼神追踪着这些人的手势，一边懒洋洋地嘟囔："有人出十先令，十一先令，十一先令六便士……"那是六月初的一天，天气晴朗，国王街上阳光明媚。相形之下，佳士得拍卖行里挂在墙上的那些画更显得黯然无光。我走出了拍卖行，街上的行人个个看起来慵懒闲适，仿佛这风和日丽的好天气触动了他们的心灵，使他们在忙碌的日常事务中突然情不自禁地停下脚步，想要好好欣赏一下眼前的生活图景。

罗伊的俱乐部里一片沉静。前厅里只有一位年纪很大的门房和一名男侍者。我突然有种忧伤的感觉,好像所有会员都去参加领班侍者的葬礼了。我报了罗伊的名字,那名侍者马上将我领到一个空荡荡的过道上,在存放好我的帽子和手杖后,又领我走进了一间同样空无一人的大厅,墙上挂着一些和真人同样大小的维多利亚时代的政治家的肖像。罗伊从一张皮沙发上站起身来,热情地招呼我。

"我们直接上楼吧?"他说。

我猜对了,他果然不会请我喝鸡尾酒,我暗暗得意自己考虑周全。他领我登上了铺着厚厚地毯的气派楼梯,楼梯上一个人都没有遇到。我们走进接待来宾的餐厅,餐厅里也只有我们两个人。餐厅挺宽敞的,也很干净,四壁洁白,有一扇亚当风格的窗户。我们就在窗边的座位上坐下,一名神情庄重的侍者递给我们菜单。牛肉、羊肉、冷冻三文鱼、苹果挞、大黄挞、醋栗挞。我浏览着这份毫无特色的菜单,不禁暗暗叹气,想到了街角处就有一些法国餐馆,那里热热闹闹的,还能见到穿着夏日裙衫的打扮入时的女人。

"我推荐这里的牛肉火腿派。"罗伊说。

"好吧。"

"沙拉我自己拌。"他用不经意却又不由分说的口吻对侍者说了一句,接着又把目光移到菜单上,摆出一副慷慨大方的神情说,"再来点儿芦笋怎样?"

"那太好了。"

他的神态越来越豪迈了。

"两份芦笋,告诉厨师长,叫他亲自挑选。你想喝点儿什么?来瓶白葡萄酒怎样?我们都很喜欢这儿的白葡萄酒。"

我表示同意后,他马上吩咐侍者去把侍酒师叫来。我在一旁禁不住对他点菜时那副威严又不失礼貌的气势钦佩不已。我觉得一位有修养的国王就是这样召见他的陆军元帅的。转眼间,胖胖的侍酒师穿着一身黑制服,脖子上挂着表明他职务的银链子,手拿酒单急匆匆跑了进来。罗伊只是随意朝他点了点头。

"嘿,阿姆斯特朗,我们要一瓶一九二一年的圣母之乳[1]。"

"好的,先生。"

"存货还多吗?还不错?你知道的,以后可要断货啦。"

"恐怕是的,先生。"

"不过,也不必过于担忧,是不是,阿姆斯特朗?"

罗伊满面笑容,亲切地看着侍酒师。侍酒师长期同这里的俱乐部成员打交道,早已心领神会,知道这句话是需要回答的。

"说得太对了,先生。"

罗伊哈哈大笑,眼睛瞅着我。这个阿姆斯特朗,表现得真不错。

"还有,要冰一下,阿姆斯特朗,不过别太凉了,你知道的,要刚好。我要叫我的客人看看我们这儿办事是很讲究的。"他又转过脸来看着我,"阿姆斯特朗在我们这里已经四十八年了。"等侍酒师走开后,他又接着说,"我请你到这儿来吃饭,希望你别介意。这里很安静,我们可以好好谈谈。我们都有好些

---

[1] 圣母之乳(Liebfraumilch),德国产的白葡萄酒。

年没好好聊聊了。你看上去气色很好嘛。"

听罗伊这么一说,我也不由得打量了一下他。

"比你差远了。"我答道。

"这是因为我生活有规律,不乱喝酒,信仰虔诚。"他大笑着说,"工作多,运动也多。你还打高尔夫球吗?最近我们得找时间打一场。"

我知道罗伊也只是随口一说,要他浪费一天时间同我这么个打不打都无所谓的对手去打一场高尔夫球,他会觉得是最没有意思的事。不过,我感觉接受这么一个含含糊糊的邀请,也不会有什么坏处。他看上去的确很健康,他的一头鬈发已经花白,但这个发色还挺适合他的,反倒使他那张被太阳晒黑的脸显得更加年轻,他的神情还是那样坦率。他的眼睛清澈明亮,让人感觉他的诚恳是发自内心的。他比年轻时胖了一些,所以当侍者给我们上面包时,他只要了黑麦面包,我一点儿都没觉得奇怪。略微发福的身材更增添了他的气派,使他的言论显得更有分量。他的举止比过去更从容了,会让你对他产生一种信任感。他坐到椅子上后,体态是如此稳重敦实,让你觉得他简直是坐在一座纪念碑上。

我不知道,我前面描述他同侍者的对话是否像我希望的那样,已经让读者看出来,他的谈吐通常并不精妙,也不风趣,但他能张口就说,还笑声不断,有时甚至会让人产生错觉,以为他说的话很有趣。他从来不会找不到话说,他在谈论时下的一些话题时总能娓娓道来,使听他说话的人不会感到一丝紧张。

许多作家都有咬文嚼字的坏习惯,即便是在日常交谈中也会字斟句酌。他们会不自觉地细致推敲每一句话,力求在表达意思时一字不多，一字不少。这个习惯会使不少上层社会的人在同他们交往时望而生畏，那些人精神需求简单，能用的词汇也有限，因而在选择交往对象时总会深思熟虑，但是同罗伊交往的人从不会有这种拘束感。他可以用对方完全能理解的词语同一个爱跳舞的卫兵说话，也可以同一个参加赛马的伯爵夫人用她的马夫惯用的话进行交谈。人家总会热情又欣慰地说他一点儿都不像一个作家。罗伊最愿意听到这样的赞扬。聪明人总喜欢用一些现成的词语（在我写这本书的时候，"不关谁的事"就是最常见的一句）、流行的形容词（如"圣洁的"或"叫人脸红的"），还有那些只有生活在特定圈子里的人才能懂得其意思的动词（如"推搡"）。这些词语可以使家长里短的闲谈显得随意、亲切而又活泼，也不用动脑筋多想。美国人是世界上最有效率的人，他们把这种语言技巧发挥得淋漓尽致，创造了一大批简洁又通俗的短语，所以他们不需要花费时间去斟酌自己在说什么，就可以生动有趣地交谈一番，这样他们的头脑就可以用来自由思考做大生意和男女私情这类更重要的事情。罗伊的词汇量是丰富的，他随机选用词语的"嗅觉"也准确无误，这就总能使他的讲话更有味道，同时又恰到好处。另外，他每次讲话总是兴致勃勃、信手拈来，仿佛每个词语都是在他头脑的沃土里刚长出来似的。

眼下他就在同我东拉西扯，他谈到了我们共同认识的朋友和最近出版的书，还谈到了歌剧。他的谈兴很浓。他一向对人很亲切，可是今天他的亲切还是大大出乎我的意料。他叹惜我们彼此见面太少，又对我坦诚相告（坦诚本是他最动人的品性），说他有多么喜欢我、对我有多么高的评价。我深感不得不迎合一下他的这番深情厚谊。他问起我手头在写什么书,我也连忙问了他在写什么书。我们彼此都说对方理应有更大的成功。我们吃完了牛肉火腿派,罗伊又给我讲了他拌沙拉的窍门。我们喝了白葡萄酒,津津有味地不停咂嘴。

而我一直在心里犯嘀咕,不知他什么时候才会谈到正题。

我很难相信,眼下正是伦敦最繁忙的社交季节,阿尔罗伊·基尔居然肯浪费时间来同一个既非书评家又在任何方面都毫无影响力的同行作家见面,只是为了聊聊马蒂斯[1]、马塞尔·普鲁斯特[2]和俄国芭蕾舞。再说,在他谈笑风生的表现背后,我隐约感觉他有点儿心神不定。要不是我知道他眼下境况不错,真会以为他要开口向我借一百英镑。眼看这顿午饭就要吃完了,而他却一直没有找到机会把想说的话说出来。我知道他处事谨慎。也许他认为我们两人久未见面,这次相见最好只用来叙叙旧,所以这顿气氛愉快的丰盛午餐在他心里只是一个引鱼上钩的诱饵。

"我们去隔壁喝杯咖啡,怎么样?"他问我。

"听你的。"

"我觉得那里更舒服些。"

我跟着他走进了另一个房间,那里宽敞多了,摆着一些很大的皮扶手椅和巨大的长沙发,桌上放着一些报纸和杂志。有两个老人坐在角落里低声交谈。他们很不友好地看了我们一眼,但罗伊依旧热情地同他们打招呼。

---

[1] 亨利·马蒂斯(Henri Matisse,1869—1954),法国画家,野兽派创始人。
[2] 马塞尔·普鲁斯特(Marcel Proust,1871—1922),法国意识流小说家,以长篇巨著《追寻逝去的时光》闻名于世。

"你好啊,将军。"他大声喊道,一边兴冲冲地点着头。

我走到窗前站了一会儿,望着街上一片欢快的景象,暗暗想自己真该多了解一些圣詹姆斯街的历史背景。可是我很惭愧,我连街对面那个俱乐部的名字都不知道,我也没敢问罗伊,生怕他会嘲笑我,认为我居然对这种每个体面人都知道的事一无所知。他把我叫回来,问我要不要在喝咖啡时也喝点儿白兰地。我谢绝了,可他还是执意要我喝一杯。这个俱乐部的白兰地很有名。我们在气派的壁炉旁的一张沙发上并排坐下,点燃了雪茄。

"爱德华·德里菲尔德最后一次来伦敦时,我和他就是在这儿吃的午饭,"罗伊随口说道,"我非要老头儿尝尝我们这儿的白兰地,他很喜欢。上周末我就是在他的遗孀那里过的。"

"是吗?"

"她多次问候你。"

"多谢她,我还以为她不记得我了。"

"哦,她当然记得。六年前你在他们家吃过饭,对吗?她说老头儿见到你可高兴了。"

"可我觉得她并不高兴。"

"哦,你完全误会了。她当然不得不小心点儿嘛。想去拜访老头儿的人实在太多了,她必须考虑他的体力,她总怕他过度劳累。你想想,她把老头儿照顾得活到了八十四岁还头脑清醒,真的了不起啊!老头儿过世后,我经常去看她。她孤单极了,毕竟她全身心服侍了老头儿整整二十五年。要知道,这简直是奥赛罗[1]

---

[1] 奥赛罗(Othello),莎士比亚悲剧《奥赛罗》中的主人公。

才能做到的事。我真替她感到难过。"

"她还算年轻，说不定还会再嫁的。"

"哦，不会的，她不会再嫁了。要那样就糟糕了。"

谈话到这里停顿了一会儿，我们默默喝着白兰地。

"在德里菲尔德成名之前就认识他并且现在还活着的人不多了，你应该就是其中之一。你曾经同他频繁见面，是不是？"

"是见过几次。那时我还是个毛头小子，而他已到中年。我们的交情并不是很深。"

"那倒也许是，不过你一定知道很多别人不知道的关于他的事。"

"我想是的。"

"你有没有想过写写回忆他的文章？"

"天哪，没有！"

"你不觉得你应该写一写吗？他可是我们这个时代最了不起的小说家之一，也是维多利亚时代最后一位大作家。他是个举足轻重的人物。他的小说同最近一百年来问世的任何一部小说一样有希望流传下去。"

"不见得吧。我一直觉得他的小说挺乏味的。"

罗伊看着我，眼睛里闪烁着笑意。

"只有你会说这种话！不管怎么说，你得承认有你这种看法的人是少数。不瞒你说，他的小说我读了不只一两遍，得有六七遍。每读一遍都觉得更好。他去世时，评论他的那些文章你读过吗？"

"读过几篇。"

"评价那么一致,真是惊人。我每一篇都读了。"

"既然大家都说一样的话,那还有必要读吗?"

罗伊随和地耸了耸他宽大的肩膀,但没有回答我的问题。

"我觉得《泰晤士报文学副刊》上的文章相当精彩。老头儿要是能读到该有多好。我听说一些季刊下几期也会登出几篇的。"

"我还是认为他的小说相当乏味。"

罗伊露出宽容的笑脸。

"你的看法同每一位说话有分量的评论家都不一致,不会觉得心里有点儿不安吗?"

"没有什么不安的。我写作三十五年了,你想不到我见过多少人曾被捧为天才,享受了短暂的荣耀,转眼就默默无闻了。我不知道这些人后来都怎样了。死了吗?被关进疯人院了,还是躲到办公室里了?我也不知道他们是不是偷偷摸摸地把自己的作品借给哪个偏僻村子里的医生和老姑娘看。我不知道他们是否仍在哪个意大利老年公寓里做着大人物。"

"哦,是的,那些人都是昙花一现的。我了解他们。"

"你甚至还做过关于他们的演讲。"

"那也是不得不做的。尽力而为的事,谁都愿意帮人一把,哪怕所有人都明白他们是成不了气候的。算了吧,对人大方点儿总不是坏事。但是话又说回来,德里菲尔德和那些人完全不同。他的作品集共有三十七卷,索斯比书店最近卖出的他的一套作品全集售价可有七十八英镑。这本身就说明了问题。他的书销量逐年上升,去年销量最高。你尽可以相信我。上次我在德里菲尔德太太那儿时,她给我看了他的收入账单。德里菲尔德的地位已经摆在那儿了。"

"谁能说得准呢？"

"你不是觉得你可以吗？"罗伊尖酸应对。

我并未生气。我知道是我把他激怒了，我暗自感到高兴。

"我觉得我在少年时代的直觉判断还是对的。那时人家和我说卡莱尔是个伟大的作家，可是很惭愧，我觉得他的《法国革命史》和《旧衣新裁》根本读不下去。现在还有人读这些书吗？那时我以为别人的见解总要比我自己的高明，所以我说服自己相信乔治·梅瑞狄斯[1]的作品很精彩。其实我心里却认为他很做作，啰里啰唆，也不真诚。现在好多人也都这么认为了。因为那时有人告诉我，能欣赏沃尔特·佩特[2]就可以证明自己是个有教养的青年，于是我开始欣赏沃尔特·佩特了。可是，天哪！他的《伊壁鸠鲁信徒马利乌斯》[3]读得我简直烦死了。"

"是这么回事，我觉得现在没有人读佩特的作品了，梅瑞狄斯当然也已经过时，而卡莱尔的作品也的确是装腔作势、空话连篇。"

"但是你不知道，三十年前他们可都是被认为十拿九稳会流芳百世的人。"

"你看错过吗？"

---

[1] 乔治·梅瑞狄斯（George Meredith，1828—1909），英国维多利亚时代的诗人、小说家。
[2] 沃尔特·佩特（Walter Pater，1839—1894），英国著名文艺评论家、作家，十九世纪末提出"为艺术而艺术"的主张，成为唯美主义的代表人物。
[3] 《伊壁鸠鲁信徒马利乌斯》（*Marius the Epicurean*），沃尔特·佩特于一八八五年发表的哲理小说。

"也看错过几次。过去我不喜欢纽曼[1],现在我对他的看法好多了,而那时我对菲茨杰拉德[2]的那些读起来朗朗上口的四行诗的评价要比现在好得多。过去我觉得歌德的《威廉·迈斯特》[3]简直读不下去,可现在我觉得这是他的杰作。"

"那么,哪些是你当时欣赏现在还一样喜欢的作品呢?"

"有的,比如《项狄传》[4]《阿米莉亚》[5]《名利场》[6]《包法利夫人》[7]《巴马修道院》[8]《安娜·卡列尼娜》[9],还有华兹华斯[10]、济慈[11]和魏尔伦[12]的诗歌。"

---

1 纽曼(John Henry Newman, 1801—1890),英国天主教枢机主教、神学家、教育家。

2 菲茨杰拉德(Edward FitzGerald, 1809—1883),英国翻译家、作家,以翻译波斯诗人莪默·伽亚谟(Omar Khayyam, 1048—1131)的四行诗集《鲁拜集》(*Rubaiyat*)闻名。

3 《威廉·迈斯特》(*Wilhelm Meister*),分为《威廉·迈斯特的学习时代》和《威廉·迈斯特的漫游时代》。——编者注

4 《项狄传》(*Tristram Shandy*),英国小说家斯特恩(Laurence Sterne, 1713—1768)所著长篇小说,共九卷,一七六〇年至一七六七年陆续出版。

5 《阿米莉亚》(*Amelia*),英国小说家菲尔丁(Henry Fielding, 1707—1754)晚期的作品。

6 《名利场》(*Vanity Fair*),英国小说家萨克雷(William Makepeace Thackeray, 1811—1863)所作的著名小说。

7 《包法利夫人》(*Madame Bovary*),法国小说家福楼拜(Gustave Flaubert, 1821—1880)的著名小说。

8 《巴马修道院》(*La Chartreuse de Parme*,又译《帕尔马修道院》),法国小说家司汤达(Stendhal,原名Marie-Henri Beyle, 1783—1842)的著名小说。

9 《安娜·卡列尼娜》(*Anna Karenina*),俄国作家列夫·托尔斯泰(Leo Nikolayevich Tolstoy, 1828—1910)的名作。

10 威廉·华兹华斯(William Wordsworth, 1770—1850),英国浪漫主义诗人,与雪莱、拜伦齐名,也是湖畔派代表。——编者注

11 约翰·济慈(John Keats, 1795—1821)英国诗人,与拜伦、雪莱并称为"浪漫主义第二代诗人"。——编者注

12 保罗·魏尔伦(Paul Verlaine, 1844—1896),法国象征派诗人。——编者注

"我这样说你不要见怪,我认为你说的这些并没有什么新颖独到之处。"

"你这样说我一点儿也不见怪。我的看法是没有什么新意。只是你问我为什么相信自己的判断,我就想要解释一下,以前不管是因为胆怯,还是因为过于相信当时文化圈的观点,我说过一些赞扬某些作家的话,实际上并不是真的钦佩某些当时公认值得赞赏的作家我,后来的事实似乎也说明了我当时的想法是对的。当时我凭直觉真诚喜欢的作家作品却经受住了时间的考验,这不仅验证了我的个人见解,也同评论界的普遍看法一致。"

罗伊沉默了一会儿,两眼直盯着杯底,他是想看看杯子里还有没有咖啡,还是想找点儿话说,我就不知道了。我瞥了一眼壁炉上的挂钟,再过一会儿,我就可以不失礼节地起身告辞了。也许我误解他了,看来罗伊请我吃饭也就只是为了同我随便聊聊莎士比亚什么的。我暗暗自责本不该对他有那些刻薄的想法。我担心地看了看他。如果他请我吃饭没有别的目的,那么他一定是日子过得有些厌倦或是灰心了。如果他的确没有私心,那可能只有一个原因,就是目前这世道叫他有些受不了。但是他一看到我在看挂钟,就立刻说话了。

"我不明白,一个人写了一本又一本的书,能写整整六十年,而且能赢得越来越多的好评,你怎么能够否认这个人一定有什么不同寻常的地方呢?不管怎么说,德里菲尔德的作品已经被翻译成了每个现代文明国家的文字,在他的住宅里,一排排的书架上摆满了各种译本。当然,我愿意承认,他写的不少东西现在看来是有点儿过时了。他成名的那个年代文风不佳,他的语言难免冗长啰唆。他的大多数故事情节都有夸张造作之嫌，但是他的作品有一个特点你必须承认，那就是美。"

"是吗？"我说。

"说来说去，只有这一点是最重要的，而德里菲尔德写的每一页都让人感觉到美。"

"是吗？"我说。

"他八十岁生日那天，我们给他送去了一幅他的画像，你要是在场就好了。那个场面真是令人难忘。"

"我在报纸上看到了报道。"

"那天到场的不光只有作家，那可真是一场极具代表性的盛会——科技界、政界、商界、艺术界，上流社会的各界代表都出席了。那么一大批名流显贵一起在黑马厩镇火车站走下火车的场景，可真是百年不遇。当首相授给老人家荣誉勋章时，那场面实在太令人感动了。他还发表了感人的讲话。不瞒你说，那天好多人的眼里都含着泪水。"

"德里菲尔德也哭了吗？"

"没有，他倒显得出奇的镇定。他就和平时一样，有些羞怯，这你知道，但也很平静，举止彬彬有礼，当然也很感激大家的盛情，只是说得有点儿干巴巴的。德里菲尔德太太怕他太累了，所以在我们去餐厅吃饭后就让他留在书房里，用托盘送了点儿东西给他吃。我趁大家都在喝咖啡的时候偷偷溜出去看他。只见他一边抽烟斗，一边看着我们送给他的那幅画像。我问他觉得画得怎么样。他不肯说，只是微微一笑。他问我可不可以把假牙拿下来。我说这可不行，这伙儿祝寿的人马上就会进来同他告别。接着我问他是否觉得这是美好的时刻。'怪怪的,'他说,'太怪了。'事实上,我想,他是撑不住了。他到了晚年,吃东西、抽烟都很邋遢——装烟斗时总把烟丝掉得满身都是。德里菲尔德太太不愿意人家看到他这副样子,当然她不怕我看见。我帮他稍稍收拾得干净些,然后所有人都进来同他握手告别,我们就回伦敦去了。"

我站起身来。

"噢,我得告辞了。今天见到你真的太高兴了。"

"我正要去莱斯特画廊看一个不公开的预展。我认识那儿的人,要是你有兴趣,我可以带你进去。"

"谢谢你的好意,我也收到了一张请柬。不过,我不打算去了。"

我们走下楼梯,我取了帽子。出门后我准备朝皮卡迪利大街走去,这时罗伊说:

"我就陪你走到街头吧。"他赶了几步走到我身边,"你认识他的前妻,是吗?"

"谁的前妻?"

"德里菲尔德。"

"哦!"我已经把她忘到脑后了,"是认识。"

"熟吗?"

"挺熟的。"

"我想她是个很糟糕的女人吧?"

"我倒没这个印象。"

"她一定特别平庸。她当过酒吧女招待,是不是?"

"是的。"

"我真弄不懂他究竟为什么要娶她。我一直听说她对他极不忠实。"

"是极不忠实。"

"你还记得她长什么样吗?"

"记得,记得非常清楚,"我微笑着说,"她很漂亮。"

罗伊扑哧笑出了声。

"一般人不会有这个印象。"

我没有回答。这时我们已经走到了皮卡迪利大街,我停下脚步,伸出手同罗伊道别。他握了握我的手,但是我感觉到他不像平时那样亲切了。我的印象是他对我们这次会面很失望。我想不出他为什么失望。不论他本想要我做什么,我都没能去做,因为他根本没有给我一点儿暗示。我漫步穿过里茨大饭店的拱廊,又沿着公园的栅栏一直走到半月街的对面。一路上我都在想是不是我今天的态度显得格外不客气。显然,罗伊觉得今天不是请我为他帮忙的合适时机。

我拐上了半月街,经过了熙熙攘攘的皮卡迪利大街后,半月街上的恬静令人感到惬意。四周的气氛显得沉稳而庄重。大多数住宅都有房间出租,但是哪儿都看不到俗气的招租广告牌。有的房子像医生诊所那样,在门外挂一块擦得锃亮的铜牌表明出租的意思;有的则在扇形气窗上端端正正漆上"公寓"这个词;还有一两家更为慎重,只写了房主的姓名,不知情的人很可能会以为那是一家裁缝铺或钱庄。这里不像杰明街那样交通拥挤与喧闹,那条街上也有房间出租,不过人们时不时地会看到房子的门口停着一辆漂亮的小汽车，车里没有人；偶尔也会看到一辆出租车载着一位中年女士，停到另一栋房子的门口。你会有这样一种感觉，似乎住在这条街上的人不像住在杰明街上的人那样在逍遥度日，他们多少有些不够体面——喜欢赛马的男人早上起来，因昨晚喝太多酒而感到头疼，嚷嚷着要喝点儿醒酒的含酒饮料。住在半月街上的大都是一些有身份的女士，在伦敦的社交季节从乡间过来住上一两个月，还有一些专属俱乐部的老年绅士会员。你会感觉这些房客年复一年都会住到同一幢房子里，有些房主或许当年曾在大户人家的宅邸当差，他们那时就认识了。我的房东费洛斯小姐就曾在一些大户人家当过厨娘，不过你要是看到她在牧羊人市场买东西的那副样子，根本猜想不到她曾经当过厨娘。她不像一般人想象中的厨娘那样矮胖结实、脸色红通通的，一副邋遢相；她身材瘦长，腰板笔挺，衣着整洁入时。她已到中年，脸上总是带着一副坚定的神情，嘴上涂着口红，戴眼镜。她做事有条理，话不多，面露冷冷的讥嘲神气，花钱大手大脚。

我住的房间在一楼。客厅里糊着老式的大理石纹墙纸，墙上挂着一些水彩画，画的都是浪漫的场景，有风度翩翩的骑士在向他的情人告别，也有气派十足的王公贵族在宏伟的大厅里大摆宴席。墙边摆着几盆高大的蕨类植物，扶手椅上的皮面已经磨损褪色。房间里的一切摆设都营造出一种奇妙的气氛，让人联想到十九世纪八十年代。我望望窗外，感觉看到的会是一辆私家双座马车，而不是一辆克莱斯勒汽车。窗户上还挂着厚厚的红色棱纹布窗帘。

第三章

那天下午我本来有很多事情要做，可是同罗伊的交谈，还有前天发生的事给我留下的印象，勾起了一段未老之人仍未忘怀的往事——我也不知道为什么，一踏进居住的房间，我就莫名地产生了比往常更为强烈的怀旧感。这一切使我无心工作，只能任由思绪在记忆的路上漫游。仿佛以往不同时期曾在我寄宿的这套公寓房间里居住过的所有房客都一一涌现在了我的眼前，他们的举止不合时宜，穿着也十分古怪，男人留着浓浓的络腮胡子，身穿长礼服，女人则穿着带衬垫和荷叶边的裙子。伦敦大街上的喧闹声——我不知道是我想象出来的还是真的听到了（我住的房子在半月街的尽头），还有这阳光明媚的美妙六月天（今天何其美丽、贞洁和充满活力[1]），给我的遐想带来了一丝并不痛苦的酸楚意味。浮现在我眼前的往事似乎不再是真实的，我感到自己就像坐

---

[1] 原文为法语"le vierge, le vivace et le bel aujourd'hui"，是法国诗人马拉美（Stéphane Mallarmé, 1842—1898）的《天鹅》一诗的首行。本书中楷体字（除引用外）系根据原文进行的相应变体。——编者注

在昏暗的剧院后排的观众那样,在观看一场正在台上演出的戏。不过剧情演下去却是很清楚的,完全不像一个人在真实生活中的经历因掺杂着各种纷至沓来的印象而显得轮廓不清、朦朦胧胧,而是线条清晰,人物、事件都非常明确的,犹如维多利亚时代中期的某位艺术家苦心画出的一幅风景油画。

我总觉得现在的生活要比四十年前更有趣,我甚至认为现在的人待人更和蔼。那时的人也许更可敬、更安分踏实,我还听说,他们更有才干——这我就不知道了。我倒是知道他们脾气更坏,吃得太多,不少人酒也喝得太多,运动又太少。他们多半肝脏有毛病,消化系统也常常出问题。他们还很容易发火。我说的并不是伦敦,因为我成年之前对伦敦一无所知,我说的也不是那些喜欢打猎、射击的上流人士。我说的是乡下,是乡下的普通人,小有家产的乡绅、牧师、退休军官,以及其他诸如此类的人,他们是当地社会的主流。他们的生活单调乏味得叫人难以置信。那儿没有高尔夫球场,只有少数几户人家有一个简陋的网球场,只有很年轻的人才打网球。集会厅里每年举办一场舞会。有马车的人家会在下午坐车出去兜兜风,没马车的就出去散散步,也算"强身健体"了!你也许可以说,那些娱乐活动他们压根儿想也没想过,自然也谈不上缺少了乐趣,他们自己也会时不时地张罗些小聚会自娱自乐(通常是茶点会,要求你自带乐谱,可以在那儿唱几首莫德·瓦莱丽·怀特[1]和托斯蒂[2]的歌曲)。但是日子总是很长,他们的心里很腻烦。这些人注定了要一生在方圆

---

[1] 莫德·瓦莱丽·怀特(Maude Valérie White, 1855—1937),法国重要的女作曲家。
[2] 托斯蒂(Francesco Paolo Tosti, 1846—1916),意大利作曲家。

一英里[1]内相邻而居,却动不动就破口大骂,吵个不休。他们天天在镇上见面,却可以二十年不相往来。他们虚荣、执拗,性情乖张。或许是这种生活造成了他们古怪的性格。那时的人不像今天这样彼此都差不多,他们凭借自己的一些怪僻性格在邻里中小有名气,但是他们并不容易相处。也许我们现在的人处事不免轻率、随意,但是我们可以不抱成见彼此认同;也许我们的态度有些粗鲁、不够讲究,但我们心里是友善的;我们更乐于互相体谅和谦让,我们不那么固执己见。

那时,我跟我的叔叔和婶婶住在肯特郡一个靠海的小镇郊外。这个小镇叫黑马厩镇,我的叔叔是当地的教区牧师。我的婶婶原是德国人,她的家族曾经显赫一时,但如今已家道中落,所以她嫁给我叔叔时,带来的嫁妆只有一张细木镶嵌的写字台和一套平底玻璃杯而已。写字台是她某个生活在十七世纪的祖先的遗物。我到他们家时,那套玻璃杯也只剩下寥寥几个,被摆在客厅里当装饰品了。我很喜欢那些刻着气派的盾牌纹章的杯子。我都记不清有多少这样的时刻,婶婶庄重地给我讲述这些纹章的来历,持盾牌的人兽图案都刻得很精细,王冠上突出来的顶饰极富浪漫色彩。婶婶是个纯朴的老太太,性情温和,虔诚地信仰基督教。尽管她嫁给一个除了薪俸之外几乎没有任何其他收入的普通教区牧师已经三十多年,但她始终没有忘记自己的高贵出身。有一年夏天,一位当时在金融圈颇有名望的伦敦银行家租了邻近一幢房子来度假,叔叔去拜访了他(我猜想主要是为了给牧师协

---

[1] 长度计量单位,一英里约等于一点六千米。——编者注

会募捐），但是婶婶却不肯去见他，说他不过是个做买卖的。没有人认为婶婶是势利眼。大家都认为她做得完全合情合理。银行家有一个同我年纪相仿的儿子，我已忘记了自己是怎么同他结识的，但我至今还记得，当我提出想要带他来家里玩的时候，叔叔和婶婶讨论了一番才勉强同意，却不许我到他家去。我的婶婶说要是这样下去，下回我就会想到煤商家去玩了。我叔叔说：

"近朱者赤，近墨者黑。"[1]

每个礼拜天上午银行家都会去教堂，也总会在盘子里留下半英镑的金币，不过，要是他以为自己的慷慨之举可以给人留下好印象，那他可就大错特错了。黑马厩镇上的人都知道他这么做，但大家只觉得他是在摆阔而已。

黑马厩镇上有一条长长的蜿蜒的大街通到海边，沿街有一些两层小楼房，多半是住宅，也有不少是店铺。后来这条街的两侧又修出了几条短街，一头通到乡下，另一头是沼泽地。港口四周布满了弯弯曲曲的狭窄小巷。每当运煤船从纽卡斯尔运煤到黑马厩镇，港口便热闹起来了。等我长大一些，可以独自出去玩的时候，我经常到港口四周闲逛好几个小时，看着那些身穿套衫、满身煤屑的粗犷工人忙忙碌碌地从船上卸煤。

我就是在黑马厩镇第一次见到了爱德华·德里菲尔德。那年我十五岁，刚从学校放暑假回家，到家后的第二天早上我就带上毛巾和游泳裤到海滩去了。天空万里无云，海滩上阳光灿烂、空气炙热，但是从北海吹来的凉风令人感到浑身舒爽，单是活着

---

[1] 原文是英语谚语"Evil communications corrupt good manners"，直译为"不良的交往毁掉教养"。

呼吸这空气就是件令人开心的事了。冬天的时候，当地的居民都会在空荡荡的大街上匆匆行走，身子缩成一团，尽量躲避那凛冽刺骨的寒风。但是现在他们都悠哉地四处闲逛，三五成群地站在"肯特公爵"和"熊与钥匙"两家酒馆之间的空地上消磨时光。他们说着含混不清的东部盎格鲁方言，声调拖得很长，口音也许很难听，不过我从小听惯了，觉得这种口音自有一种闲适的韵味。当地人肤色白皙，蓝眼睛，高颧骨，浅色头发。他们看起来外表干净、忠厚单纯。我认为他们并不怎么聪明，但是也不耍滑头。他们看上去很健康，虽然多半个子不高，却强健活泼。那时黑马厩镇上带轮子的交通工具很少，除了镇上医生的双座马车或面包店老板的双轮简便马车之外，那些三五成群站在路上闲聊的人几乎用不着给车辆让路。

经过银行时，我进去向经理问好，他是我叔叔的教堂管理员，当我出来时，遇到了叔叔的副牧师。他停下来和我握手。他正在和一个陌生人一起散步。他没有把我介绍给那个陌生人。那是个留着胡子的小男人，穿着鲜明的棕色的灯笼裤套装，裤子有些紧，脚上穿着海军蓝色长袜和黑色靴子，头戴一顶宽沿低顶毡帽。灯笼裤在当时很不常见，至少在黑马厩镇很不常见。我那时很年轻，并且刚从学校回来，所以我立刻把这家伙当作粗鄙不堪的人。但当我和副牧师聊天时，那个人友好地看着我，淡蓝色的眼睛里带着微笑。我觉得他忍不住想参与谈话，但我装出一副傲慢的样子。我不会冒险让一个像猎场看守人一样穿着灯笼裤的家伙跟我说话，我讨厌他那亲切的表情。我当时的穿搭同样很完美，我穿着白色法兰绒裤子，胸前口袋上印有学校校徽的蓝色法兰绒运动上衣,还戴了一顶宽沿黑白草帽。副牧师说他必须得走了(谢天谢地,我从来不知道在街上遇到熟人时如何与他告别,我总是很不好意思,总是找不到机会结束谈话),但他说他那天下午会去牧师住宅,让我转告我的叔叔。我们分别时,那个陌生人微笑着点了点头,但我狠狠地瞪了他一眼。我想他应该是避暑的游客,在黑马厩镇,我们不会和避暑的游客混在一起。我们认为伦敦人很粗俗。我们说过,每年夏天都有这样的无赖跑到这里来是很讨厌的,但镇上的商人并不会这么想。然而,每当九月结束,黑马厩镇恢复平静时,这些商人也会松一口气。

我回家吃午饭的时候,头发还没有干透,仍旧湿漉漉地贴在头上。我在吃饭时说起了我碰到副牧师的事,说他下午要过来。

"谢泼德老太太昨晚过世了。"叔叔解释说。

这位副牧师叫盖洛威,他又高又瘦,其貌不扬:一头乱蓬蓬的黑发,脸庞很小,面色黑中发黄。那时他大概还很年轻,但是在我看来他更像个中年人。他说话语速很快,还爱不停地做手势,总让别人觉得他怪里怪气的。要不是因为他精力十足,我的叔叔也不会让他做副手的。我的叔叔特别懒惰,有个人能帮他承担这么多工作,他自然很高兴。下午盖洛威先生同叔叔谈完公务后,特意过来问候婶婶,婶婶请他坐下喝茶。

"今天上午同你在一起的那个人是谁?"他坐下后,我问道。

"哦,那是爱德华·德里菲尔德。我没有给你介绍。我拿不准你叔叔是否愿意你认识他。"

"我看大可不必了。"叔叔说。

"为什么,他是谁呀?他不是黑马厩镇上的人吧,是吗?"

"他就出生在这个教区，"叔叔说，"他的父亲在老沃尔夫小姐的弗恩宅邸做过管家，但他们是不信仰国教的。"

"他娶了黑马厩镇上的一个姑娘。"盖洛威先生说。

"我敢肯定他们是在教堂结婚的。"婶婶说，"她真的当过'铁路之徽'酒馆的女招待吗？"

"她看上去像是干那一行的。"盖洛威先生微笑着说。

"他们会在这里长住下去吗？"

"大概会的，他们已经在公理会教堂所在的那条街上租了房子。"副牧师说。

那时候在黑马厩镇，新修的街道当然都是有街名的，可是大家都不知道也不叫这些街名。

"他会来教堂做礼拜吗？"叔叔问。

"我还没同他谈到这个问题，"盖洛威先生回答说，"你知道吧，他是个很有文化的人。"

"这让我很难相信。"叔叔说。

"我听说他在哈弗沙姆学校念过书，在那儿得过多次奖学金和其他一些奖，后来又在瓦德哈姆拿到了奖学金，但他放弃了，跑去当了海员。"

"我听说他做事很莽撞。"叔叔说。

"他看上去不像海员。"我插嘴道。

"哦，他好多年前就不做海员了，后来做过各种各样的事。"

"万金油，哪一行都不通。"叔叔说。

"据我所知，他是个作家。"

"这也干不长的。"叔叔说。

那时我还从没结识过一个作家，于是我对他产生了兴趣。

"他写什么？"我问道，"是写书吗？"

"我想是的，"副牧师说，"还写文章。去年春天他出版了一本小说。他还答应借给我看看。"

"我要是你，可不会浪费时间去看这种垃圾。"叔叔说。叔叔除了《泰晤士报》和《卫报》，别的什么都不看。

"那本小说叫什么？"我问。

"他告诉过我书名，可是我忘了。"

"反正你也没必要知道，"叔叔说，"我特别反对你读这种无聊的小说。暑假里你应当多出去活动活动，而且我想你也有暑假作业要做吧？"

我的确有暑假作业，要读《艾凡赫》[1]。这本书我十岁时就读过，现在一想到要再读一遍，还要写读后感，我简直烦透了。

每当想到爱德华·德里菲尔德后来取得的巨大成就，我就会回忆起当年在叔叔家的饭桌上我们是怎样议论他的，不禁哑然失笑。不久前，德里菲尔德去世，他的崇拜者纷纷出来高声呼吁要把他安葬在威斯敏斯特大教堂的公墓里。在我的叔叔之后，黑马厩镇的牧师换过两任，现任牧师当即致函《每日邮报》指出，德里菲尔德出生在肯特郡的这个教区，不仅在当地生活了很多年（特别是他生命的最后二十五年），而且他的好几本比较有名的小说都是以当地为背景的，因此理应将他的遗骨安葬在黑马厩镇的教堂墓地里，而他的父母也正是安息在墓地里的那些肯特郡榆

---

[1] 《艾凡赫》（*Ivanhoe*），英国作家司各特（Walter Scott，1771—1832）所著历史小说，出版于一八一九年。

树下。威斯敏斯特大教堂的教长不太客气地拒绝了在大教堂安葬德里菲尔德的请求，之后德里菲尔德太太也给报界写了一封语气庄重的公开信。她在信中表示，她确信她已故丈夫的遗愿是将其安葬在他熟悉和热爱的纯朴乡亲们的身边。至此，黑马厩镇上的人才松了一口气。在我看来，除非是我离开后黑马厩镇上的名流们发生了巨大变化，否则我相信他们都不会喜欢"纯朴乡亲"这个说法，而且我后来听说，他们始终无法"容忍"第二任德里菲尔德太太。

第四章

出乎意料的是，同阿尔罗伊·基尔共进午餐后不过两三天，我竟收到了爱德华·德里菲尔德遗孀的一封来信，信中这样写道：

亲爱的朋友：

欣闻上星期你和罗伊有一次长谈，谈到了爱德华·德里菲尔德。在得知你对爱德华的评价很高时，我非常高兴。他在世时也经常和我谈到你，他对你的才华极为赞赏，所以上次你来我们家吃午餐时，他见到你特别高兴。我不知道你是否存有他以前写给你的信件，若有，可否让我抄录一份？如果你能答应来我家小住两三天，我将十分高兴。现在我清净度日，家里并无其他的人，请你自行选择合适的时间即可。我很希望能够再次见到你，同你叙叙旧。同时我有一事相求，相信你看在我已故丈夫的分儿上，应当不会拒绝。

你真诚的
埃米·德里菲尔德

我只见过德里菲尔德太太一次，对她也没有多大兴趣。我不喜欢被她称为"亲爱的朋友"，单凭这个称呼我就很想拒绝她的邀请了，何况以这种方式邀请本身就引起了我的极大反感，使得我无论编出怎样巧妙的理由回绝，都会十分明显，总而言之，我不想去。至于德里菲尔德的信件，我并没有保存。我想大概多年前他是给我写过几次信的，也都只是短短几句而已，更何况他那时还是文坛中的无名之辈，即使我有保存别人书信的习惯，我也绝不会想到要保存他的信。那时我怎么可能知道他日后会被推崇为当代最伟大的小说家？我迟疑不决的原因只是德里菲尔德太太在信中说她有事求我帮忙。当然肯定不是什么好事，但如果是我能办到的事而我却不肯帮忙，未免太不近人情了，毕竟她的丈夫也是个显要人物。

信是随着早上第一批邮件送来的，吃过早饭后我就给罗伊打电话。我刚报出自己的姓名，罗伊的秘书立刻就把电话转给了他。如果我在写侦探小说，准会马上猜疑罗伊就是在等我的电话，而罗伊接电话的声音雄浑有力，也足以证实我的猜疑。没有人会在大清早接到别人的电话时自然就这么喜气洋洋的。

"希望我没把你吵醒。"我说。

"天哪，当然没有！"电话里传来了他爽朗的笑声，"我七点就起来了,刚才在公园里骑马,现在正准备吃早饭。你到我这儿来一块儿吃吧。"

"我是非常喜欢你的,罗伊,"我应道,"不过我并不想同你一起吃早饭。再说,我已经吃过了。你听着,我刚收到了德里菲尔德太太的一封信,她邀请我去她那里住几天。"

"是的,她同我说过要请你去,我们可以一起去。她家有个很好的草地网球场,她待客很是热情,我想你会喜欢的。"

"她要我做什么事?"

"噢,这个她想要亲口告诉你。"

罗伊的语气十分柔和,我想象这种语气就像是在安慰一个盼着做父亲的人,说他的妻子会圆满实现他的愿望,不过这种语气对我没有用。

"得了,罗伊,"我说,"我又不是小孩子了,你蒙不了我的。别卖关子啦。"

电话的另一头一下子不出声了。我感觉罗伊一定不喜欢我说的话。

"你今天上午忙不忙?"他突然问道,"我想过去见你。"

"好的,过来吧。一点之前我都在家。"

"我一小时后到。"

我放好电话听筒,重新点着烟斗,又扫了一眼德里菲尔德太太的信。

她信里提到的上次在她家吃午饭的事我还记忆犹新。那时我正好在特坎伯里附近的一位霍德马什夫人家里过周末。这位女士是美国人,聪明而又漂亮,她的丈夫是个爱好打猎的准男爵,却头脑简单，举止粗俗。也许是耐不住沉闷的家庭生活，她习惯在家里招待文艺圈人士。她举办的这些社交聚会宾客纷杂、气氛热闹。贵族绅士们怀着惊奇和不安的敬畏心情同画家、作家和演员混在一起。霍德马什夫人从不读她热情款待过的作家写的书，也不看哪位画家的画，却很喜欢同这些人交往，这样她就可以美滋滋地感到自己是文艺圈中的一员。那次我在她家做客时，偶然聊到了她那位大名鼎鼎的邻居爱德华·德里菲尔德，而我提到了自己过去同他很熟，她便提议我们星期一去德里菲尔德家吃午饭，那天她的其他客人也正好都要返回伦敦了。我表示不想去，因为我已经有三十五年没见过德里菲尔德了，不敢相信他还会记得我，就算他还记得我（不过这个想法我没说出口），也未必是愉快的记忆。偏巧当时有一位年轻贵族在场，大家称他为斯卡利恩勋爵。他酷爱文学，到了近乎狂热的地步，居然违背人类和自然法则，不去治理国家，反而将全部精力用来写侦探小说。他特别渴望见到德里菲尔德，一听霍德马什夫人的提议，立刻嚷嚷说这个主意太妙了。那次聚会的主宾是一位人高马大的年轻公爵夫人，看来她对这位名作家也仰慕之极，竟然要将她在伦敦的一个约会推迟到下午。

"这样我们就有四个人了，"霍德马什夫人说，"我想人再多他们恐怕也招待不了。我马上给德里菲尔德太太写个便条。"

我实在不想同这几个人一起去见德里菲尔德，便泼了冷水。

"这会把他烦死的，"我说，"他不会喜欢一大群陌生人这样贸然闯到他家里去。他毕竟年事已高。"

"正因如此，想要见他最好趁现在就去，他恐怕活不了多久了。德里菲尔德太太说他喜欢见人。他们平时除了医生和牧师见不到别的人，我们的拜访也算是能给他们一点儿新鲜感吧。德里菲尔德太太说过我可以随时带有意思的人去他们家。当然啦，她也不得不小心点儿。什么样的人都想要见他，无非只是无聊的好奇心作祟，要不就是记者想要采访他，一些作家想要请他读读他们的作品，还有一些疯疯癫癫的蠢女人。不过德里菲尔德太太也真有一套，该拒绝的人她全拒绝了，只让他见她认为该见的人。我的意思是，如果每一个想要见他的人他都见，或许不出一个星期他就被折腾死了。德里菲尔德太太不得不考虑他的身体状况。我们自然是不同的啦。"

当然，我认为我的确是不同的，可是我看了他们一眼就发现，那位公爵夫人和斯卡利恩勋爵显然也认为他们是不同的，所以我觉得多说无益。

我们开了一辆鲜黄色的劳斯莱斯汽车上路了。德里菲尔德居住的弗恩宅邸距离黑马厩镇三英里，那是一座灰泥粉饰的建筑，我估计它建造于一八四〇年前后，外表质朴无华，但看上去还是挺气派的。房屋的前后格局相同，两侧各有两扇大大的圆肚窗，正门就开在窗户之间的平整部分，二楼也有两扇很大的圆肚窗。一道没有装饰的护檐墙遮住了低矮的屋顶。房子的周围是一个占地约一英亩[1]的花园，一眼望去树木丛生，不过被打理得相当齐整。从客厅的窗户望出去，可以看到林木茂密、绿草如茵的悦目景象。客厅里的摆设同所有面积不算太大的乡间住宅的客厅摆设

---

[1] 面积计量单位，一英亩约等于四千零四十七平方米。——编者注

完全一样，多少有点儿令人感觉怪怪的。座椅和大沙发上都罩着色彩鲜艳且干净的印花布套子，窗帘同样是用鲜艳的干净印花棉布制作的。几张奇彭代尔[1]式样的小桌上摆着几只盛满香薰花草的东方大瓷碗。奶油色的墙壁上挂着几幅出自二十世纪初几位名画家之手的漂亮水彩画。屋里还有几大簇鲜花摆放在醒目的位置。大钢琴上的银色镜框里是一些女明星、已故作家和不太显赫的王室成员的照片。

难怪公爵夫人一进门就连声夸赞客厅漂亮，这间客厅的确很适合一位名作家安享晚年。德里菲尔德太太自信而又不失谦逊地接待了我们。我估计她大约四十五岁，脸蛋很小，面色发黄，五官倒是清秀匀称。她头戴一顶紧扣在头上的黑色钟形帽，身穿灰色上衣和裙子。她体态纤瘦，个子不高不矮，看上去装束整洁、精明干练，那副模样活像一位乡绅的守寡女儿，操持着教区里的事务，具有特殊的组织才能。我们走进客厅后，有一位教士和一位女士站了起来，德里菲尔德太太马上给我们做了介绍，原来那是黑马厩镇的牧师夫妇。霍德马什夫人和公爵夫人马上摆出一副殷勤谦恭的样子，也就是有身份的人遇到比自己身份低下的人时总要做出来的那种姿态，以表示自己根本没有觉察到彼此地位有别。

随后，爱德华·德里菲尔德走进了客厅。我曾多次在报纸上看到过他的照片，但是此刻见到他本人，我还是颇为惊诧。他比我记忆中的样子更矮小，他简直瘦极了，细细的银发已遮不住头

---

[1] 奇彭代尔（Thomas Chippendale, 1718—1779），十八世纪英国著名家具设计师，被誉为"欧洲家具之父"，其所设计的家具以线条优美、装饰华丽著称。

顶，脸上刮得干干净净，皮肤几乎是透明的。一双蓝眼睛颜色很浅，眼圈发红。他看上去确已风烛残年，随时可能会告别人世。他满口雪白的假牙，这使他的笑容显得僵硬，很不自然。我只见过他留着胡子的模样，现在胡子没有了，他的嘴唇显得又薄又苍白。他穿着一身做工考究的藏青色哔叽面料的新衣服，低低的领口大出了两三号尺码，露出了他满是皱褶的枯瘦脖子。他系着一条笔挺的黑领带，上面缀着珍珠。他那副样子看上去很像一位穿着便服在瑞士过暑假的教长。

他走进客厅时，德里菲尔德太太飞快地瞥了他一眼，露出鼓励的笑容。她一定对他整洁的外表感到满意。他同客人一一握手，对每个人都寒暄几句。走到我面前时，他说：

"感谢你这位功成名就的大忙人大老远过来看望我这老头儿。"

我听到他的话有些吃惊，因为他说话的口气就像以前从没见过我似的。我担心同去的人会以为我说曾经同他很熟是在吹牛。我不知道他是不是完全忘记我了。

"我都不记得我们有多少年没见面了。"我尽量用热情的口吻说。

他看着我，我想大概也就短短几秒钟，却让我感觉好像看了好久。接着我便大吃一惊，突然看到他竟朝我眨了下眼睛，动作快极了，以至除了我谁都不可能发觉。我根本没想到在这张高贵而衰老的脸上竟会出现这样的表情，我简直不敢相信自己的眼睛。转瞬间，他又恢复了原先的镇定，依旧显得睿智而善良，沉着且敏锐。午饭已经准备好了，我们依次走进了餐厅。

餐厅的布置同样很有品位。在奇彭代尔风格的餐具柜上放着银烛台。我们坐在奇彭代尔风格的椅子上,围着奇彭代尔风格的餐桌吃饭。餐桌中央有一只大口银花瓶,里面插着玫瑰花,花瓶周围的银碟子里放着巧克力和薄荷奶油糖。盐瓶也是银质的,被擦得锃亮,显然是乔治王朝时代的风格。奶油色的墙上挂着彼得·莱利[1]爵士画的贵妇人肖像的铜版雕刻,壁炉台上摆着一套代尔夫特蓝陶。席间有两个身穿棕色制服的女佣在一旁伺候。德里菲尔德太太一边口若悬河地同我们交谈,一边留神观察着两个女佣的举动。我暗自诧异她究竟有什么本事,竟能把这样体格粗壮的肯特郡姑娘训练得如此手脚麻利(从她们健康的脸色和高高的颧骨就可以看出她们是本地人)。这顿午餐安排得恰到好处,菜肴精巧却不张扬。鳎鱼卷涂上白色酱汁,烤鸡配小土豆和青豌豆,芦笋加醋栗酱。这样的餐厅摆设、这样的菜肴和这样的待客之道,与一个负有盛名却并不非常富有的文人实在太相称了。

大多数作家的妻子都很健谈,德里菲尔德太太自然也不例外,她绝不让席间的交谈在她那里冷场,因此,尽管我们特别想听听她丈夫在说些什么,却总不得机会。她喜气洋洋、兴致勃勃。由于爱德华·德里菲尔德年迈体衰,她不得不一年到头都住在乡间,不过她还是经常能抽出时间去伦敦一趟,好让自己跟上时代潮流。不一会儿,她就兴冲冲地同斯卡利恩勋爵谈起了伦敦的剧院正在上演什么戏剧;皇家艺术院如何拥挤,她去了两次才看完那儿展出的画,即使这样,最后还是没来得及看水彩画。她特别喜欢水彩

---

[1] 彼得·莱利(Peter Lely, 1618—1680),英裔荷兰画家,以英国贵族肖像画著名。

画，因为水彩画朴实无华。她最讨厌矫揉造作的东西。

座次是这样安排的：男女主人自当分坐餐桌两头，牧师坐在斯卡利恩勋爵旁边，牧师太太则挨着公爵夫人坐。公爵夫人同牧师太太谈起了工人阶级的住房问题，她似乎比牧师太太还要熟悉这个话题。这时，我才注意到爱德华·德里菲尔德。他正在同霍德马什夫人说话。这位夫人显然是在告诉他应该怎样写小说，还在给他讲哪几本书他实在有必要读一读。他听着，出于礼貌摆出一副饶有兴致的神情，时不时也会插上一两句，不过他的声音太轻，我实在听不清。每当那位夫人说了一句笑话（她频频说笑话，好像也都很好笑），他总会轻笑一声，并且快速看她一眼，那眼神好像是在说：这个女人好歹还不是个十足的傻瓜。我回想起往事，不禁好奇地暗自思量：对眼前的这几位贵客，对他这位穿戴整洁、如此能干而又善于持家的妻子，对他现在所处的优雅生活环境，他心里究竟是怎么想的。我不知道他是否对自己早年的浪荡经历感到遗憾。我不知道这样的现状是否真的使他感到快乐，抑或在他那温文尔雅的举止背后隐藏着极度的厌烦。也许他感觉到了我在看他，只见他突然抬眼朝我看来。他的目光在我的脸上停留了一会儿，那神情好像是在沉思，显得温和，又像是在搜寻什么说不清道不明的东西。紧接着，他突然又对我眨了眨眼，这次是确凿无疑的了。这个轻率的眼色出现在这样一张老迈干枯的脸上，不仅把我吓了一跳，而且令我很尴尬。我一时不知所措，只好似笑非笑地抿了一下嘴。

可是过了一会儿，公爵夫人同坐在餐桌另一端的人聊了起来，于是牧师太太转过脸来同我搭话了。

"你好多年前就认识他了,是吗?"她低声问我。

"是的。"

她朝四周扫了一眼,看看是不是有人在听我们说话。

"他太太特别担心你会让他想起伤心的往事。他太虚弱了,一点儿小事就会让他感到不安。"

"我会很小心的。"

"她对老人的照顾真可谓无微不至。她的奉献精神值得我们大家学习。她知道自己照顾的是一个多么重要的人。这种无私精神真的难以言表。"她把声音压得更低了些,"当然,他实在太老了,而老人有时总是不好伺候的,可我却从没见过她不耐烦的样子。她尽心尽力,简直同她丈夫一样了不起。"

这类评论本是很难找到话来应答的,但是我感到对方在期待我答话。

"总的看来,我觉得他的情况很不错。"我低声说了一句。

"那全是他太太的功劳。"

午餐结束后,我们又回到了客厅,大家三三两两地在那儿站了两三分钟,就见爱德华·德里菲尔德朝我走了过来。那会儿我正同牧师聊着,因为找不到更好的话题,我正在夸赞窗外的景色。我转身对主人说:

"我正好在说那边的一排小房子好美。"

"从这儿看过去是不错。"德里菲尔德望着那排参差不齐的乡舍轮廓,薄薄的嘴唇边浮现出一丝嘲讽的微笑,"我就出生在其中的一所房子里,好笑吧?"

可这时德里菲尔德太太满面笑容地匆匆走了过来。她的嗓音脆甜悦耳。

"哦，爱德华，我相信公爵夫人很想看看你的书房，她马上要走了。"

"真抱歉，我得赶三点十八分从特坎伯里出发的那趟火车。"公爵夫人解释道。

我们鱼贯走进了德里菲尔德的书房。书房在住宅的另一边，很宽敞，同样有圆肚窗，窗外的景色同从餐厅窗子看出去的景色一样。这间房间显然是一位贤妻精心为她的作家丈夫布置的。屋里十分整洁、一尘不染，几个大口花瓶里插满了鲜花，倒是平添了几分柔美的气息。

"他后期的所有作品都是在这张书桌上写的，"德里菲尔德太太说着，顺手把一本翻开反扣在桌面上的书合上，"他作品的精装本第三卷的卷首图就是这张书桌，老物件了。"

大家纷纷赞赏起这张书桌来。霍德马什夫人以为没有人注意她，伸手到桌子下面摸了一下，好看看是不是赝品。德里菲尔德太太快速朝我们粲然一笑。

"你们想不想看看他的手稿？"

"当然想看，"公爵夫人答道，"然后我就真的要赶路了。"

德里菲尔德太太从书架上取下一沓夹在蓝色摩洛哥皮封面里的手稿。我趁在场的人都在恭恭敬敬地观赏手稿时赶紧去看了看书架上摆满的书。大概所有作家都会这样做，我快速扫了几眼，想看看有没有我的作品，结果一本都没有看到。不过我倒是看到了阿尔罗伊·基尔的全套作品，还有其他很多装订精美的小说，看样子都像是从没有读过。我猜想这些作品都是作者送给这位天才文学大师的,一来对他表示崇敬之意,二来或许也希望讨得几句赞美之词,好用在出版商的广告上。但是所有书都排列得整整齐齐、干干净净,我觉得应该很少有人读过。书架上还有《牛津大词典》以及大多数英国经典作家的装帧精美的标准版名作,如菲尔丁、博斯韦尔[1]、赫兹里特[2]等人的作品,简直应有尽有。此外,还有大量关于海洋的书,我认出了几本海军部印发的封面五颜六色、卷数不全的航海指南;关于园艺的书也不少。这间书房看上去并不像一个作家写作的地方,倒像是某个大人物的纪念馆。你几乎已经可以看到一些无事可干的闲杂游客断断续续溜达进来,还可以闻到一股难得有人光顾的博物馆里那种不通风的发霉气味。我隐约觉得德里菲尔德现在若是还读什么东西的话,那也就是《园艺日志》或《航运报》了,我看见在屋子角落的一张桌子上就有一大捆这两种报纸。

等几位夫人看过了她们想要看的所有东西后,我们便向主人告辞。可是霍德马什夫人是个机智圆滑的女人,她一定想到了我是这次造访的由头,而我这个主角居然没同爱德华·德里菲尔德搭过话,于是在我们走到门口时,她一边眉飞色舞地冲我微笑,一边对德里菲尔德说:

"听说您和阿申顿先生好多年前就认识了,我可感兴趣了。他小时候是个好孩子吗?"

---

[1] 詹姆斯·博斯韦尔(James Boswell,1740—1795),苏格兰传记作家,被认为是现代传记写作形式的开创者。——编者注
[2] 威廉·赫兹里特(William Hazlitt,1778—1830),英国散文家、戏剧与文学评论家、画家、社会评论家和哲学家,被认为是英语历史上最伟大的评论家和散文学家之一。——编者注

德里菲尔德用他那冷静而略带挖苦的目光看了我一会儿。我敢说，如果那时没有旁人，他会向我吐舌头的。

"他可害羞了，"他回答说，"我教过他骑自行车。"

我们又坐上那辆宽敞的黄色劳斯莱斯汽车离开了他家。

"他人真好，"公爵夫人说，"我这趟来得太高兴了。"

"他的举止十分得体，是不是？"霍德马什夫人说。

"你不会真的指望他用刀吃豌豆吧？"我问道。

"我倒真希望如此，"斯卡利恩勋爵说，"那副模样该有多好看啊！"

"那可不容易做到，"公爵夫人说，"我试过很多次，豆子在刀上根本待不住。"

"你得用刀扎住豆子。"斯卡利恩勋爵说。

"才不是，"公爵夫人反驳道，"你得让豆子稳稳地待在刀面上，可它们总是到处乱滚。"

"你们觉得德里菲尔德太太怎么样？"霍德马什夫人问道。

"我觉得她做得挺好了。"公爵夫人说。

"他太老了，可怜的人，必须得有人照顾。你们知道她当过护士吗？"

"哦，真的吗？"公爵夫人说，"我还以为是他的秘书或打字员什么的。"

"她挺不错的。"霍德马什夫人为朋友仗义执言。

"啊，是很不错。"

"大概二十年前老头儿生病住院时，就是她护理的，病好后他就娶了她。"

"男人真滑稽,怎么会这么做呢?她一定比她丈夫要年轻得多。她今年几岁?不会超过四十或四十五岁吧?"

"不,我看不止。该有四十七岁了吧。我听说她为丈夫尽心尽力。我的意思是说,她把这老头儿料理得可以见人了。阿尔罗伊·基尔告诉过我,以前他太我行我素了。"

"作家的老婆往往都很讨厌,这准没错。"

"要同她们打交道真够烦人的吧?"

"烦死了。真奇怪,她们自己怎么一点儿都不觉得?"

"可怜虫,她们往往沉浸在幻觉中,以为谁都觉得她们很有趣。"我咕哝道。

我们到了特坎伯里,把公爵夫人送到火车站后继续驱车前行。

第五章

　　爱德华·德里菲尔德说得没错，他的确教过我骑自行车，其实那也正是使我跟他熟悉起来的原因。我不知道那时自行车已经发明出来多久了，但是我知道在我居住的肯特郡那个偏僻的地区，当时自行车还不多见，如果你看到有人骑着一辆实心轮胎的自行车疾驰而过，你总会回头去看，直到他的身影从你的视野中消失。对中年绅士们来说，骑车是一件滑稽好笑的事，他们说用自己的双腿走路就好了。上了年纪的女士们则见车就怕，一看到有人骑自行车过来，便连忙冲到路旁躲避。我每次见到骑自行车来上学的男生都羡慕得不行，要是能在骑进校门时双手脱把，那可是个出风头的大好机会。我一直求叔叔在暑假开始的时候给我买一辆自行车，我的婶婶表示反对，她说我准会把脖子摔断的，不过叔叔禁不住我的软磨硬泡，还是同意了——反正也是用我自己的钱买的。学校放假前我就订购了一辆自行车，几天后就从特坎伯里运来了。

　　我下决心要学会骑车，我的一些同学说他们花了半个小时就学会了。我试了又试,最后只能得出一个结论:我这个人实在笨得出奇(现在想起来我倒觉得当时未免有些夸大了)。虽说后来我收起了自尊心,同意让花匠扶我上车,可是一个上午过去了,我还是和开始时一样不能自己骑上车。第二天,我觉得是因为叔叔的牧师住宅门前的马车道过于弯曲,叫人难以施展手脚,于是我便把车子推到了不远处的一条大路上。我知道那条路又直又平坦,而且非常清静,不会有人看见我出洋相。我一次又一次练习上车,但每一次都摔下来。我的小腿被踏脚板擦破了,我感到浑身发热,心里很烦躁。我这样练了大约一个小时后,开始怀疑是上帝大概不想要我骑车,但我还是决心继续练下去(我受不了上帝在黑马厩镇的代表——我的叔叔——的冷嘲热讽)。可就在这时,我看到有两个人骑着自行车在这条僻静的路上朝我而来,我顿时感到不妙,于是连忙把自行车推到路旁,在围篱边坐下,若无其事地眺望起了大海。那副样子好像是我已经骑了很长时间的自行车,现在刚坐下,正望着浩瀚的大海陷入沉思之中。我故意显得目光游离,不去看那两个朝我骑过来的人,但是我能感觉到他们离我越来越近,而且通过眼角的余光我看得出那是一男一女。就在他们从我身边骑过时,那个女人突然往我这边猛冲过来,撞到了我身上,她自己也摔了下来。

"哎呀,真对不起,"她说,"刚才一看见你,我就知道自己会摔下来的。"

在这种情况下,我也不可能继续故作沉思了,我气得满脸通红,嘴上却说没关系。

她摔倒时,那个男人也下了车。

"你没伤着吧?"他问道。

"哦,没有。"

这时,我认出了那人是爱德华·德里菲尔德,也就是几天前我在路上看见的同助理牧师在一起的那位作家。

"我刚开始学骑车,"那个女人说,"只要看见路上有人,我就会摔下来。"

"你不是牧师的侄子吗?"德里菲尔德说,"那天我见过你。盖洛威告诉过我你是谁。这是我妻子。"

她朝我伸出手来,态度格外坦率大方,在我握住她的手时,她欣喜而热情地用力握了一下。她的眼睛和嘴角都洋溢着微笑,即使那时我也能看出她的笑容特别有魅力。我心慌意乱。见到陌生人时我总会格外害羞,所以我根本没有看清她的长相,只是隐约记得她是个身材高挑的金发女人。那天她身着蓝哔叽长裙和粉色衬衫,衬衫的前胸和领子都上了浆,一头浓密的金发上戴着一顶草帽,那时好像大家都管这种草帽叫"船工帽"。我也说不清我究竟是当时就留意到了,还是事后想起来的。

"我觉得骑自行车很有意思,你说是吗?"她说着,看了看我停靠在围篱旁的那辆漂亮的、崭新的自行车,"要是能骑得好,一定棒极了。"

我感觉她说这话是在拐着弯夸我的车技。

"只是多练练的事。"我说。

"今天是我第三次练。德里菲尔德先生说我学得很快,可我觉得自己简直笨极了,真恨不得踹自己一脚。你学了多久就会骑了?"

我的脸一下子红到了耳根，觉得说出实情实在是太丢人了。

"我还不会骑，"我说，"这辆车是刚买的，我今天才第一次练。"

此话说得有点儿含混，不过我赶紧在心里暗自添了一句：除了昨天在自己家花园里练的那次。这样总算可以问心无愧了。

"要是你愿意，我可以教你，"德里菲尔德和蔼地说，"来吧。"

"哦，不行，"我说，"我怎么也不敢麻烦你的。"

"为什么不行？"他太太问了句，那双蓝眼睛依然充满笑意，"德里菲尔德先生愿意教你，我也好歇会儿。"

德里菲尔德一把拽过了我的自行车，我虽然不太情愿，但还是拗不过他出于好意的猛力拉扯，笨手笨脚地爬上了自行车，左右摇晃，可他伸出有力的手扶住了我。

"快蹬！"他说。

我摇摇晃晃地蹬了起来，他在我身边跟着跑，尽管他费了很大力气，但我最后还是摔了下来。这时，我们俩都热极了，在这种情况下，我不可能再保持牧师的侄子对沃尔夫小姐管家的儿子应有的冷漠态度了。我又上车往回骑，居然独自骑了三四十码[1]，这可真令人激动，只见德里菲尔德太太跑到路中间，双手叉腰，大声喊着："加油，加油！胜利在望！"我开心地大声笑着，完全忘记了自己的身份。我自己顺利下了车，脸上肯定露出了得意洋洋的神情。德里菲尔德夫妇连连夸我聪明，不到一天就学会了骑

---

[1] 长度计量单位，一码约等于零点九米。——编者注

车，我自己也感觉受之无愧，坦然接受了他们的祝贺。

"我要看看我能不能自己骑上去。"德里菲尔德太太说。我又在围篱边坐下，同她丈夫一起看着她一次次练习自己上车，但她最终还是没有成功。

后来，她又想歇会儿了，有些失望却还是笑嘻嘻地在我身旁坐了下来。德里菲尔德点着了烟斗。我们聊起天来。那时我当然并未意识到，但是现在我知道了，她的举止中有一种能让人不知不觉感到自在的坦率。她说话像打机关枪似的，总让人感觉很像一个对生活充满热情的孩子，眼睛里始终笑意盈盈，非常动人。说不清为什么，我很喜欢她的微笑。如果狡黠不是一种令人不快的品性，我倒很想说她的微笑中带有一丝狡黠。但是那微笑非常纯真，也不能称之为狡黠，还是说调皮更恰当些，就像一个孩子做了一件自己认为很有趣的事，他十分清楚你一定会觉得他很淘气，同时心里又知道你不会真的为此生气，要是你没有很快发现这件事，他就会忍不住自己跑来告诉你。当然，那时我只觉得她的微笑让我感到很亲切。

过了一会儿，德里菲尔德看了看表，说他们该回去了，还提议我们一起潇洒地骑车回去。但那正是我叔叔和婶婶每天从镇上散步回家的时间，我可不想冒险让他们看到我同他们不认可的人在一起，于是我叫他们先走，因为他们会骑得比我快。德里菲尔德太太不同意，倒是德里菲尔德用一种有趣的、顽皮的眼神看了我一眼，这让我觉得他已看穿了我的借口，我顿时羞得满脸通红，只听他说：

"让他自己走吧，罗茜。他一个人会骑得更稳些。"

"好吧。明天你还会来这儿吗？我们还会来的。"

"我尽量来吧。"我回答说。

他们骑上车先走了。过了几分钟，我也上路了。我心里乐滋滋的，一路骑到了牧师住宅的门口都没有摔下来。当天吃晚饭时我好好吹嘘了一番，但是只字未提我遇见了德里菲尔德夫妇。

第二天上午十一点左右，我把自行车从马车房里推了出来。这间屋子虽叫马车房，其实里面连一辆小马车都没有，那只是花匠放割草机和滚轮的地方，玛丽-安也把一袋鸡饲料放在那儿。我把自行车推到大门口，好不容易才上了车，沿着特坎伯里公路一直骑到从前的关卡处，拐到了欢乐巷。

天空碧蓝，空气温暖而清新，似乎被太阳烤得发出了脆裂声。日光明亮但不刺眼。太阳光束仿佛是一股定向的力量投射到白晃晃的大马路上，然后又如橡皮球似的弹了回去。

我在路上来回骑着，等待着德里菲尔德夫妇，没过多久我就看见他们来了。我朝他们挥挥手，随后掉过车头（我先下了车，才把车头掉过来的），同他们一起往前骑去。我和德里菲尔德太太互相称赞对方进步很快。我们俩战战兢兢地骑着，双手用力地握住车把，但是都兴高采烈。德里菲尔德说，等我们都骑得很稳了，一定要骑车到处兜兜风。

"我要到附近去拓一两块铜碑。"他说。

我不懂他说的是什么，但他不肯解释。

"等着吧，我会给你看的。"他说，"你觉得明天你能骑十四英里吗？去的时候要骑七英里，回来也要骑七英里。"

"没问题吧。"我说。

"我可以给你带纸和蜡来,你也可以拓一张。不过你最好问问你叔叔你能不能去。"

"我用不着问他。"

"我看你还是问一问比较好。"

德里菲尔德太太用她那特有的调皮而又友好的目光看了我一眼,我的脸又一下子涨得通红。我知道如果去问叔叔,他一定不会同意,还是什么都不说为好。但是骑着骑着,我就看见医生坐着他的双座马车朝我们迎面驶来。在他经过我身边时,我两眼直视前方,一心指望只要我不去看他,他也不会看我,但这希望太渺茫了。我感到忐忑不安。要是医生看见了我的话,这件事马上就会传到叔叔或婶婶的耳朵里,于是我开始在心里琢磨是不是还不如我自己主动透露这个已经守不住的秘密为好。我们在牧师住宅门口分手时(我一直无法避免同他们一起骑到家门口),德里菲尔德说要是我明天可以同他们一起去的话,最好尽早去他家找他们。

"你知道我们住的地方吧?就在公理会教堂的隔壁,叫作莱姆别墅。"

那天坐下吃饭时,我一心想找个机会,装作不经意的样子说出我偶然碰见了德里菲尔德夫妇,但是在黑马厩镇上,消息传得很快。

"你今天上午同什么人在一起骑车?"婶婶问道,"我们在镇上遇见了安斯蒂大夫,他说他看见你了。"

叔叔满脸不悦地嚼着烤牛肉,阴沉地看着自己面前的盘子。

"德里菲尔德夫妇,"我若无其事地答道,"就是那位作家。盖洛威先生认识他们。"

"他们的名声很不好,"我叔叔说,"我不希望你同他们来往。"

"为什么不可以?"我问道。

"我不想告诉你为什么。我不希望你同他们来往,这就够了。"

"你是怎么认识他们的?"婶婶问道。

"我在路上骑车,他们也在那儿骑车,他们问我愿不愿意同他们一块儿骑。"我把实情略作了些改动。

"我管这叫强人所难。"叔叔说。

我绷起了脸。为了表示我很生气,甜点端上桌的时候,虽然是我最爱吃的覆盆子馅饼,我却一口都没吃。婶婶问我是不是身体不舒服了。

"没什么,"我尽量摆出傲慢的姿态说,"我很好。"

"那就吃一小块吧。"婶婶说。

"我不饿。"我答道。

"就当是为了让我高兴,吃一口吧。"

"饿不饿他自己知道。"叔叔说。

我瞪了他一眼。

"那我就吃一小块吧。"我说。

婶婶马上给了我一大块。我吃的时候,装出一副我是出于强烈的责任感才不得不做一件自己很不喜欢的事情的样子。那覆盆子馅饼做得太好吃了。玛丽-安做的糕饼又酥又脆,吃到嘴里就融化了。可是婶婶问我能不能再吃一点儿时,我又板起面孔拒绝了。她没有再坚持。叔叔做了饭后的祷告,而我带着气愤的心情走进了客厅。

估计用人都已吃完饭后,我走进了厨房。这会儿埃米莉正在餐具室里擦拭银餐具,厨房里只有玛丽-安在洗碗碟。

"我想知道,德里菲尔德夫妇到底有什么问题?"我问玛丽-安。

玛丽-安十八岁就到牧师家来当用人了。我还是个小男孩的时候,她给我洗澡;我需要吃药的时候,她把药粉拌在梅子酱里给我吃;我要去上学,她替我整理书包;我生病了,由她护理我;我闷得慌了,她给我读故事;我淘气的时候,她训斥我。女佣埃米莉是个轻浮的姑娘,玛丽-安常说要是由埃米莉照顾我,真不知道我会变成什么样。玛丽-安是黑马厩镇本地的姑娘。她这辈子都没有去过伦敦,我想,就连特坎伯里她也就只去过三四次。她从不生病,也从不休假,一年的薪水是十二英镑。每星期有一个晚上,她会到镇上去看看她的母亲。她的母亲替牧师家洗衣服,每个星期日晚上她会去教堂。黑马厩镇上发生的每件事,玛丽-安都了如指掌。她知道这里的每一个人,谁娶了谁,谁嫁给了谁,谁的父亲死于什么病,哪个女人生了几个孩子,每个孩子都叫什么名字,她全都知道。

玛丽-安听到我问的这个问题后,随手就把一块湿抹布啪的一声丢进了水槽。

"我不怪你叔叔,"她说,"你要是我的侄子,我也不会让你同他们来往的。想不到他们居然会要你同他们一道骑车!有些人真是什么事都干得出来。"

我明白我们在餐桌上的谈话已经传到了她的耳朵里。

"我不是小孩子了。"我顶嘴道。

"这就更糟了。他们居然还有脸住到这儿来！"玛丽-安说话的时候经常随意略去字首的"h"音，"还租下一栋房子，硬是冒充上等人！哎，别去碰那块饼。"

那块覆盆子馅饼就放在厨房的桌子上，我顺手掰了一块酥皮，放进了嘴里。

"这饼我们晚饭还要吃的，你要是没吃够，刚才吃饭的时候你干吗不要？泰德·德里菲尔德[1]这个人做什么事都长久不了。他还受过很好的教育呢！我只为他的妈妈感到难过。他从生下来那天起就净给他妈妈找麻烦，后来还跑去同罗茜·甘恩结婚了。我听说，他妈妈知道了这件事后，气得病倒在床上，一连三个星期起不来，跟谁都不说话。"

"德里菲尔德太太结婚前是叫罗茜·甘恩吗？是哪个甘恩家的？"

甘恩是黑马厩镇最常见的一个姓氏。教堂墓地里到处都能见到姓甘恩的人的墓碑。

"哦，你不会知道这家人的。她爸爸叫乔赛亚·甘恩，也是个浪荡的家伙。他当过兵，回来的时候装上了一条木腿。早些年他经常出去帮人家刷油漆，不过常常找不到活儿干。过去他们家在黑麦巷，同我们家是邻居。我经常和罗茜一起去上主日学校。"

"可是她比你年轻。"我因年幼无知，说话不会拐弯。

"她再也回不到三十岁了。"

---

[1] 泰德是爱德华的昵称。

玛丽-安个子矮小，塌鼻子，有一口蛀牙，不过肤色还挺白的，我想她那时也不会超过三十五岁。

"不管罗茜装得有多年轻，她顶多也就比我小四五岁。我听人家说，她现在都打扮得叫人认不出来了。"

"她真的当过酒吧女招待吗？"我问。

"是的，先在'铁路之徽'酒馆，后来在赫弗沙姆的'威尔士亲王羽毛'酒馆。开始是里夫斯太太雇她在'铁路之徽'的吧台后招待客人，但是她太不像话，后来只好把她解雇了。"

"铁路之徽"是一家很不起眼的小酒馆，就开在伦敦、查塔姆和多佛尔铁路的车站对面，里面闹闹哄哄的，总叫人感觉不正经。在冬天的夜晚路过酒馆时，透过玻璃门总能看到很多男人围在吧台前喝酒吵闹。叔叔特别不能容忍这家酒馆，多年来一直在呼吁吊销它的营业执照。去那里喝酒的多半是铁路搬运工、运煤船上的船员和农场工人。黑马厩镇上的体面居民是不屑光顾的，他们若想喝一杯苦啤酒，会去"熊与钥匙"或"肯特公爵"这两家酒馆。

"啊，她都干什么了？"我惊讶地问道，眼珠子瞪得快要蹦出来了。

"她什么没干过啊？"玛丽-安说，"你想想，要是你叔叔发现我告诉你这种事，他会说什么呢？到那里喝酒的男人，不管是什么人，她一个都不放过。她没法专一地只跟哪个男人好，她的男人一个接一个地换。我听人家说过，那简直是恶心透啦！也就是在那时候，她勾搭上了乔治勋爵。本来乔治勋爵是不会去那种地方的，他是个有身份的人，哪会看得上那种酒馆？但是我听说有一天他要坐的火车晚点了，他无意中走了进去，就在那里看到了她。从那以后，他就经常泡在那个地方，同那些个粗汉瞎混。当然，他们都明白他去那里的目的。而他是有老婆的，还有三个孩子。唉，我真替他老婆难过！这件事招惹的闲话不知有多难听哟！后来闹得店主里夫斯太太对这件事一天都忍受不下去了，就付了工钱给她，叫她马上卷铺盖走人。那时我就说了，谢天谢地，这祸害可算是走了。"

乔治勋爵我是很熟悉的。他名叫乔治·肯普，"乔治勋爵"这个尊号只是大家嘲讽他总爱摆架子、装作自己很高贵才这么叫的。他是我们当地的煤炭商人，也捎带做一点儿房产生意。他还拥有一两艘煤船的股份。他住的那栋新砖房是在自己家的地皮上盖的，出门有自己的双座马车。他身材壮实，留着一把花哨的翘胡子，面色红润，有一双蓝色的大眼睛。每次想到他，我就觉得他的模样很像旧时荷兰油画中满面红光的乐呵呵的商人。他的穿戴总是很花哨。每当你看见他穿着淡黄色的大纽扣短外套，头上歪戴一顶褐色圆顶礼帽，纽扣孔里还插着一朵红玫瑰，驾着马车在伦敦的商业大道上急驰而过时，你总会忍不住多看他几眼。一到礼拜天，他便头戴一顶光亮的高顶礼帽，穿上长礼服到教堂去，人人都知道他一心想要当上管理财务的教堂执事，而他显然是个精力充沛的人，管理教堂当有用武之地，但是叔叔说只要他还在教区牧师的任上，就不会用他。尽管乔治勋爵为了表示抗议，有一年时间不到大教堂来做礼拜了，我的叔叔还是固执己见，在镇上碰见乔治勋爵时，根本就不理睬他，后来两人总算和解了，乔治勋爵又回到大教堂来做礼拜了，但是叔叔勉强妥协，指派他当了副执事。绅士阶层的人都认为他太粗俗，我也觉得他的确太虚荣、好吹嘘。他们嫌他说话嗓门太大，笑声太刺耳——他在街边和人说话时，站在街对面都能听清楚他说的每一个字——他们还觉得他的举止叫人难以忍受。他对人过分亲切，每次同那些绅士说话时总显得好像他压根儿不是个做买卖的。他们都说他太爱出风头。他见到谁都十分亲热，他热心于公共事业，每年需要为划船比赛或丰收节活动募捐时，他都慷慨解囊，谁有难处他都乐意帮忙。可是如果他以为他的这些行为可以消除他与黑马厩镇的绅士之间的隔阂，那他可就想错了。他的各种为社交做出的努力只会引起大家的反感。

我记得有一次，医生的太太来看婶婶，埃米莉进来向叔叔通报说乔治·肯普先生想要见他。

"可是我听见的是前门的铃声，埃米莉。"婶婶说。

"是的，夫人，他是从前门来的。"

一时间屋里的人都感到很尴尬，谁都不知道该如何应对这样一件不寻常的事情。埃米莉本应知道谁可以从前门进来，谁应当走边门，谁只能走后门，这时连她也显得有些慌乱了。我的婶婶是个性情温和的人，我感觉得到她确实对一个人居然可以如此不懂分寸而感到为难，而医生的太太却从鼻子里轻蔑地哼了一声。最后还是叔叔最先镇定下来。

"把他带到书房去，埃米莉，"他说，"我喝完茶就来。"

可是乔治勋爵始终是那副样子，喜气洋洋，四处招摇，扯着嗓子咋咋呼呼。他说整个镇子死气沉沉的，他要将它唤醒。他要说服铁路公司推出旅游列车。他看不出为什么这里不能成为另一个马盖特[1]，而且他们为什么不应当有个市长呢？弗恩湾不就有市长吗？

"我看他是自己想当市长了。"黑马厩镇上的人噘起嘴说，"骄傲是要摔跤的。"

而叔叔的说法是，你可以牵马到水边，但无法强迫马喝水。

这里我要多说几句：那时我也同其他所有人一样，对乔治勋爵报以轻蔑嘲讽的态度。每次他在街上直呼我的名字叫住我，同我说话时的口气就像我们之间并不存在社会地位的差异，我总会感到十分恼火。他甚至还提议我同他的儿子一起打板球，他的几个儿子和我年龄相仿。好在他们读的是哈弗沙姆的普通文法学校。我当然不可能和他们有什么来往。

玛丽-安告诉我的那些事令我大为震惊，但是我不大相信她的话。那时我已经读了很多小说，在学校里也学到了那么多知识，对于爱情自然懂得很多了，但是我认为爱情只是年轻人的事。我无法想象一个蓄着胡子的男人，儿子都和我一样大了，怎么还会有这种感情。我认为人一旦结了婚，这种事也就结束了。过了三十岁的人还会爱上别人，我觉得是挺恶心的事。

"难道你的意思是说，他们真的做了什么见不得人的事？"我问玛丽-安。

"我听人家说，罗茜·甘恩什么事都干得出来。乔治勋爵也不是她唯一勾搭过的男人。"

"可是，她怎么没有生孩子呢？"

我在小说里读到过，只要漂亮的女人干了丢人的蠢事，她就

---

[1] 马盖特（Margate），英国肯特郡东部的海边小镇，是一个颇受大众喜爱的旅游胜地。

一定会生下孩子。事情的来龙去脉总会说得含混不清,有时甚至只用省略号点到为止,但结果总是那样的。

"依我看,也就是她运气好,而不是她做得好。"玛丽-安说到这里,定了定神,停下了手上擦干盘子的活儿,"我看你知道太多你不该知道的事了。"

"我当然知道啦,"我自以为是地说,"得了吧!我好歹也算长大了,不是吗?"

"我能告诉你的是,"玛丽-安说,"里夫斯太太辞退了她以后,乔治勋爵在哈弗沙姆的'威尔士亲王羽毛'酒馆给她找了份差事,从此他就总驾着马车往那儿跑。你总不能说那儿的啤酒有什么不同吧?"

"既然这样,泰德·德里菲尔德为什么还要娶她呢?"我问道。

"别提他了,"玛丽-安说,"他就是在'威尔士亲王羽毛'酒馆遇见她的。我看他是找不到别的女人肯嫁给他。没有哪个体面的姑娘会跟他的。"

"他知道她的事吗?"

"你最好问他去。"

我不说话了。这一切都很令人费解。

"她现在看上去怎么样?"玛丽-安问了我一句,"自打她结婚后我就再没见过她。实际上,听说了她在'铁路之徽'干的那些事以后,我连话都没跟她说过。"

"她看上去还不错。"我说。

"嗯,你倒可以问问她是不是还记得我,看看她怎么说。"

第六章

我心里已打定主意第二天早上要同德里菲尔德夫妇一起骑车出去,但我不想去问叔叔我能不能去,我知道他是不会同意的。如果他事后发现我同他们出去了,并为此发火,那也没有办法。如果泰德·德里菲尔德问我有没有得到我叔叔的准许,我打算毫不犹豫地说他已经同意了。然而事情有变,我也用不着说谎了。当天下午我看潮水涨高了,就想去海滩游泳,我叔叔正好要去镇上办事,便同我一起走了一段路。我们刚走到"熊与钥匙"酒馆门口,就见泰德·德里菲尔德从里面走了出来。他看见了我们,然后径直走到我叔叔面前。他一脸冷静的样子让我很吃惊。

"下午好,牧师,"他说,"不知道你是否还记得我。小时候我参加过唱诗班。我叫泰德·德里菲尔德。我的父亲当过沃尔夫小姐的管家。"

我的叔叔是个非常胆小的人,这时他倒有些慌张了。

"噢,是的,你好!听说你父亲去世的时候,我感到非常难过。"

"我有幸认识了你的小侄子。我不知道你是否同意他明天和我一起骑车出去,他一个人骑车很无聊,我明天要去弗恩教堂拓一块铜碑。"

"多谢你的好意,只是——"

叔叔想要拒绝,但是德里菲尔德打断了他。

"我一定会看着他,不让他淘气。我想他可能也乐意自己拓一张。他会感兴趣的。我可以给他一些纸和蜡,他用不着花钱的。"

叔叔的思路被打乱了。泰德·德里菲尔德提出可以承担我用的纸和蜡的费用,顿时让他大为恼火,居然完全忘记了不准我去的本意。

"他完全可以自己花钱买纸和蜡,"他说,"他有的是零花钱,他花钱去买这种东西总比他买糖果吃要强,吃糖对身体没好处。"

"那样也好,他只要去海沃德文具店,就说要买我买过的那种纸和蜡,他们就会给他的。"

"我现在就去。"我说。为了防止叔叔改变主意,我拔腿冲过了马路。

第七章

我不明白为什么德里菲尔德夫妇要在我身上费这么多心思,只能认为他们纯粹是好心。我那时是个挺沉闷的孩子,也不爱说话,就算我有什么地方引起了泰德·德里菲尔德的兴趣,那也一定是不经意的。我心里总觉得,我是放下了身段才去和沃尔夫小姐管家的儿子交往的,而他也就只是叔叔嘴里一个所谓的蹩脚文人而已。有一次,我带着些许高傲的姿态向他借一本他写的书,他说我不会对他的书感兴趣的,我也就信以为真了,于是没再坚持。自从叔叔那次同意我和德里菲尔德夫妇一起出去以后,他就没有再反对我同他们来往。有时我们会一起去划船,有时会到某个风景秀丽的地方去玩,德里菲尔德会在那些地方画几幅水彩画。我也不知道那时英国的气候是不是要比现在好,抑或只是我少年时代的幻觉,反正我似乎记得,那年夏天每天都是阳光灿烂的,从无间断。我在不知不觉间越来越喜欢这片丘陵起伏、富饶美丽的乡野。我们常常骑很远的路,到一个个教堂去拓铜碑,拓下那些披挂盔甲的骑士和穿着用鲸骨撑起的大裙子的贵妇。泰德·德里菲尔德充满热情地追求着这个简单纯真的爱好,我被他深深地感染了,也满怀激情地拓起铜碑来。我颇为得意地把我的劳动成果拿给叔叔看,我猜得出他心里的想法,不管我同什么人交往,只要我经常往教堂跑,就不会有什么害处。我们在忙的时候,德里菲尔德太太总会留在教堂院子里,她既不看书,也不做针线活儿,就只是在院子里闲逛。就算长时间什么事都不干,她好像也不会感到无聊。有时,我也会跑出去同她一起在草地上坐一会儿。我们会聊天——聊起我的学校、学校里的同学和老师、黑马厩镇上的人,就是闲聊而已。她称我为阿申顿先生,我对此感到很满意。我想她是第一个这样称呼我的人,让我感觉自己已经长大成人了。我特别讨厌别人叫我威利少爷。我觉得谁叫这个名字都是可笑的。事实上,我不喜欢自己的姓名,平日里总会花很多时间给自己编造更合适的姓名。我比较喜欢的姓名是罗德里克·雷文斯沃思。我用非常潇洒的字体在纸上写满了这个签名。我觉得叫卢多维克·蒙哥马利也不错。

我脑子里总也摆脱不了玛丽-安告诉我的关于德里菲尔德太太的那些往事。虽然从理论上讲,我知道结婚是怎么回事,也能用最赤裸的语言说出一些事实,但其实我并不是真的懂了。我觉得这种事情实在令人作呕,甚至也不太相信真是那么回事。就好比我明明知道地球是圆的,可是又常常以为它是平的。德里菲尔德太太看上去是那么坦率,她的笑声是那么爽朗单纯,她的举止总让人感觉她像个稚气未脱的孩子,我实在无法想象她会同水手,特别是同乔治勋爵那样粗鄙不堪的人"纠缠不清"。她一点儿也不像我在小说里读到过的那种坏女人。当然,我知道她算不上"端庄淑女",她说话带有黑马厩镇的口音,时常会漏掉字首的"h"音,有时语法也错得离谱,但我还是禁不住喜欢她。因此我得出了结论,玛丽-安给我讲的那些事都是胡编乱造的。

有一天,我偶然跟她提起了玛丽-安在我们家当厨娘。

"她说以前住在黑麦巷时同你是邻居。"我补充了一句,满以为德里菲尔德太太会说她从来没听说过这个人。

没想到她竟露出了笑容,那双蓝眼睛闪闪发光。

"是的。她过去常带我去上主日学校,还要费老大劲儿不让我吵闹。后来我听说她去牧师家做事了。真没想到她还在那儿!天晓得我有多少年没见到她了。我倒很想再见见她,同她聊聊从前的事。替我向她问好,可以吗?请她哪天晚上有空过来坐坐,我请她喝茶。"

她的话着实叫我感到惊讶。不管怎么说,德里菲尔德夫妇目前住在租的房子里,虽然他们总说要把它买下来,家里也只雇了一名"杂工"。他们要请玛丽-安过去做客很不妥当,也叫我怪为难的。他们好像一点儿都不懂什么事情可以做,什么事情根本不可以做。他们还常常当着我的面谈论他们过去生活中的一些事情,这总叫我感到尴尬不已,我觉得这种事压根儿就不该提起。那时我并没有意识到周遭的人都是虚荣浮夸的,也就是说,总会死要面子地故意摆阔气、讲排场,现在回想起来,我觉得他们的确在生活中处处装模作样。他们总是戴着一副保持体面的假面具生活。你永远不会看到他们穿着衬衫,两只脚搁在桌上的样子;有身份的太太、小姐只有在下午穿戴好茶会礼服后才会露面。私下里他们都过着精打细算的节俭生活,你不可能随意前去拜访他们，吃上一顿便饭，而他们一旦请客，饭桌上的菜肴总会丰盛得叫人发愁。哪怕灾祸降临到了某家的头上，他们也总是会昂首挺胸，表现得若无其事。比如哪家的儿子娶了个女演员，大家都绝口不提这件不幸的事，尽管街坊邻居私下里议论纷纷，都说这桩婚事太丢人了，但是在当事人面前他们却格外小心，连"戏院"这个词都避而不谈。我们都知道买下了"三山墙"别墅的格林考特少校的妻子出身生意人家庭，但是不论是她本人还是少校都从不对这个不光彩的"秘密"露一丝口风。我们虽然在背后对此嗤之以鼻，但是当着他们的面却总是礼貌得连"陶器"这个词都不提（格林考特太太家的丰厚收入来源于陶器生意）。这样的事也不算少见：父母一怒之下取消了儿子的继承权，分文不给了；要不就是叫出嫁的女儿（就像我母亲那样嫁了个律师）再也不准踏进家门。这种事情我已经习以为常，觉得是天经地义的。不过，当我听到泰德·德里菲尔德谈起他在霍尔本街的一家饭馆里当过侍者时，他的语气仿佛是在说一件世界上最平常不过的事，这还是让我很诧异的。我知道他曾经离家出走，跑到海上当了水手，那是一件很浪漫的事。我知道很多男孩都干过这种事（至少小说里是这么写的），他们经历了种种惊心动魄的事情，最后都发了财，还娶了某个伯爵的女儿。德里菲尔德太太也一样，有一次我们骑车经过"铁路之徽"酒馆时，她随口提到了她在这个酒馆里干过三年，就好像谁都可能在这里干过活儿似的。

"这是我最早干活儿的地方，"她说，"后来我去了哈弗沙姆的'威尔士亲王羽毛'酒馆，直到嫁人才离开那儿。"

说罢，她哈哈大笑起来，仿佛是在回忆一段很得意的经历，我听后真不知该说什么好,窘得手足无措,满脸通红。还有一次,我们骑车到了很远的地方,回来时经过费尔纳湾,那天天气很热,我们三个人都感到口干舌燥,德里菲尔德太太提议我们去"海豚"酒馆喝杯啤酒。她进门后就同吧台后面的姑娘聊了起来,我听到她大大咧咧地说起了她自己也在酒吧干过五年,这简直把我惊得目瞪口呆。后来酒馆老板也凑了过来,泰德·德里菲尔德马上请他一起喝一杯。德里菲尔德太太还非要请那个女招待喝一杯红葡萄酒。随后,他们很热络地聊起天来,谈到了酒馆的生意和进酒渠道,还谈到了物价上涨。我站在一旁,浑身忽冷忽热,不知所措。我们走出酒馆时,德里菲尔德太太说道:

"泰德,我很喜欢那个姑娘。她应该干得不错。我刚才跟她说了,干这一行不容易,但也挺开心的,可以见不少世面,要是再有点儿手腕,也不愁找不到一个好丈夫。我看到她戴了个订婚戒指,不过她跟我说,她是故意戴上的,好让那些男人有机会逗她。"

德里菲尔德哈哈大笑。他的太太转身对我说道:

"我当女招待的那几年过得可开心啦!当然啦,谁也不能一直干下去的,总得想想将来的日子。"

但是更让我吃惊的事还在后头。九月已经过去一半,我的暑假也快要结束。那时我满脑子都是德里菲尔德夫妇的事,可是每次我想在家里谈谈他们,总会遭到叔叔的呵斥。

"我们可不想整天听你念叨你的朋友,"他说,"难道没有比他们更合适的话题了吗?不过我倒是觉得,既然泰德·德里菲尔德出生在这个教区,还几乎天天同你见面,他偶尔也该来教堂吧?"

有一天,我对德里菲尔德说:"我的叔叔希望你们去教堂。"

"好吧。下个礼拜日晚上我们去教堂可以吗,罗茜?"

"我没意见。"她说。

我把德里菲尔德夫妇要来教堂的事告诉了玛丽-安。那天,我坐在教堂里乡绅席后面的牧师家人的座位上,不便四处张望,不过我从隔了过道的邻座的举动中知道他们来了。第二天我一找到机会就问玛丽-安有没有看到他们。

"我当然看到她了。"玛丽-安板着脸说。

"后来你跟她说话了吗?"

"我?!"她突然发起火来,"你给我从厨房里出去。你整天缠着我干吗?!你总是在这儿碍手碍脚的,我还怎么干活儿?"

"好吧,"我说,"别发火啊。"

"我真搞不懂你叔叔怎么会同意你跟这样的人瞎混。瞧她帽子上插的那些花儿。我真好奇,她这样抛头露面的也不害臊吗?你走开,我忙着呢。"

我不明白玛丽-安为什么会火冒三丈。此后我就不再提德里菲尔德太太了。可是两三天后,我凑巧跑到厨房去找东西。牧师住宅里有两间厨房:一间小厨房是平时做饭用的,另外还有一间大厨房,我想大概是因为当时的乡村牧师家人口多才建的,也便于大摆筵席招待四周的乡绅。平常玛丽-安干完一天的活儿后会坐在大厨房里做做针线活儿。那天我们的晚饭是冷餐,八点开始,所以用完下午茶后她就没什么事要做了。那时已将近七点,天渐渐黑下来。晚上埃米莉休息外出了,我以为只会有玛丽-安一个人在厨房里。可是,我走到过道里却听到了说话声和笑声。我猜想是有人来看玛丽-安了。厨房里点着灯,但是厚厚的绿色灯罩使得里面还是一片昏暗。我看见了桌上摆着茶壶和茶杯。看来玛丽-安在和她的朋友喝茶。我推门进去时,屋里的谈话停止了,接着我听到了一个人的说话声。

"晚上好。"

我不禁一怔,原来玛丽-安的客人正是德里菲尔德人人。玛丽-安看见我惊讶的神情,轻轻笑了一声。

"罗茜·甘恩过来和我喝杯茶。"她说。

"我们在聊过去的事。"

这样的场合被我撞见了,玛丽-安显得有一点儿不好意思,但是我更不好意思。德里菲尔德太太还是对我露出了她那孩子气的调皮笑脸,显得特别从容自在。不知出于什么原因,我注意到了她的穿戴,大概是因为我从没见过她穿得这么庄重。浅蓝色的上衣,腰身束得很紧,袖子很大,裙筒很高,配上镶着荷叶边的长裙子。她头戴一顶黑色大草帽,上面缀着一大堆玫瑰花和绿叶,还有蝴蝶结。显然,这就是星期日她去教堂时戴的那顶帽子。

"我觉得要是等着玛丽-安来看我,恐怕得等到世界末日了,所以我想最好还是我来看她吧。"

玛丽-安不好意思地咧嘴笑了笑,不过看上去并没有不高兴。我向她要了我想要的东西,便赶快走出了厨房。我走到了花园里,漫无目的地漫步。我朝路边走去,望了望大门外。夜幕已经降临。不一会儿,我看到一个男人慢悠悠地走了过来。一开始我并没有注意他，但是他在花园外的路上来来回回地走动，好像是在等什么人。起初我还以为是泰德·德里菲尔德，差一点儿就跑出去打招呼了，可就在这时，他停下了脚步，点着了烟斗，我才看清原来那是乔治勋爵。我不知道他到这儿来干什么，转念间我突然想到了他可能是在等德里菲尔德太太。我的心怦怦直跳。尽管有夜色遮掩，我还是躲进了灌木丛的阴影里。我又等了几分钟，接着便看到边门开了，玛丽-安把德里菲尔德太太送了出来。我听到了她踏在石子路上的脚步声。她走到大门口，咔嗒一声把门打开。乔治勋爵听到了开门声，马上从路边走了过来，没等德里菲尔德太太跨出门去，他便溜了进来。他一把将她揽到怀里，紧紧抱住了她。她轻轻笑了几声。

"当心我的帽子。"她悄声说。

他们离我不过三英尺，我生怕被他们发现，同时为他们感到羞耻，所以紧张得浑身发抖。他们紧紧抱了有一分钟。

"去花园怎么样？"他也悄声问道。

"不行，那孩子在花园里。我们到田里去。"

接着，乔治勋爵一手搂着她的腰，两人一起走出了大门，消失在夜色中。此刻我能感觉到自己的心在怦怦乱跳，我几乎要喘不过气来了。刚才见到的那一幕太令人震惊了，我根本没办法冷静思考。我多么希望能把这件事告诉什么人，但这是一个秘密，我不能透露出去。这个秘密非同小可，使我感到异常激动。我慢慢地走回去，从边门进去。玛丽-安听到了开门的声响，就喊了一声。

"是你吗，威利少爷？"

"是我。"

我朝厨房里看了一眼,只见玛丽-安正在把晚饭放到托盘里,准备端进餐厅去。

"我不想告诉你叔叔罗茜·甘恩来过。"她说。

"哦,不用说。"

"我也万万没想到啊。我听到有人在敲边门,过去开门一看,就看到罗茜站在那儿,我可吓得腿都软了。'玛丽-安!'她叫了一声,没等我弄清楚她来干什么,她就在我的脸上亲个没完。我只好请她进来了,进来后,我也只好请她喝杯茶了。"

玛丽-安急着为自己开脱。毕竟她在我面前说过德里菲尔德太太那么多坏话,现在却被我撞见她们俩坐在一起有说有笑,她当然想得到我会觉得很奇怪。不过我并不想声张。

"她没那么不好吧?"我说。

玛丽-安露出了笑脸。她虽然有一口黑黑的蛀牙,但是笑起来还是有些动人的。

"我说不清到底是怎么回事,可是她身上有一种叫人不得不喜欢的东西。她在这儿坐了快一个钟头,说真的,她可一点儿都没摆架子。她亲口告诉我,她那身衣服的料子每码花了十三英镑十一先令,这话我信。她什么都记得,她还记得她是个小娃娃的时候我给她梳头,吃茶点前我给她洗手。要知道有时她妈妈会把她送到我们家来同我们一块儿吃茶点。那会儿她才漂亮呢,像画里的人似的。"

玛丽-安回想起往事,她的脸皱了起来,渐渐陷入沉思,显得很好笑。

"嗯,这么说吧,"她停顿了一会儿后继续说道,"要是我们知道所有人的底细,那么很多人兴许也比她好不到哪儿去。她只是比大多数人受到了更多的诱惑,那些拿她说三道四的人要是碰上机会,恐怕也不会比她好多少。"

第八章

天气突然变了，气温骤降，下起了大雨。因此我们无法骑车出去。我倒并不感到可惜，无意中撞见德里菲尔德太太同乔治·肯普幽会以后，我真不知道如何再用正眼瞧她。我倒并不是为此感到惊骇，而是非常诧异。我想不通她怎么会愿意让一个老头儿亲吻她。由于我满脑子都是读过的小说里的情节，于是猛然间我有了一些奇异的念头：乔治勋爵不知用什么魔力控制住了她，或许是他掌握了什么惊天的秘密，并以此逼迫她乖乖就范，所以她才无奈接受了他的拥抱。我想到了种种可能的罪行：重婚、谋杀、诈骗，诸如此类。书里很多恶棍都会以揭发此类罪行作为要挟孤苦女子的筹码。说不定德里菲尔德太太私下在什么票据上签过字，虽然我始终不太明白这样做究竟是什么意思，但我知道后果是不堪设想的。我胡乱想象着她遭受的种种痛苦（彻夜难眠，穿着睡衣坐在窗口，美丽的长发垂到膝头，绝望地等待着黎明到来）。我仿佛还看到了自己（不是一个每星期只有六便士零花钱的十五岁少年，而是一个肌肉发达的高大男子汉，上唇留着胡子,还涂了蜜蜡,身穿光鲜的晚礼服)凭着一身侠气,又巧用智谋,将她从歹毒的敲诈犯的魔爪中解救出来。可是,她看上去似乎又是在心甘情愿地接受乔治勋爵的爱抚,她的笑声在我耳边萦绕不散。那笑声里有一种我以前从不曾听到过的调子,使我莫名地感到喘不过气来。

在暑假余下的日子里,我只见过德里菲尔德夫妇一次。那次是在镇上偶然遇见他们的,他们停下来同我说话。我忽然又害羞起来,可是我瞅了一眼德里菲尔德太太,发现她神色坦然,丝毫看不出她心里隐藏了什么见不得人的秘密,于是我又禁不住窘得面红耳赤。她用那双温柔的蓝眼睛看着我,眼神中流露出孩童般的调皮。她时不时地微微张开嘴,仿佛马上要绽放出笑容,她的嘴唇是那么饱满红润。从她的脸上只能看到诚实和天真,还有发自内心的坦率,虽然那时我无法表达出来,但是我的感受极其强烈。如果当时非要用语言说出来的话,我大概只会说:她心中无愧。她绝不可能同乔治勋爵有什么私情,其中必定另有隐情。我无法相信自己亲眼看到的那一幕了。

返校的日子到了。马车夫运走了我的行李箱,我自己步行去火车站。婶婶要送我,我没同意,我觉得自己一个人去才更像个男子汉,可是独自走在街上时,我不觉心情低落。我要乘坐的是开往特坎伯里的支线列车,车站在小镇的另一头,靠近海滩。我买了车票,在一个三等车厢的角落里坐下。忽然,我听到有一个声音喊道:"他在那儿!"只见德里菲尔德夫妇兴冲冲地跑了过来。

"我们觉得一定要来送送你。"她说,"你心里难受吗?"

"没有,当然没有。"

"嘿,没事,你很快就会回来过圣诞节的,到那时我们可有的玩了。你会溜冰吗?"

"不会。"

"我会。我来教你。"

她兴致勃勃的样子让我重新振奋起来,同时想到他们专程赶到火车站来送我,我不觉感到鼻子一酸。我尽力抑制内心的激动,好让它不在脸上流露出来。

"这学期我要多打橄榄球,"我说,"我应该可以进替补球队。"

她用闪闪发亮的眼睛友善地看着我,饱满而红润的嘴唇笑意盈盈。她的笑容中总有一种特别的东西,始终让我非常喜欢。她的声音微微颤抖,像是要笑出声来,又像是要哭了。有那么一瞬间我紧张极了,生怕她会亲我,我吓得魂儿都快没了。她继续说着话,语气中带有几分成年人对中学生常有的那种调侃逗弄的意味。德里菲尔德则站在那里一言不发,只是默默看着我,两眼含笑,一手捋着胡子。接着,列车员吹响了刺耳的哨子,挥动起一面红色小旗。德里菲尔德太太抓住我的手握了握。德里菲尔德走上前来。

"再见了,"他说,"这点儿小东西是我们送给你的。"

他将一个很小的纸包塞进我手里,这时火车开动了。我打开那个小纸包一看,发现竟是裹在手纸里的两枚半克朗[1]银币。我

---

[1] 半克朗(half-crown),英国旧制硬币名称,八个半克朗等于一英镑。——编者注

的脸唰的一下红到了耳根。看到自己又多了五先令的零花钱，我当然挺高兴的，但是一想到泰德·德里菲尔德竟敢给我赏钱，我又感到自己蒙受了羞辱，顿时怒不可遏。我怎么可能接受他的恩惠！我的确是同他一起骑过车，一起划过船，但他也不是什么'萨希伯'[1]（我是从格林考特少校那儿听说这个称呼的），他送给我这五先令简直就是对我的侮辱。我的第一个念头是直接把钱寄还给他，一个字也不说，用沉默来表示我对他的失礼行为感到多么愤慨。随后，我又在脑子里拟了一封措辞冷淡又不失尊严的信，首先感谢他的慷慨，然后告诉他，一个有身份的绅士无论如何也不可能接受一个几乎是陌生的人给的赏钱。这件事我琢磨了两三天，每天都感到越来越舍不得退回这两枚银币。我相信德里菲尔德这样做是出于好意，当然，他不懂人情世故，此事做得很不得体，但是把钱寄回去势必会伤害他的感情，对此我又不忍心，所以最后我还是留着自己花了。不过，我没有写信向德里菲尔德道谢，算是以此抚慰我受伤的自尊心。

然而，等我回到黑马厩镇过圣诞节时，我最渴望见到的却还是德里菲尔德夫妇。在这个死气沉沉的小地方，似乎也就只有他们知道一些外面世界的事情，而在他们的影响下，我也已经无法抑制地对外面的世界产生了好奇心，开始整日瞎想。可是我克服不了害羞的毛病，总也不敢上门造访，一心希望能在镇上碰见他们。可是天气非常恶劣，街上狂风呼啸，冷得刺骨。偶尔能见到几个不得不上街办事的女人，拽着被大风吹得鼓鼓的裙子歪歪斜

---

[1] 萨希伯（Sahib），意为"大人"或"老爷"。多用于殖民时代印度人对欧洲人的尊称。

斜地吃力行走，好像飘摇在暴风雨中的渔船。大风忽然卷起一阵一阵寒冷的冻雨在空中狂舞，夏日里笼罩着这片怡人乡野的天空还是让人感觉挺舒适的，现在却犹如一块巨大的幕布阴沉沉地压在大地上，营造出阴森恐怖的气氛。在这样的天气状况下，几乎没有希望能在街上偶遇德里菲尔德夫妇，最后我终于鼓起了勇气去找他们。一天下午，我用完茶点就溜出了家门。走向车站的那段路一片黑蒙蒙的，到了车站才有寥寥几盏昏暗的路灯，总算勉强看得清人行道了。德里菲尔德夫妇住在一条小街上的一座两层小楼里，是暗黄色的砖房，有一个圆肚窗。我敲了敲门，很快就有一个小女佣来开了门。我问她德里菲尔德太太在不在家。她疑惑地看了我一眼，然后说她进屋去看看，叫我在过道里等着。这时我已经听见了隔壁的屋里有说话声，但是女佣推门进去后随手关上了门，说话声便停止了。我隐约感到有点儿神秘，随即就想到了在叔叔的那些朋友家里，即便平时不生炉火，有客人来时才会点上煤气灯，但是只要你登门拜访，他们总会把你请进客厅去的。不过那房门马上又开了，德里菲尔德走了出来。过道里光线很暗。他一时没看清是谁，但是他很快就认出了我。

"啊，原来是你！我们正在想什么时候才能见到你呢。"随即他大声喊道，"罗茜，是小阿申顿来啦！"

只听屋里传来一声喊叫。一眨眼工夫，德里菲尔德太太已经跑到过道里，握住了我的双手。

"快进来，快进来。把外套脱了。这鬼天气太糟糕了！你一定冻坏了吧？"

她帮我脱下外套，解下围巾，又一把抢过我手里的帽子，把我拉进屋去。房间不大,里面摆满了家具,壁炉里生着火,有些闷热。他们点上了煤气灯,牧师家里还没有呢!三盏罩着毛玻璃球形灯罩的煤气灯发出耀眼的光。屋里的空气灰蒙蒙的,弥漫着烟草味。我受到这般热情的接待,一时感到头晕目眩,又不免有些慌乱,没有看清我进屋时站起来的那两个男人是谁。随后我认出了是副牧师盖洛威先生和乔治勋爵。我似乎感觉到副牧师同我握手时有点儿拘谨。

"你好!我正好过来还几本德里菲尔德先生借给我的书。德里菲尔德太太非常客气,非要请我留下来喝茶。"

我感觉到——并没有看到——德里菲尔德用讥嘲的目光斜睨了他一眼。他随口说了一句关于"不义的玛门"[1]什么的话,我听出了这是一句引语,但我不懂其中的意思。盖洛威先生笑了一声。

"这个我倒不懂,"他说,"不如说说税吏和罪人[2]怎样?"

我正想着副牧师此话说得很不得体,可是乔治勋爵当即盯上了我。他是毫不拘谨的。

"我说啊,小伙子,回来过假期啦?瞧瞧你都长得这么高大了。"

我冷淡地同他握了握手,真后悔,我就不该来。

"我给你倒杯浓茶吧。"德里菲尔德太太说。

"我已经吃过茶点了。"

---

[1] 出自《圣经新约·马太福音》:"你们不能又事奉神,又事奉玛门。"玛门为古代阿拉米语的"财富"之意。
[2] 出自《圣经新约·马太福音》:"人子来了,也吃,也喝,人又说他是贪食好酒的人,是税吏和罪人的朋友。但智慧之子,总以智慧为是。"

"再吃点儿吧。"乔治勋爵说道,听他的口气就好像他是这儿的主人(他从来都是这个样子),"像你这样的大小伙子,再吃块面包,涂上黄油和果酱,肯定是不在话下的。德里菲尔德太太会用她那双漂亮的手亲自给你切一块。"

用茶点的餐具还摆在桌上,大家围桌而坐。有人给我拉过来一把椅子,德里菲尔德太太给了我一块蛋糕。

"我们正好想让泰德给大家唱支歌。"乔治勋爵说,"来吧,泰德。"

"唱《爱上大兵》吧,泰德,"德里菲尔德太太说,"我可喜欢这支歌了。"

"不好,还是唱《我们先把他揍趴下》!"

"你们不介意的话,我两首都唱吧。"德里菲尔德说道。

他拿起了放在竖式小钢琴上的班卓琴,调好弦就唱了起来。他有一副浑厚的男中音嗓子。听人家唱歌对我来说可不是什么新鲜事。每次牧师家举办茶会,或是我去参加哪个少校或医生家的茶会时,客人总会随身带上乐谱。他们往往把乐谱放在门厅里,免得叫人觉得他们是有意要人家请他们弹唱一曲。吃过茶点后,女主人照例会问他们有没有带乐谱来,这时大家都会羞答答地承认带来了。如果是在牧师家,他们就会叫我去拿乐谱。有时,某位年轻女士会说自己早就不弹唱歌曲了,也就没有带乐谱来,这时她的母亲准会插话说她带来了。可是一旦开唱,唱的都不是风趣的歌曲,而是《我要给你唱阿拉比的歌》《晚安,亲爱的》,或者是《我心中的女王》。记得在镇上的大会堂里举办的一场年度音乐会上,布店老板史密森唱了一首风趣的歌曲,虽然坐在后排的人都连连鼓掌叫好,但是在座的绅士们却一点儿也不觉得有趣。或许是真的不怎么有趣。总之,在举办下一次音乐会之前,就有人叮嘱他要注意唱的内容了("别忘了有女士们在场,史密森先生"),于是他就唱了《纳尔逊之死》。那天德里菲尔德唱的第二曲小调里有一段合唱,副牧师和乔治勋爵兴冲冲地一起唱了起来。这首歌我后来又听到过很多次,但是我只记得其中的四句歌词:

> 我们揍得他满地乱滚,
> 拽上楼梯又滚落下来,
> 然后揪着他满屋子转,
> 扔椅子上又滚到桌下。

这支歌唱完后,我摆出一副自己觉得最有社交风度的姿态,转身面对德里菲尔德太太。

"你不唱歌吗?"我问道。

"我也唱的,但总是唱不好,所以泰德不鼓励我唱。"

德里菲尔德放下班卓琴,点着了烟斗。

"泰德,你的书写得怎样了?"乔治勋爵热情地问道。

"还行吧。你知道的,我正写着呢。"

"泰德老兄的大作,"乔治勋爵大笑着说,"你干吗不安下心来,换个体面的事情做做呢?我给你在我的办公室里安排个差事吧。"

"不用,我这样挺好的。"

"你别管他，乔治，"德里菲尔德太太说，"他就是喜欢写作，要我说，只要他高兴，尽管写好了。"

"倒也是，写书这种事我也不敢装懂。"乔治·肯普打开了话匣子。

"那就别说书的事了。"德里菲尔德微笑着打断了他。

"我认为谁也不必为写了《美丽避风港》这样的书而感到惭愧，"盖洛威先生说，"我根本不在乎评论家说些什么。"

"不过，泰德，我从小就认识你了，可是你那本书我怎么也读不下去。"

"得了，我们不要再谈书了。"德里菲尔德太太说，"泰德，再给我们唱支歌吧。"

"我得走了。"副牧师说罢，又转身对我说，"我们俩一块儿走吧。德里菲尔德，有什么书可以借给我看看？"

德里菲尔德指了指屋角一张桌子上的一大摞新书。

"你自己挑吧。"

"天哪，这么多啊！"我用贪婪的目光看着那堆书。

"噢，净是些无聊的东西，都是寄来要我写评论的。"

"你会怎么处理呢？"

"运到特坎伯里去卖掉，能卖多少钱就卖多少钱，好歹也能买点儿肉吃吧。"

我和副牧师走出了德里菲尔德家，他在腋下夹了三四本书。他问我：

"你到德里菲尔德家来，告诉你叔叔了吗？"

"没有，我只是出来随便走走，后来才想到来看看他们。"

这当然并不全是实话，但是我不想告诉盖洛威先生，尽管我已经长大了，可是叔叔却对此视而不见，总会设法阻拦我同他不喜欢的人来往。

"如果我是你的话，除非是到了不得不说的时候，否则我是不会提这件事的。德里菲尔德夫妇是很不错的人，可是你叔叔看不惯他们。"

"就是嘛，"我说，"太没道理了。"

"当然，他们是很普通的人，可是他写的东西还算说得过去啊，再想想他的出身，他能写作就够了不起的了。"

我很高兴摸清了盖洛威先生的立场，他不希望我叔叔知道他同德里菲尔德夫妇有交往。这样我就完全不必担心他会泄露我的秘密了。

如今的德里菲尔德已被公认为是维多利亚时代后期最伟大的小说家之一。想想当初我叔叔所在教会的副牧师居然曾以这样居高临下的口气谈论这位作家，不禁令人发笑。可是当年在黑马厩镇，大家的确都是用这种态度谈论他的。有一天，我们去格林考特太太家喝茶，正好她有一个表姐住在她家，这个表姐的丈夫是牛津大学的教师，我们都听说这位恩科姆太太的文化素养很高。她个子矮小，满脸皱纹，脸上总是带着热切的神情。使我们感到特别惊诧的是，她的灰白头发剪得很短，穿的黑哔叽裙子也很短，只是刚刚盖住她的方头皮靴的靴口。她是我们黑马厩镇上的人平生第一次见到的新女性样板。在她面前我们都不自觉地战战兢兢，立刻小心翼翼起来，因为她看上去的确很有学问，弄得我们都怯生生的。（不过，我们都在背后取笑她，叔叔回家后对婶婶说:"亲爱的,谢天谢地,你不是个有学问的女人,至少我不用受这份罪了。"我的婶婶也开起玩笑来,她拿起叔叔放在火炉旁烘暖的拖鞋套在自己的靴子上,说道:"瞧瞧,我也是新女性啦!"接着我们都说:"格林考特太太真是够好笑的,谁知道她下次又会弄出什么花样来。不过当然啦,她本来就算不得什么。"我们都忘不了她的父亲是烧瓷器的,她的祖父在工厂干活儿。)

尽管如此,我们还是喜欢听恩科姆太太谈论她所认识的人。我的叔叔念过牛津大学,但是他问到的每个人好像都过世了。恩科姆太太认识汉弗莱·沃德[1]夫人,非常赞赏她写的《罗伯特·埃尔斯梅尔》。叔叔却很愤慨,认为这本书写得极不像话。他很惊讶,就连自称是基督教徒的格莱斯顿[2]先生竟然也赞扬过这本书。他们还为此激烈地争论了一番。叔叔说他觉得这本书会造成思想混乱,使人产生各种大可不必有的想法。恩科姆太太反驳说,如果我的叔叔了解汉弗莱·沃德夫人的话,就不会这样想了。汉弗莱·沃德夫人是一个品行极为高尚的女人,还是马修·阿诺德[3]的侄女。不管别人对这本书本身有何评价(她,恩科姆太太,也非常乐意承认,书中有些章节还是不写为好),可以肯定的是她写这本书是出于非常高尚的动机。恩科姆太太还认识

---

1 汉弗莱·沃德(Humphry Ward, 1851—1920),英国女性小说家,《罗伯特·埃尔斯梅尔》是她最著名的长篇小说,出版于一八八八年,是十九世纪最畅销的英国小说之一。
2 格莱斯顿(William Ewart Gladstone, 1809—1898),英国著名政治家,曾四次出任英国首相。
3 马修·阿诺德(Matthew Arnold, 1822—1888),英国诗人、评论家。

布劳顿[1]小姐,她出身名门,但写出那样的作品倒是令人费解。

"我倒不觉得她的作品有什么不好,"医生的妻子海福思太太说,"我很喜欢,特别是《她像玫瑰一样红》。"

"你愿意你的女儿们看这种书吗?"恩科姆太太问。

"现在或许还不行,"海福思太太说,"可是等她们结了婚,我就不会再反对了。"

"那么,你也许会有兴趣知道,"恩科姆太太说,"上次复活节我去佛罗伦萨的时候,有人介绍我认识了韦达[2]。"

"这完全是另一回事,"海福思太太回答说,"我不相信哪个大家闺秀会去读韦达写的书。"

"我出于好奇读过一本。"恩科姆太太说,"我的看法是,这种书不像是出自一位英国淑女的手笔,倒像是一个法国男人写的。"

"是啊,据我所知,她并不是纯正的英国人。我一直听人说她的真名叫德·拉·拉梅小姐。"

就在这时,盖洛威先生提到了爱德华·德里菲尔德。

"各位是否知道,我们这儿就住着一位作家?"他说。

"我们并不为他感到自豪,"少校说,"他是老沃尔夫小姐的管家的儿子,娶了个酒馆女招待。"

"他写书吗?"恩科姆太太问道。

"一眼就能看出他不是个绅士,"副牧师说,"可是想想他

---

1 罗达·布劳顿(Rhoda Broughton,1840—1920),威尔士女性小说家。
2 韦达(Quida,原名Maria Louise Ramé,1839—1908),英国女性小说家,其父为法国人,她以写作上流社会生活的传奇式作品闻名。

要克服的各种不利条件,能写出这样一些作品也就很了不起了。"

"他是威利的朋友。"叔叔说。

大家的目光一下子都集中到了我身上,我感到浑身不自在。

"今年暑假他们常常一起骑车出去,威利返校以后,我特地从图书馆借了一本他的书,想看看他到底写了些什么。我只读完了第一卷就把书还了回去。我还给图书馆馆长写了一封措辞严厉的信,后来他给我回信说已经停止出借那本书了。假如是我自己买的书,我早就把它丢进炉子里烧掉了。"

"我也看过一本他写的书,"医生说,"我倒觉得挺有意思的,因为故事的背景就是这个地方,我觉得有些人物好像是我认识的人。不过也不能说我喜欢这本书,我觉得有些地方写得太粗俗了。"

"这个意见我跟他提过,"盖洛威先生说,"他说,书里写的是运煤到纽卡斯尔去的船员,还有渔民和农民什么的,这些人的行为举止跟绅士和淑女可不一样,也不是这么说话的。"

"可是他为什么要写这样的人物呢?"叔叔说。

"我也是这么说的。"海福思太太说,"我们都知道世界上有粗俗的人,也有恶人和坏人,但是我不明白,去写这样的人又有什么意义呢?"

"我并不是替他辩护,"盖洛威先生说,"我只是在告诉你们,他自己是怎么解释的。当然啦,后来他还提到了狄更斯。"

"狄更斯可不一样,"叔叔说,"我想没有人会说《匹克威克外传》写得不好。"

"我看这还是个人偏好的问题,"婶婶说,"我总是觉得狄更斯的作品太粗俗。都是些说话连'h'这个音都发不出来的人物,他们的故事有什么好读的?好在这阵子天气这么糟糕,威利也没法同德里菲尔德先生一起出去骑车了。反正我觉得威利不应当同他这样的人交往。"

我和盖洛威先生都默默低下了头。

第九章

　　黑马厩镇的圣诞节活动不算热闹，但还算频繁，这就给了我很多机会，只要一有空，我就会跑到公理会教堂隔壁的德里菲尔德夫妇住的那幢小房子里去。我每次去都会碰到乔治勋爵，也常常见到盖洛威先生。由于我和他之间有了心照不宣的秘密，两人也就成了朋友。每次在牧师家或在教堂做完礼拜后相遇时，我们总是神秘地交换一下眼神。我们从不谈论我们之间的秘密，但是心里都是喜滋滋的，我想我们俩可能都暗自感到得意，觉得这样就把我的叔叔给愚弄了。可是有一次，我突然想到乔治·肯普要是在街上碰见我的叔叔，也许会随口说起他经常在德里菲尔德家见到我。

　　"乔治勋爵会不会说出去？"我问盖洛威先生。

　　"不会的，我叮嘱过他了。"

　　我们相视一笑。我开始喜欢起乔治勋爵来。起初我对他非常冷淡，刻意保持礼貌，但是他好像一点儿都没有意识到我们之间社会地位的悬殊。结果我只能得出一个结论，看来我对他高傲而彬彬有礼的姿态也并没能提醒他摆正自己的位置。他始终那样热情，乐呵呵的，有时甚至还喜欢吵吵嚷嚷。他就用他那一套市井小民的方式跟我打趣逗乐，我则用中学生惯用的俏皮话回敬他，我们这样的交锋常常引来别人的哈哈大笑。我对他的态度也逐渐改善了。他没完没了地吹嘘他脑子里的各种宏伟计划，但是每次当我讥笑他是在华而不实地空想时，他也不会计较。听他讲黑马厩镇上那些有头有脸的人物的故事特别有趣，那些人经他的描述都显得很蠢，而每次看到他惟妙惟肖地模仿那些人的怪诞言行，我总被逗得捧腹大笑。他嗓门很大，举止粗俗，他的穿着打扮也总会把我吓一跳（我从没去过纽马克特[1]，也没见过驯马师，但是我想象中的纽马克特的驯马师就是他这副打扮）。他吃饭时的样子也很不雅观，但是我发现我对他越来越不反感了。他每星期都给我一份《粉红周报》。我总是小心地把它塞进大衣口袋里带回家去，在卧室里翻看。

我经常会在叔叔家用完茶点后去德里菲尔德家，不过到他们家后，我总是会想办法再吃一顿。用完茶点后，泰德·德里菲尔德便唱起了滑稽歌曲，有时他自己弹班卓琴伴奏，有时弹钢琴。他的近视相当严重，唱歌时两眼盯着乐谱，一次唱上一个小时，嘴角总是挂着微笑，到了合唱部分总喜欢叫我们大家一起唱。我们有时也会玩玩惠斯特牌[2]。这种纸牌游戏我小时候就学会了，那时为了消磨漫漫的冬夜时光，我常常和叔叔、婶婶在牧师住宅里

---

[1] 纽马克特（Newmarket），伦敦北部的一个城镇，以养马场著称。
[2] 惠斯特牌（whist），四人玩的一种纸牌游戏，后逐步演变为现代桥牌。——编者注

玩这种牌。我和婶婶搭档，叔叔和明家[1]一起。我们打牌当然只是为了消遣，可是如果我和婶婶输了牌，我还是会躲到饭桌底下去哭上一场。泰德·德里菲尔德不打牌，他说他天生不擅长这个，所以我们打牌时，他就手握一支铅笔到壁炉旁坐下，开始读一本从伦敦寄来的请他写评论的书。我以前没有同三个人一起打过这种牌，当然打得很不好，但是德里菲尔德太太却很有打牌的天赋。别看她平常总是不紧不慢的，可是一打起牌来，她马上变得麻利而又思维敏捷，我们几个被她打得毫无招架之力。平日里她的话不多，说话时也慢吞吞的，但是在牌桌上，每打完一局她都会不厌其烦地耐心告诉我哪里打错了，她说得清楚流畅，甚至可以说是滔滔不绝。乔治勋爵也会跟她逗趣，就像他也常跟别人开玩笑一样，听了他的逗趣，她总是微微一笑，她是难得放声大笑的，有时她也会巧妙地回敬一句。他们俩的举止并不像是情人，倒像是熟悉的朋友。我本该早就忘掉了曾经听说的他们之间的事，还有我亲眼见到的那一幕，可是她时不时地用一种特别的眼神去看他，那眼神会让我感到尴尬。她的双眼平静地盯住乔治勋爵，好像他不是一个人，而是一把椅子或一张桌子，她的眼神中还含有一丝孩子气的调皮笑意。这时我会留意到乔治勋爵的脸似乎一下子涨红了，整个身子在椅子里不安地挪动几下。我会马上去看一眼副牧师盖洛威先生，生怕他也会觉察到什么，幸好他不是在专心看牌，就是在点烟斗。

我几乎每天都会在这间烟雾弥漫的闷热小屋里度过一两个小

---

[1] 明家（dummy），三人玩惠斯特牌时的虚拟搭档。——编者注

时，这段时光闪电似的稍纵即逝。假期即将结束，我想到自己又得回到学校去过三个月枯燥无味的生活，心里不由得感到沮丧。

"你走了，我不知道我们该怎么办，"德里菲尔德太太说，"打牌也要三缺一了。"

我走后他们的牌局就得散了，这倒是我求之不得的事。我可不愿意自己在那儿埋头做功课，他们却坐在这间小屋里自得其乐，就像我根本不存在似的。

"复活节你能放几天假？"盖洛威先生问我。

"大约三个星期。"

"那我们又可以玩得很开心啦，"德里菲尔德太太说，"天气也该好转了。我们可以上午骑车出去，吃过下午茶点后就打惠斯特牌。你的牌技有了很大长进。在复活节假期里每星期打上个三四次，以后你跟谁打都不用怕了。"

第十章

这学期终于结束了。当再次走出黑马厩镇的火车站时，我非常兴奋。我又长高了一些，还特地在特坎伯里做了一套新西服，蓝哔叽料子，款式很时髦，另外还买了一条新领带。我打算用完茶点后马上就去德里菲尔德家。我相信火车站的脚夫会很快把我的行李箱送到，这样我就可以及时穿上那套新衣服，让自己看上去完全像个大人。那时我已经开始每晚在嘴上涂抹凡士林，好让胡子快点儿长出来。穿过小镇时，我禁不住朝德里菲尔德夫妇住的那条街望去，希望能见到他们。我很想这会儿就进去向他们问个好，但是我知道德里菲尔德上午要写作，而德里菲尔德太太还"不宜见客"。我有很多激动人心的事要告诉他们。我在运动会上赢得了一百码赛跑冠军和跨栏亚军。我打算今年夏天争取获得历史课的奖学金，所以准备在假期里用功学英国史。那天虽然刮风，但是天空一片湛蓝，空气中已经开始有了一丝春天的气息。镇上最大的那条街被风刮得干干净净，色彩变得鲜明，线条分外清晰，仿佛是用一支新画笔画出来的一幅图画，现在回想起来，那幅景致颇像塞缪尔·斯科特[1]的画作，宁静、单纯又亲切，可当时在我眼里，那不过就是黑马厩镇的大街而已。我走到铁路桥上，看到有两三幢房子正在修建。

"我的老天！"我暗自说道，"乔治勋爵还真的开始行动了。"

远处的田野里，雪白的小羊羔在蹦跳嬉戏，榆树刚开始吐出绿芽。我从边门走进了屋，只见叔叔坐在炉火旁的扶手椅上读《泰晤士报》。我大声叫婶婶，她从楼上下来，一看见我就变得很激动，布满皱纹的双颊顿时泛起两片红晕。她用干瘦衰老的双臂搂住了我的脖子，说了些我爱听的话。

"瞧你又长高啦！"接着又说，"天哪，你都快长出胡子了！"

我吻了一下叔叔光秃秃的前额，然后站在壁炉前，双腿叉开，背对着炉火，一副十足的大人模样，甚至有些居高临下的架势。接着，我上楼去同埃米莉打了招呼，又跑到厨房去和玛丽-安握了手，最后到花园里去看了花匠。

坐下吃饭时，我已经饿极了，叔叔在切羊腿肉，我问婶婶：

"我不在的这阵子，镇上有什么新闻？"

"倒也没什么。格林考特太太到芒通[2]待了六个星期，几天前回来了。少校犯过一次痛风病。"

"还有，你的朋友德里菲尔德夫妇跑了。"叔叔补充了一句。

"他们怎么了？"我惊声问。

---

1 塞缪尔·斯科特（Samuel Scott, 1702—1772），英国风景画画家。
2 芒通（Mentone），法国地中海沿岸与意大利接壤的一个海滨城市。

"逃跑了。有天夜里他们卷起行李去伦敦了。他们在这儿欠了一屁股债。房租没付,家具钱也没付,还欠了肉店老板哈里斯差不多三十英镑。"

"这太糟糕了!"我说。

"还有更糟糕的,"婶婶说,"好像还欠了女佣三个月的工钱。"

我惊得目瞪口呆,似乎还感到有点儿恶心。

"我看以后,"叔叔说,"你就该学聪明些,我和你婶婶认为不适合交往的人,你就不要结交了。"

"谁都同情那些被他们欺骗的商人。"婶婶说。

"他们也活该,"叔叔说,"谁叫他们给这种人赊账!我以为谁都应该看得出他们两个就是招摇撞骗的人。"

"我一直想不明白他们跑到这儿来干吗。"

"就是想行骗吧。我猜想他们认为这里的人都认识他们,赊账会更容易些。"

我觉得叔叔的这个说法不太合情理,但是这件事彻底把我弄糊涂了,我也就没同他争辩。

我很快找到机会去问玛丽-安这究竟是怎么回事。出乎我的意料,她对这件事的看法同叔叔和婶婶的看法截然不同。她听后咯咯地笑了起来。

"他们把所有人都骗了,"她说,"他们平日花钱大手大脚,大家都以为他们有的是钱。他们去买肉时,肉店老板总会给他们挑最好的颈部瘦肉;他们买牛排也非得要最嫩的。还有芦笋啦,葡萄啦,各种讲究的东西,我也说不清楚。他们在镇上的每一家铺子都有欠账。我真不明白大家怎么都会傻成这样。"

但是她说来说去，显然都只是在说那些店铺老板，而没有说到德里菲尔德夫妇。

"可是他们怎么能这样神不知鬼不觉地逃走了呢？"我问。

"可不是嘛，大家都这么问。有人说是乔治勋爵帮的忙。你想想，要不是他用他的马车帮他们搬运，他们怎么能把行李箱运到火车站去呢？"

"他是怎么说的呢？"

"他说他也被蒙在鼓里。等大伙儿发现德里菲尔德夫妇趁黑夜逃跑后，镇上难得像这样乱成了一锅粥。我只觉得太可笑了。乔治勋爵说他也一点儿都不知道他们已经穷得叮当响了。他装得同别人一样吃惊。我才不信他的鬼话呢！我们都知道罗茜结婚前同他牵扯不清的那些事，我就在这间屋里同你悄悄说说，我才不相信她结婚后他们俩就没事了。有人说今年夏天还看见他们俩一起在田里走来走去，再说他差不多每天都在他们家进进出出的。"

"大家是怎么发现他们逃跑的呢？"

"噢，是这么回事：他们家有个女佣，那天他们对那女佣说，她可以回家去陪陪她妈妈，第二天早上八点前回来就行。可是第二天早上她回来时就进不了门了。她又敲门又按铃，就是没有人应答。她只好跑到隔壁去问那家的太太该怎么办，那位太太说她最好去找警察。警官同她一起回来，也是又敲门又按铃，还是没有人应答。这时警官问那女佣他们付了她工钱没有，那姑娘说有三个月没付了。警官就说，他们准是连夜逃跑了，肯定错不了。等警察进去后，发现他们的所有东西都不在了，衣服啦，书啦——听说泰德·德里菲尔德的书格外多。"

"后来就没有再听到过他们的消息吗?"

"倒也不是,他们走了大约一星期后,那女佣收到了一封从伦敦寄来的信,她拆开一看,里面没有信,只有一张付她工钱的汇款单。要我说,他们没有赖掉一个可怜女孩的工钱,这一点还是做得很不错的。"

这件事并没有让玛丽-安感到多么吃惊,而我却为此震惊不已。我是个非常体面的年轻人。读者一定已经看出来了,我恪守自己那个阶层的传统风尚,认定那都是天经地义的。虽然书里描写的巨额欠债的故事常让我觉得很浪漫,放债的人和讨债的人也都是我头脑中很熟悉的角色,但我还是只能承认,赖掉店铺老板的账实在是一种卑劣、龌龊的行径。每当别人当着我的面谈到德里菲尔德夫妇的时候,我听了总觉得很费解。如果有人提到他们是我的朋友,我就会说:"别瞎说,我只是认识他们而已。"要是有人问我:"他们是不是特别普通的人?"我就说:"他们的确没有什么上层人士的样子。"可怜的盖洛威先生对这件事感到苦恼不堪。

"当然,我也没觉得他们很有钱,"他对我说,"可是我以为他们过日子总是没问题的。他们的家具都很不错,钢琴也是新的。我怎么都没想到他们没有一样东西是付了钱的。他们过日子一点儿都没有委屈自己。我感到痛心的是他们骗人。我那时经常去他们家,我认为他们也喜欢我。他们总是很好客。我说了你都很难相信,我最后一次去看他们那天,在握手告别时,德里菲尔德太太请我第二天再去玩,德里菲尔德还说:'明天的茶点是玛芬

105

蛋糕。'可其实那会儿他们早在楼上把行李都打包好了，当晚就坐末班车去伦敦了。"

"乔治勋爵对这件事有什么看法？"

"不瞒你说，我这阵子都没有见过他。这件事对我来说是一个教训，我还是得记住那句关于不要交坏朋友的谚语。"

说到乔治勋爵，我心里的感受和盖洛威先生差不多。我也有点儿担心，生怕他万一哪天心血来潮告诉人家，说圣诞节假期里我几乎天天到德里菲尔德家去，这话要是传到叔叔的耳朵里，可以预见会掀起多大的风浪。叔叔会斥责我说谎骗人，不听长辈的话，行为不像个绅士，若是真到那时，我也不知道该如何应对。我太了解叔叔是怎样的人了，知道他绝不会轻易罢休，他会唠叨好几年我犯下的过错。我也一样不想见到乔治勋爵。可是有一天，我在大街上迎面撞见了他。

"嘿，小伙子！"他喊道，我特别讨厌他这么称呼我，"我猜你是回来过假期了吧？"

"你猜得很正确。"我用自认为尖刻讥嘲的语气回答说。

不幸的是，他反而哈哈大笑。

"你的嘴太尖刻了，当心一不留神割着自己，"他兴冲冲地说，"看来这回我们也打不成牌了。现在你该明白入不敷出地过日子会有什么后果了吧？我平日里就总对我的儿子说，如果你赚了一英镑，花掉十九先令六便士，你就是个富人；要是你花掉了二十先令六便士，那你就成了穷光蛋。年轻人，看好你的小钱，就不用操心大钱了。"

不过，乔治勋爵虽然嘴上这么说，他的语气中却没有半点儿责备之意，倒像是伴随着这一串嘻嘻哈哈的笑声，心里在暗暗嗤笑这些冠冕堂皇的至理名言。

"听说是你帮他们逃走的？"我直击他的要害。

"我？"他的脸上露出极为惊讶的神色，眼睛里却闪烁着狡黠的笑意，"哎呀，他们跑来告诉我德里菲尔德夫妇连夜逃跑的消息时，我简直惊得都快站不住了。他们还欠我四英镑十七先令六便士的煤钱呢！我们全被骗啦，就连可怜的老盖洛威也上当了，他都没能吃到玛芬蛋糕。"

我从来没有想到乔治勋爵这么会睁眼说瞎话。我本想说一句狠话使他哑口无言，可是一时又想不出该说什么，所以最后我只是对他说我该走了，然后随便朝他点了点头，就走开了。

第十一章

我一边等候阿尔罗伊·基尔，一边回想着这些往事，想到这位日后声名显赫的爱德华·德里菲尔德在当年还寂寂无名时的这桩很不光彩的逃债事件，我忍不住扑哧一声笑了。我不知道是不是因为在我小时候周围的人总是小看这位作家，所以导致我始终无法在他身上看出后来被评论家们大加推崇的那些惊人的优点。有很长一段时间，人们普遍认为他写的英语很拙劣，读他的作品确实也会给人一种"他好像是用一截秃铅笔头写作"的印象。他的笔调显得吃力艰涩，用词忽雅忽俗，叫人读起来很不舒服。至于人物对话，则从来不像是人嘴里会说出来的。他在后期的写作生涯中采用了口述方式写书，此后他的文风才开始有了口语化的倾向，并变得清晰流畅起来。这时评论家们又回过头去看他成熟时期写的小说，发现他的语言有一种张弛有度的活力，显然特别适合表现作品的主题。在他创作的鼎盛时期，正是辞藻华丽的文风在英国文学界盛行之时，他作品中的不少描写几乎被所有英国散文选集收录其中。他描绘大海、肯特郡森林中的春天，以及泰晤士河下游落日余晖的那些文字都很有名。可是我读他的作品时，总觉得有些别扭，这实在让人感到羞愧。

在我年轻的时候，虽然他的书销量并不好，有一两本还成了图书馆的禁书，但是欣赏他的作品还是被视为有文化修养的表现。大家认为他是一位勇猛的现实主义作家，他的作品是抨击市侩庸人的有力武器。某位先生突发灵感，发现德里菲尔德写的水手和农民颇有莎士比亚之风。每当那些先知先觉的人聚到一起时，他们总会为他笔下那些乡巴佬的冷幽默和粗俗的笑话喝彩。对爱德华·德里菲尔德来说，这些素材是最不缺来源的。可是，只要在他的作品中读到航船的水手舱或客店的酒水间，我心里就会一沉，知道接下去必定会有长达六七页用方言写的轻浮评论，插科打诨地谈论人生、道德伦理和生命不朽。我得承认，我一向认为莎士比亚笔下的那些丑角令人感到非常乏味，由他们衍生出来的数不清的类似角色，就更让人不堪忍受了。

显而易见，德里菲尔德最擅长的是描写他所熟悉的那个阶层的人物，如农场主和农场雇工，店铺老板和酒吧招待，货船的船长、大副、二副、厨师和得力的水手之类的人物。当他刻画上层社会的人物时，即便是对他最为崇拜的人恐怕也会感到有点儿不舒服，他笔下的正人君子都正派得叫人难以相信，出身高贵的女士都那么善良、纯洁、高雅，难怪她们都只会用多音节的庄重字词来表达自己的想法。他描写的女人大都不像活生生的人。不过，在此我必须再多说一句，这纯属我的个人之见。广大读者和最有名的评论家则一致认为，他塑造的正是英国女性中最动人的典型形象：她们生气勃勃、勇敢坚毅、心灵高尚，还经常被拿来和莎士比亚剧作中的女主角做比较。我们当然知道,女性通常会有便秘的问题,但是小说把她们写得好像完全不需要排便,这在我看来实在是过于尊重女性了。更令我感到惊讶的是,女人们竟然很愿意看到自己被写成这样。

评论家的确可以影响世人去关注一个非常平庸的作家,而世人也可能狂热地喜欢一个毫无长处的作家,但是这两种情况都不会持续太久。因此我不得不认为,一个作家倘若没有相当的才华是不可能像爱德华·德里菲尔德那样长久享有盛誉的。高雅人士往往对作家受到大众欢迎这件事嗤之以鼻,甚至认为这正是平庸的证明,可是他们忘记了后人只会去读某个时代的知名作家而不是无名作家的作品。有可能某一部本应成为不朽杰作的作品刚出版就夭折了,后人也就永远不会知道它了;也有可能后人会把我们这个时代的畅销书全部扔进垃圾桶,但即便要扔,他们也终究还是会在这些畅销书里挑挑选选。无论如何,爱德华·德里菲尔德依然声名不衰。他的小说只是碰巧让我读来感到无趣而已,我觉得这些小说都太冗长;他本想用跌宕起伏的情节去激发头脑迟钝的读者的兴趣,而我却觉得这些情节索然无味。不过话说回来,他的态度无疑是真诚的。在他最出色的作品中还是可以看到生活的激情,而且不论读他的哪一部小说,读者都不可能感受不到作者谜一般不可捉摸的个性。人们对他在早期作品中表现出来的现实主义写作手法褒贬不一,评论家们根据各自的喜好,有的赞扬他写得真实,有的则指责他写得粗俗。时至今日,小说是否写实已经不能再引发人们热情地评论,图书馆里的读者们也已从容跨过了上一代人唯恐避之不及的障碍。有学识的读者应该会记得，德里菲尔德去世时《泰晤士报文学增刊》上发表的那篇头版悼文。作者在文章中评论了爱德华·德里菲尔德的小说，全文堪称一篇长长的赞美诗，也让人联想到杰里米·泰勒[1]的优美散文。凡是读过这篇悼文的人无不叹服其华丽的词句、崇敬而虔诚的语气以及高尚的情操，总之，辞藻华丽却不过度修饰，风格柔美却铿锵有力。它本身就是美的体现。如果有人指出爱德华·德里菲尔德也算是个幽默作家，若能在这篇赞颂他的文章中加上几句俏皮话，或可使文章读起来更轻松活泼些，那么必须告诉这些人的是，这毕竟是一篇悼文。何况众所周知，美从来不能包容幽默，哪怕是一丁点儿也不行。阿尔罗伊·基尔那天同我谈到德里菲尔德时声称，不论他有多少缺陷，都已被充溢在他每一页作品中的美所弥补了。现在回顾那次谈话，我觉得正是这句话最叫我恼火。

三十年前，上帝成了文学圈的唯一时尚。貌似信仰上帝才合乎体统，因而新闻记者总是用上帝来装饰辞藻或平衡词句。后来上帝不时髦了（说来也奇怪，这个词竟然同板球和啤酒一起过时了），文坛流行起了潘神[2]。在上百部的小说中，草地上都会留下他的蹄印；诗人不时窥见他的身影出没在暮色中的伦敦郊野；萨里郡的女作家们，这些工业时代的仙子，也不可思议地在他粗

---

[1] 杰里米·泰勒（Jeremy Taylor，1613—1667），英国基督教圣公会教士，因写作优美的宗教散文而被列为英国经典作家，享有"神学界的莎士比亚"的美誉。其影响最深远的作品有《圣洁生活的准则和习俗》（*The Rule and Exercises of Holy Living*）和《圣洁死亡的准则和习俗》（*The Rule and Exercises of Holy Dying*），后合编为《圣洁的生与死》（*Holy Living and Holy Dying*）。

[2] 潘神，亦称山羊神。田野、森林、牧羊人和羊群之神，形象为生有羊蹄、羊角和羊耳的男子。——编者注

鲁的拥抱中奉献出她们的童贞，从此她们的精神世界就彻底不一样了。但是后来潘神也悄然离席了，美占据了他的位置。美无处不在，人们在一个短语里看到了美，在一条大比目鱼、一只狗、一天、一幅画、一个行为、一件衣服中也发现了美。一群群年轻的女作家聚在一起，她们个个都写过文采斐然的小说，大有成名的希望，她们喋喋不休地以各种方式大谈美的话题，有的引经据典，有的说笑逗趣，有的慷慨激昂，有的娓娓道来。小伙子们也不甘落后，他们多半刚从牛津大学毕业，但仍在追逐着这座名校的荣耀，他们总在周刊上撰文，谆谆告诫我们应当如何看待艺术、人生和大千世界，漫不经心地顺手在他们长篇大论的字里行间胡乱塞进"美"这个字眼。可怜这个字都被用烂了！老天啊，这个字真是太辛苦了！人的理想本有各种名称，美只是其中之一。我不知道这种喧闹是否只是有些人无法适应当今这个恢宏的机器时代而发出的声声悲鸣，我也不知道他们这种对美——当今这个不光彩的时代里的小耐尔[1]——的热情是否只是多愁善感而已。说不定另一代人更能适应生活的重压，不再逃避现实而是接受现实以寻求灵感。

我不知道别人是不是也和我一样，反正我知道自己无法长时间去思考美的问题。在我看来，没有哪一个诗人的诗句比济慈的《恩底弥翁》[2]的第一行更虚假的了。每当那所谓美的事物给我带来某种魔幻的感受时，我的思绪就开始四处游离；每当有人告诉

---

1 小耐尔（Little Nell），狄更斯小说《老古玩店》中天真善良的女主人公。
2 《恩底弥翁》（*Endymion*），十九世纪英国浪漫主义诗人济慈根据希腊神话写的长诗，其第一行是：A thing of beauty is a joy for ever（凡美的事物就是永恒的喜悦）。

我,他们可以一连几个小时如醉如痴地注视着一片景色或一幅画时,我总是将信将疑。美是一种狂喜,它就像饥饿一样简单,实在没什么好多说的。好比玫瑰花的香味,你可以闻到,就这么简单。正因如此,所有艺术评论都令人生厌,除非通篇不谈论美,因而也就无关艺术。不妨想想提香[1]的《基督下葬》,这幅画或许是世上所有绘画作品中最能体现纯粹之美的,可是关于这幅画,评论家又能告诉你什么呢?不外乎是叫你自己去看一看吧。别的说来说去也只能是时代背景、画家生平之类的东西。不过,世人还给美添加了许多别的品质——崇高、人性、温柔、爱情,诸如此类,因为美并不能长时间满足人的欲望。所谓美,意味着完美,而对于完美的东西,我们总会很快熟视无睹(人的本性如此)。某位数学家看了《费德尔》[2]后问:"这到底能证明什么?"大家一直认为他是个傻瓜,其实并非如此。如果不牵扯一些与美毫无关系的因素,没有人能说清楚为什么帕埃斯图姆[3]的多利克柱式神庙比一杯冰啤酒更美。美是一条死胡同。就像一座山峰,一旦登上峰顶,也就无处可去了。也正因如此,我们最终发现埃尔·格列柯[4]的作品要比提香的作品更引人入胜,而莎士比亚并不完整的成就也比拉辛的圆满成功更有震撼力。谈论美的文章实在

---

[1] 提香(Tiziano Vecellio,约1489—1576),意大利文艺复兴时期画家,威尼斯画派的代表人物,擅长肖像画、宗教和神话题材画。——编者注
[2] 《费德尔》(*Phèdre*),法国剧作家拉辛(Jean Racine,1639—1699)的主要剧作。
[3] 帕埃斯图姆(Paestum),古希腊城镇,遗址在今意大利南部,以古神殿群著称,其中有代表古希腊建筑风格的多利克柱式神庙(Doric Temple)。
[4] 埃尔·格列柯(El Greco,约1541—1614),西班牙画家,作品多为宗教画和肖像画。——编者注

太多了，所以我也不妨多说几句吧。美是满足人的审美本能的东西。可是谁需要得到这种满足呢？只有那些觉得吃饱就是美餐的笨蛋才需要。让我们面对现实吧——美就是有点儿无聊的。

当然，评论家写的关于爱德华·德里菲尔德的文章都是无稽之谈。他最出类拔萃的长处并不在于给他的作品带来了活力的现实主义手法，不是他的作品在表现手法上的美，也不是他刻画的水手形象多么栩栩如生，更不是他描绘的盐沼、暴风雨和风平浪静的海面，以及掩映在山岗中的小村庄多么富有诗意，而是他的长寿。尊老是人类生活中最值得赞赏的一种品性，而我可以有把握地说，这种品性在我们这个国家要比其他任何国家都表现得更为突出。其他民族对老年人的敬爱往往是柏拉图式的，而在我们这里却是实际的。除了英国人，谁还会挤在伦敦的皇家歌剧院去听一个已经上了年纪、唱不出声来的歌剧女明星演唱呢？除了英国人，谁还肯花钱买票去看衰老得连脚步都迈不开的老头儿跳舞呢？到了幕间休息时他们还会赞叹："天哪！你知道吗？先生，他早已过了六十岁啦！"不过与政界人物和作家相比，这些演员还只算得上是小年轻。我常常想，一个年轻的男演员如果没有特别随和的性情，那么每当他想到政界人物和作家到了七十岁还处在鼎盛时期，而自己到了这个年纪就不得不结束职业生涯，他该多么黯然神伤啊！一个人四十岁从政，到了七十岁就可能成为政治家。人到了这个年纪，去做职员、花匠或地方治安法官都太老了，而治理国家却正当其时。细想起来这也不足为奇，我们自幼就听老一辈的人谆谆教诲，老人总比年轻人聪明，而等年轻人看穿这个说法有多荒谬的时候，他们自己也已经老了，继续传扬这套谎言对他们有好处。再说，但凡在政界混过的人都会发现（如果从结果判断的话），统治国家其实并不需要多少智力。至于作家为什么年纪越大越受到尊崇，我始终百思不得其解。有一阵子我是这样想的：对一些已经有二十年没写过一点儿有意思的作品的作家大加颂扬，主要是因为年轻一代的作家不再担心这些老作家来同他们竞争，觉得歌颂一下他们的功绩不会有什么害处。谁都知道，赞扬一个自己并不害怕的对手往往是打击自己真正畏惧的对手的绝妙手段。不过我这样想未免太贬低人的本性了，我无论如何不想被指责为一个肤浅刻薄的愤世嫉俗者。经过一番深思熟虑后，我终于想明白了一个道理：长寿的作家之所以能在晚年时普遍受到世人的尊崇，真正的原因是聪明人过了三十岁就什么书都不读了。随着年龄的增长，他们年轻时读过的书就开始派上大用场，年复一年，他们对这些书的作者的赞扬声就越来越响亮。这些作家当然还得继续写下去，他们绝不能从公众视野中消失。谁也不能以为自己一生只要写出一两部杰作就足够了，他们必须写出四五十部没有什么特别价值的作品来为这一两部杰作提供基座。这就需要时间。他们的写作必须达到这样的效果，倘若不能以作品的魅力打动读者，那也要以数量震惊读者。

如果像我所想的那样，长寿也是一种天赋的话，那么在我们这个时代，很少有人像爱德华·德里菲尔德那样享受过长寿带来的如此耀眼的荣光。六十岁的年纪仍算年轻（那时有文化修养的人已经同他周旋够了，不再理睬他），这个年纪在文学界也就只是受到尊重而已。最知名的评论家赞扬过他，但是话说得颇为节制，年轻一些的人则往往随便拿他取笑。大家都承认他有才华，然而谁也没有想到过他的作品竟然会代表着英国文学的辉煌的一页。在他庆祝七十大寿时，文学界出现了一阵躁动，犹如在东方的大海上台风即将来临时的波涛起伏一样。事情越来越清楚，原来多年来我们身边一直有一位伟大的小说家，而我们竟然浑然不觉。于是在各大图书馆，德里菲尔德的作品突然变得抢手，在布卢姆斯伯里和切尔西等文人雅士聚集的地方，上百人的笔纷纷忙碌起来，以德里菲尔德的小说为题写出了很多文章——有赏析，有研究，也有论文和专著——有的简短轻松，有的洋洋洒洒。他的小说被重印再版，有全集，也有选集；有的售价一先令三便士，有的售价五先令六便士，还有的卖到了二十一先令。有人分析了他的小说风格，有人研究了他的哲学思想，也有人剖析了他的写作技巧。等到爱德华·德里菲尔德七十五岁时，人人公认他是天才。到他八十岁时，他成了英国文学界的泰斗。这一崇高地位他荣享至逝世。

时至今日，我们环顾四周竟找不到一人能接替他，于是不免唏嘘。已经有几位古稀老人坐得直挺挺的，在密切关注着，显然他们都感觉自己可以填补这个空位。但是显然他们都还差点儿火候。

虽然把这些回忆叙述出来颇费时间，但是它们在我的脑海中是飞快闪过的。这些回忆杂乱无章地出现在我的脑海里，一会儿是一件什么事，忽而又出现了一段早先的谈话。为了方便读者阅读，也因为我现在脑子很清楚，我把这些往事按照先后顺序写了出来。有一点我自己都觉得很惊奇，那就是尽管时间隔得很远了，但是我仍清晰地记得当时的人是什么模样，甚至他们说过的话有哪些要点，只是他们穿什么衣服我已记不太清楚了。我当然知道四十年前的人的穿戴和现在大不相同了，特别是女人的服饰有了很大变化。如果我还能记得起他们那时的穿戴，那也应该不是在当时的生活中留下的印象，而是后来从图片和照片中看到的。

我仍在想东想西时，忽然听到了有出租马车停到了门口，接着门铃响了，很快又听到阿尔罗伊·基尔扯着嗓门在对管家说他是同我约好了的。转眼就见他高大的身影出现在屋里，他边走边兴冲冲地嚷嚷。他的活力一下就摧毁了我刚刚在消逝的往事上用记忆的碎片构建起来的脆弱楼阁。他像一阵三月里的狂风，把无可逃避的冷酷现实带到了我的面前。

"我正好在问自己，"我说，"谁有可能接替爱德华·德里菲尔德成为英国文学界的泰斗，你就来解答我的问题了。"

他快活地哈哈大笑起来，但是眼睛里却很快闪过一丝疑惑。

"我看没有人能接替。"他说。

"你自己呢？"

"哦，老兄，我还不到五十岁呢，还得再等二十五年。"他又大笑起来，但是他的目光死死盯住我的眼睛，"我从来搞不清你什么时候是在拿我寻开心。"他突然低头看着地面，"当然啦，有时谁都难免会想想自己的前程。现在我们这一行的顶尖人物都比我年长十五到二十岁。他们不可能永远留在那里，等他们离开后，该轮到谁了呢？当然，奥尔德斯算一个，他比我年轻得多，只是身体不够健壮，我看他好像也不太注意保养。如果不出意外，我的意思是说，如果没有某个天才突然冒出来击败所有对手，我看再过二十年或二十五年倒也未必轮不到我独步文坛。这不过是个咬紧牙关比别人活得更久的问题。"

罗伊的强壮身躯猛地坐到我的女房东的一把扶手椅中，我递给他一杯威士忌加苏打水。

"不喝，我六点前不喝烈性酒的。"他说着，四下里看了看，"这屋子很不错嘛！"

"我知道。你来找我有何贵干？"

"我想最好同你当面谈谈德里菲尔德太太邀请你的事，在电话里说不清楚。实话跟你说，我准备写一本德里菲尔德的传记。"

"原来如此！可你那天为什么没告诉我呢？"

我不禁对罗伊有了些好感。我本来就推测他请我吃午饭不会只是同我叙叙旧，看来我果真没有判断错，我为此感到暗暗得意。

"那时我还没有完全拿定主意。德里菲尔德太太很想要我写，她会尽全力帮助我，她要把她所有的资料给我。这些资料她收集了好多年。这件事不容易做，要做就不能不做好。要是真的做好了，对我也一定会大有好处。一个小说家总要时不时地写点儿严肃的东西，这样才能赢得人们更多的尊敬。我写那些评论著作花费了不少心血，可是完全没有销路，不过我从来没有后悔过。要是没有那些东西，我也不可能有今天的地位。"

"我觉得这个计划不错。在过去的二十年里，你同德里菲尔德的关系比大多数人都要密切。"

"我想是的。但是我结识他的时候，他已经六十多岁了。我给他写了封信，说我十分钦佩他的作品，他便邀请我去看他。可是我对他的早年生活一无所知。德里菲尔德太太常常催促他讲那些年的事情，并且把他说的都记了下来，记了好几本笔记；另外，还有他自己断断续续写下的一些日记，当然，他小说里的许多内容显然也带有自传性质。但还是有太多空白。我来告诉你我想写一本什么样的传记吧，主要写他的个人生活。其中穿插很多会使读者感到亲切的细节，再交织起对他文学作品的全面评论，当然也不要长篇大论，而是深怀同情但又透彻而细腻的评论。写这么一本书自然得花很多工夫，不过德里菲尔德太太好像觉得我能胜任。"

"你当然能胜任。"我插了一句。

"我也觉得没有什么不可以的，"罗伊继续说道，"我是评论家，又是写小说的，显然在文学方面还算有些资格。可是以我一己之力恐怕难以做成，我需要所有能帮助我的人肯助我一臂之力。"

我终于听出了我在其中有什么用处了，但我脸上尽量装出完全不明白的表情。罗伊凑过身来。

"那天我问你，你自己是否打算写点儿关于德里菲尔德的东西，你说你没有这个打算。我能把这看作你明确的答复吗？"

"当然可以。"

"那你不会反对把你的材料给我用吧？"

"老兄，我什么材料都没有。"

"胡说，"罗伊语气和蔼地说，他的语气就像一名医生要说服一个孩子张开嘴让他检查喉咙似的，"他住在黑马厩镇那会儿，你肯定经常见到他。"

"那会儿我还只是个孩子。"

"可是你肯定会对这段不寻常的经历有些印象。不管怎说，只要同爱德华·德里菲尔德交往半个小时，就不可能不对他的独特个性留下深刻印象。即使对一个十六岁的男孩子来说，这也是很明显的，何况你很可能比同龄的其他孩子要更善于观察、更敏感。"

"要是没有名声在背后起作用，我不知道他的个性是否还会显得那么独特。你想想，假如你是以特许会计师阿特金斯先生的身份到英格兰西部去泡温泉治疗肝病，你会给在那里遇见的人留下印象，让他们觉得你是个有独特个性的大人物吗？"

"我想他们很快就会发觉我不是个平凡普通的特许会计师。"罗伊微笑着说，这笑容冲淡了他语气中的自负。

"好吧，我能告诉你的是，当时德里菲尔德让我觉得最不舒服的地方就是：他穿的那套灯笼裤套装太花里胡哨了。我们经常骑车出去，我总是有点儿害怕被人看见同他在一起，那让我挺不舒服的。"

"现在听起来很好笑。那时他同你谈了些什么？"

"我记不清了，也没谈什么吧。他对建筑很感兴趣，也谈过农民种地的事。要是路过看上去不错的酒馆，他总会提议休息五分钟，进去喝杯啤酒，喝酒的时候会同酒馆老板谈谈庄稼收成和煤价什么的。"

虽然我可以从罗伊的脸上看出他对我很失望，但我还是不停地说下去。他听着，但渐渐显得有点儿厌烦。我突然发现他感到厌烦的时候脸色很难看。虽然我已记不清当时同德里菲尔德一起骑车到处转的时候他究竟说过什么值得我回味的话，但是对于当时的感受我仍记忆犹新。黑马厩镇这个地方比较特别，虽然临海，有一片长长的碎石海滩，背后还有一片沼泽地，可是只需要向内陆走上半英里，就来到了肯特郡最富有农家特色的乡村。这里的道路蜿蜒曲折，两边是大片绿油油的肥沃田地和非常高大的榆树林。这些榆树粗壮结实，显出一幅端庄淳朴的气派景象，颇像肯特郡的善良老农妇，她们脸色红润、体格健壮，因常年吃上等的黄油、家里自烤的面包、奶油和新鲜鸡蛋，一个个长得胖墩墩的。有时走着走着，面前就只有一条小路了，路两旁长满了茂密的山楂树篱，高高的榆树绿叶遮在头顶，若是抬头仰望，便只能看见树荫中露出的一线蓝天。在风和日丽的天气骑车来到这里，你会觉得世界突然静止了，生命将绵延不息。虽然你在用力蹬车，但还是会有一种懒洋洋的舒畅感觉。这时谁都不说话，大家都沉浸在心旷神怡的愉悦中。如果其中有谁突然来了兴致，猛地加速冲向前去，大家便放声大笑，紧接着你就会一连几分钟全力蹬车向前冲。我们天真地互相打趣，被自己的幽默逗得咯咯直笑。我们时不时地会骑车经过一些小农舍，它们屋前几乎都有个小花园，花园里长着蜀葵和卷丹百合。离大路远一些的地方有几所农庄，可以看到宽敞的谷仓和啤酒花烘干房。我们有时也会从长满蛇麻子的地里骑过去，成熟的蛇麻子悬挂着，像花环似的。路旁的酒馆都很温馨，看上去也像小农舍一样简朴，门廊上往往爬满了金银花。酒馆的名字也都很通俗，如"快乐水手""开心农夫""王冠和锚""红狮"之类的。

不过，这些对罗伊来说当然都是毫无意义的。他终于打断了我的话。

"他从来没有谈到过文学吗？"他问道。

"我觉得没有。他不是那种把文学挂在嘴上的作家。我想他也是在思考写作的,只是他从来不说。那时他常常借书给副牧师看。有一年冬天,在圣诞节假期中,我差不多每天都去他家用茶点,有时他和副牧师会谈起书,但我们总是叫他们住口。"

"你一点儿都不记得他说了些什么吗?"

"只有一件事我还记得。我想得起来是因为他当时说到的东西我没读过,是他说了之后我才去读的。他说当莎士比亚退休回到故乡埃文河畔的斯特拉特福并大受尊崇后,如果他还会再去想想自己写的那些剧作的话,可能只有两部是他自己最感兴趣的,那就是《一报还一报》和《特洛伊罗斯与克瑞西达》。"

"我并不觉得这话能给人什么特别的启示。他没有谈过比莎士比亚更现代一点儿的作家吗?"

"反正我不记得他那时谈过什么了。不过,几年前我同德里菲尔德夫妇一起吃午饭的时候,我倒偶然听到他说起亨利·詹姆斯竟然对美国的兴起这样一件世界历史上的重大事件置之不理,反倒更愿意不厌其烦地描写英国乡间茶会上的闲谈。德里菲尔德称之为'最大的逃避'[1]。我听到老头儿忽然说了句意大利语,感到很吃惊,有趣的是当时在座的只有一位叽叽喳喳的大块头公爵夫人听得懂他在乱扯些什么。他接着说道:'可怜的亨利,他永无休止地在一个气派堂皇的花园外绕圈,只可惜那花园的围墙太高了点儿,他伸长了脖子也没办法看到里面的样子,而花园里的人在喝茶,坐得又离他太远,他也听不清某位伯爵夫人正在说些

---

[1] 原文为意大利语"il gran rifiuto",源于意大利诗人但丁的长诗《神曲·地狱篇》。

什么。'"

罗伊很专心地听我讲完了这个小故事,听完后他若有所思地摇了摇头。

"这个故事我恐怕不能用。要是用了的话,亨利·詹姆斯的崇拜者会把一千块砖头砸到我脑袋上……可是你们晚上通常做些什么呢?"

"嗯,我们打惠斯特牌,德里菲尔德读他要写书评的书,他还唱歌。"

"这倒很有意思,"罗伊说着便急切地探过身来,"你还记得他唱过什么歌吗?"

"记得很清楚。《爱上大兵》和《这里的酒很便宜》,这是他最喜欢的两首。"

"哦!"

我看得出来罗伊很失望。

"你难道指望他唱舒曼的歌吗?"我问。

"我觉得也没什么不可以的。那倒是很值得写一笔的。不过,我原本以为他会唱一些水手小调或者英格兰传统乡村民歌什么的,也就是常有人在集市上唱的那种歌——盲人提琴手拉琴,乡下小伙子和姑娘们在打谷场上跳舞,诸如此类的东西。如果他唱的是这种歌,我就可以写出一段漂亮的文字来,可是我简直不能想象爱德华·德里菲尔德唱的是一些歌舞厅里的歌。毕竟是要描绘一个人的形象,我必须把握好取舍的分寸。要是把不入流的东西写进去,只会给读者造成不伦不类的印象。"

"你大概也知道此后不久他为了逃债连夜跑了,把所有人都骗了。"

罗伊足足沉默了一分钟，他若有所思地低头盯着地毯。

"是的，我知道那时的确发生过令人不快的事，德里菲尔德太太也提起过。据我所知，他后来把欠的债都还清了，最后才买了弗恩宅邸，从此在那个地方定居下来。我认为这是一件在他整个生涯中无足轻重的小事，没必要揪住不放。不管怎么说，这也是快四十年前的事了。你也知道，这位老人的性格的确有些古怪。按常理讲，发生过这样一件丢人的事后，他成名后也不大可能选择黑马厩镇作为他晚年安居的地方，因为这个地方会暴露他卑微的出身，但他似乎毫不在意。他好像还觉得这是一件很好玩的事。他甚至还会在饭桌上把这件事讲给来他家吃饭的客人听，弄得德里菲尔德太太非常尴尬。我倒希望你能多了解一下埃米，她是个了不起的女人。当然啦，在德里菲尔德写出那些杰作时他还压根儿没见过她，可是我想谁也不能否认，在他人生的最后二十五年中，他留给世人的德高望重的形象几乎完全要归功于埃米。她会非常坦率地同我谈这些事。她做的事可不容易。德里菲尔德这个老头儿有一些怪癖，她要施展很多巧计才能使他的举止不失体面。他在某些事情上非常固执，我觉得要是换个性格不那么坚强的女人，恐怕早就灰心了。比方说，每次吃完肉和蔬菜后，他总要掰一块面包把盘子擦干净，再把那块面包吃了。埃米无论花费多少工夫也没法改掉他的这个坏习惯。"

"你知道这习惯是怎么回事吗？"我说，"这说明他过去有很长时间填不饱肚子，所以只要有点儿吃的，他怎么也舍不得浪费。"

"可能吧,但是作为一个德高望重的大作家,有这样的习惯终究不雅。还有,他倒并不是个酒鬼,但是总喜欢跑到黑马厩镇上的'熊与钥匙'酒馆去喝几杯啤酒。当然啦,这本来也没什么大不了的,但是他这样做实在过于惹人注意了,特别是在夏天,酒馆里到处都是游客。他也毫不在意同他交谈的是什么人。他好像从来意识不到自己需要保持身份。有时他刚同很多名流共进午餐后——比如埃德蒙·戈斯[1]和寇松[2]侯爵这类人物,就马上跑到酒馆去同管道工、面包师傅和卫生检查员大谈他对这些名流的印象,你没法否认这种做法实在太不妥了。当然,这也可以解释。你可以说他是要体验老百姓的生活,有兴趣了解各类人物,但是他有些习惯实在叫人难以忍受。你知道埃米·德里菲尔德要叫他洗个澡有多难吗?"

"在他出生的那个年代,人们认为洗澡太多对身体不好。我想他在五十岁前大概从没住过有浴室的房子。"

"是啊,他说他从来都是一个星期只洗一次澡,他不明白为什么到了这个年纪他还要改变这个习惯。还有,埃米要他每天换内衣,他也不同意。他说他的汗衫短裤总要穿一星期才换,每天换洗完全没有道理,洗得太勤只会把衣服洗破。德里菲尔德太太费尽心思每天哄他洗澡,比如在浴盆里放浴盐、喷香水,可是什么办法都哄不动他。后来他年纪越来越大,就连一星期洗一次澡

---

[1] 埃德蒙·戈斯(Edmund William Gosse,1849—1928),英国诗人、作家、文学评论家。
[2] 寇松(George Nathaniel Curzon,1859—1925),英国保守党政治家,曾任英国驻印度总督,后任英国外交大臣。

都不肯了。埃米告诉我,在他去世前的最后三年里,他没有洗过一次澡。当然,这些话也只是你我之间私下说说。我告诉你这些只是想让你知道,写他的传记我不得不用很多技巧和手段。我知道谁都无法否认他在花钱上有点儿不够谨慎,但他还有一个怪毛病,就是总喜欢同社会地位比自己低下的人交往,有些个人习惯也不太招人喜欢,不过我觉得这些都不是最重要的。我不想写任何不真实的事情,但是我确实认为有不少细节还是不说为好。"

"你不觉得干脆放开手脚,把他的优缺点都如实写出来会更有意思吗?"

"啊,那可不行。那样的话,埃米·德里菲尔德永远不会再理我了。她请我写这部传记,就是因为她相信我会谨慎下笔。我必须做个君子。"

"既要做君子又要当作家,太难了吧。"

"我看不出有什么难的。你也知道评论家都是怎样的人。如果你说实话,他们只会说你愤世嫉俗,而一个作家得到愤世嫉俗的名声可没有什么好处。当然,我也不否认,如果我毫无顾忌地放手写,我的书可能会轰动一时。写出这样一个人是很有趣的,他既有对美的追求,又轻率对待自己应尽的义务;既有优美的文笔,又讨厌洗澡;既理想主义,又常去声名狼藉的酒馆一醉方休。可是说实在的,这样做有好处吗?他们只会说我是在模仿利顿·斯特雷奇[1]。我不想这么做,我觉得我能做得更胜一筹,用

---

[1] 利顿·斯特雷奇(Lytton Strachey,1880—1932),英国著名传记作家和文学评论家,代表作有《维多利亚时代名人传》(*Eminent Victorians*)和《维多利亚女王传》(*Queen Victoria*)。

含蓄的手法把这本传记写得优美动人,又很微妙,这种写法你懂的,还要温柔些。我认为一个作家在动手写一本书之前就应该在脑子里看到这是一本什么样的书。这么说吧,按照我的想法,这本书就像凡·戴克[1]的一幅肖像画,有浓浓的气氛烘托,又不失庄重,能表现出一种贵族的气势。你明白我的意思吗?我想写大约八万字。"

罗伊一时沉醉在对美的遐想中。他仿佛已在脑海中看见了一本书,八开本,拿在手里很轻巧,页边空白留得很宽,纸张精美,字体清晰美观。我想他大概连书的装订式样都看见了,光滑的黑布封面,印有金色图案、烫金字样。然而阿尔罗伊·基尔毕竟还是个凡人,正如我在前面提到过的,他也只能短暂地沉浸在美所带来的狂喜之中。很快,他就朝我露出憨笑。

"可是究竟有什么办法能绕开德里菲尔德的第一任太太呢?"

"谁家还没有点儿家丑啊?"我咕哝道。

"她可真是个棘手的问题。她毕竟做了那么多年德里菲尔德的妻子。可是埃米在这个问题上的态度很坚决,我实在不知道怎样才能满足她的想法。你瞧,她认定罗茜·德里菲尔德给她的丈夫造成了最恶劣的影响,罗茜想方设法在精神上、身体上、经济上毁掉他。她说这个女人无论在哪方面都配不上她的丈夫,至少在智力上和精神追求上差得很远,德里菲尔德只是因为精力过人、生命力极强才侥幸活了下来。这段婚姻当然是很不幸的。我知道她已去世多年,再把过去的流言蜚语抖搂出来,公开议论人

---

[1] 凡·戴克(Anton van Dyck,1599—1641),弗拉芒画派的代表人物,英国国王查理一世时期的宫廷首席画家。

家的私事，实在不妥，但是事实无法改变，德里菲尔德的所有最杰出的作品都是在他和第一任妻子共同生活期间写出来的。我当然也很欣赏他创作后期的作品，谁都不像我那样能领略到他后期作品中表现出的纯真的美，而且他后期的作品写得颇有节制，带有某种经典的清醒笔触，这些都是难能可贵的，但是我仍然不得不承认，他早期作品中的那种辛辣、活力和浓郁的生活气息都不见了。我发自内心地认为，他第一任妻子对他的创作所产生的影响是不容忽视的。"

"那你打算怎么处理呢？"我问。

"依我看，他的这部分经历应该可以处理得尽可能含蓄委婉些，以免触犯某些吹毛求疵者的神经，但同时得表现出一种男人应有的坦率，不知你是否理解我的意思，那样还是可以写得很感人的。"

"听起来很难办到。"

"我认为没有必要去抠每一个细节，问题只在于把握好调子。我拿不定的地方就不写了，不过关键的内容我还是会点出来，让读者自己去领会。你也知道，不管题材多么不雅，只要用庄重的手法处理，还是可以淡化一些令人不快的味道的。但是除非我掌握了全部事实，否则我什么都做不到。"

"是的，巧妇难为无米之炊。"

罗伊侃侃而谈、口若悬河，充分表现了他的演讲才能。我多么希望：首先，我也能如此生动有力地表达自己的想法，从来不会找不到词儿，动人的句子总能滔滔不绝地脱口而出；其次，我这个微不足道的小人物能代表罗伊天生就能招架得住的广大有欣赏力的听众,而不必感到自卑。不过这时他突然打住不说了。只见他的脸上流露出亲切和蔼的神情,那张脸因激动而泛出红晕,因天热而渗出汗水,他一直咄咄逼人地盯着我的那双眼睛露出了柔和的笑意。

"这就是你要出力帮忙的地方了,老兄!"他笑嘻嘻地说。

我在生活中向来奉行一条自己总结出来的准则:无话可说时就什么也不说,不知道如何回答别人的问题时就闭嘴。我没有说话,只是同样和颜悦色地看着罗伊。

"你比谁都更了解他在黑马厩镇的生活。"

"这可不见得。那些年在黑马厩镇上肯定有不少人同我一样经常见到他。"

"有可能,可是那些人毕竟都是无足轻重的,我认为他们的看法没有什么价值。"

"哦,我明白了。你的意思是说,只有我可以捅出些内幕来。"

"差不多吧,如果你非要这么调侃的话,我就是这个意思。"

我看得出罗伊并不觉得我的话很有趣。我也没有生气,因为我早已习惯了别人不觉得我说的笑话有什么好笑的。我常常想,最纯粹的艺术家的幽默就是说了笑话只有自己一个人哈哈大笑。

"我相信后来你在伦敦也经常见到他吧。"

"是的。"

"也就是他住在贝尔格莱维亚[1]的公寓里的时候。"

---

[1] 贝尔格莱维亚(Belgravia),伦敦市中心的富人住宅区。

"嗯，他是在皮姆利科[1]租的房子。"

罗伊冷冷地笑了笑。

"我们不必争论他究竟住在伦敦的哪个区了。那时你们交往很密切吧？"

"算是吧。"

"这种交往持续了多久？"

"两三年。"

"你那时多大？"

"二十岁。"

"你听我说，我要请你帮我一个大忙。这不会花费你太多时间，可是对我却有不可估量的价值。我想请你把能回想起来的有关德里菲尔德的一切都尽可能毫无遗漏地写出来，还有你记忆中对他妻子的印象以及他们夫妻之间的关系，诸如此类，包括黑马厩镇和伦敦这两段时期。"

"哎呀，我的老兄，你这要求可太高了。我手头有一大堆事情要做呢。"

"不需要花费太多时间的。我的意思是说，你大概写一写就行，不必费心讲究文字风格什么的，我会加工成文的。我所要的就是事实。毕竟这些事只有你了解，别人都不清楚。我不想夸夸其谈，但是德里菲尔德的确是一个伟大的人物，不论是为了纪念他这个人，还是为了对得起英国文学，你都该义不容辞把你所知道的一切说出来。要不是那天你告诉我，说你自己不打算写任何

---

[1] 皮姆利科（Pimlico），贝尔格莱维亚附近的一个高级住宅区，临近泰晤士河畔。

回忆他的东西,我也不会对你提出这个要求。你手里掌握着一大堆资料,自己又不想用,这岂不是狗占马槽不吃草吗?"

就这样,罗伊唤醒了我的责任感,敦促我不能懒散懈怠,要我慷慨助人,要我正直无私。

"可是,德里菲尔德太太为什么要请我去她家住几天呢?"我问道。

"是这样的,我同她谈过这件事。住在她的房子里非常舒服,她又很会招待客人,眼下乡间的景致也特别美。她认为那里的环境幽静怡人,想请你去那里写下你的回忆。当然,我说了我无法保证你一定会去,不过我想,那里离黑马厩镇很近,应该能让你触景生情,想起各种可能已经忘记了的往事。再说,住在德里菲尔德的旧居里,随时可以看到他生前的藏书和遗物,也可以唤起过去的回忆。我们可以一起谈谈他的生平经历,你也知道,谈着谈着,有些往事就会重新浮现。埃米聪明麻利,这么多年,她已经养成了把德里菲尔德说的话随手记录下来的习惯,可能你会一闪念随口说了什么,并没想到要把它写下来,但是埃米会记下来的。此外,我们还可以打打网球、游游泳。"

"我不太喜欢住在别人家里,"我说,"我讨厌早上九点就不得不起来吃我不想吃的早饭。我也不喜欢散步,对别人家养的鸡更没有兴趣。"

"她现在很孤独。你要是能去,既是对她表达善意,也是帮我的忙。"

我沉思了一会儿。

"我看这样吧:我可以去黑马厩镇,但是我要自己过去。我就住在'熊与钥匙'里，你在德里菲尔德太太家的时候我会去见她。你们想怎么谈爱德华·德里菲尔德就怎么谈，不过要是我听腻了，我可以随时离开。"

罗伊开心地大声笑了。

"好啊！就这么办。那你可以把你想起来的可能对我有用的事情写下来吗？"

"我尽量试试吧。"

"你什么时候来呢？我打算星期五过去。"

"只要你答应在火车上不跟我聊天，我就可以同你一起走。"

"好的。五点十分那趟车最合适。要我来接你吗？"

"我自己能去维多利亚车站，我们就在站台上碰头吧。"

我不知道罗伊是不是怕我变卦，只见他马上站起身，兴冲冲地同我握了握手就走了。临走前还叮嘱我千万别忘了带上网球拍和游泳衣。

寻欢作乐

第十二章

我答应了罗伊后，不觉回想起了我刚到伦敦后那几年的生活。正好那天下午没什么事情要做，我便临时决定散步过去看望我当年的房东太太，同她一起喝杯茶。记得当年我还是个没有见过什么世面的毛头小子，刚到伦敦就读圣路加医学院，要找住处，医学院的秘书介绍我去找赫德森太太。这位太太在文森特广场有一所房子。我曾在那里一连住了五年，我住楼下的两个房间，楼上有客厅的那一层住着一位西敏公学的教师。我每星期付一英镑房租，那位教师付二十五先令。赫德森太太身材矮小，整天忙忙碌碌，闲不下来。她脸色发黄，长着一只大大的鹰钩鼻子，她那双黑眼睛是我见过的最明亮、最富有生气的眼睛。她的头发乌黑浓密，每天下午和星期天一整天，她总是额前飘着刘海儿，颈后盘一个发髻，完全是"泽西的莉莉"[1]旧日照片中的那种

---

[1] "泽西的莉莉"（Jersey Lily），即以绝世美貌著称的英国女演员莉莉·兰特里（Lillie Langtry, 1853—1929），因她出生在泽西岛，故得到了"泽西的莉莉"（或"泽西岛百合"）的别称。

发式。她心地善良（虽然当时我并没有体会到，因为一个年轻人总会把别人对你的好意看作理所当然），而且厨艺高超，她做的舒芙蕾蛋饼特别好吃，谁也做不出这种味道。她每天一大早就起来，给房客的起居室里生好炉火，生怕他们吃早饭时被冻坏了，还一边念叨着："说真的，今天早上可真够冷的。"她还会在房客的床底下塞一个扁平的白铁澡盆，前一天晚上放好水，早上洗澡的时候水就不那么凉了。如果早上没有听见你洗澡的声音，她就会说："瞧瞧，楼上那位还没起床呢。他上课又要迟到啦！"说罢，她就会匆匆跑上楼，一边咚咚敲门，一边尖声喊，"你再不赶紧起床，就来不及吃早饭啦，我给你做了很好吃的鳕鱼。"她每天从早忙到晚，一边干活儿一边唱歌，总是开开心心、笑容满面。她的丈夫比她大很多，曾在一些大户人家当过管家，两鬓留着胡子，举止彬彬有礼。后来他在当地的教堂当了司事，很受人尊敬。我们吃饭时，他会在一旁给我们端菜送水，还会为我们擦皮靴，也会帮着洗刷碗碟。赫德森太太一天中唯一的闲暇时光就是在料理房客吃过晚饭后（我六点半吃，那位教师七点吃）上楼来同房客们聊会儿天。我真后悔当时没有想到把她的谈话记录下来（就像埃米·德里菲尔德记录她那大名鼎鼎的丈夫所说的话那样），因为赫德森太太实在是一位用伦敦方言说笑的幽默高手。她天生伶牙俐齿，擅长应答，谈吐风趣活泼，用词贴切而富于变化，各种滑稽好笑的比喻或生动的段子张口就来。她处事得体，简直无可挑剔。她从来不收女房客——你永远弄不清她们的脑子里在想些什么（"她们张口闭口都是男人、男人、男人，一会儿要下午茶，一会儿要切得薄薄的黄油面包，一会儿又开门打铃要热水，一天到晚尽是这些破事"）。在日常谈话中，她从不避讳使用在那个年头被人视为脏话的词语。我们在这里完全可以用她形容玛丽·劳埃德[1]的话来形容她自己："我喜欢她，因为她总能逗你哈哈大笑。有时她会说得很露骨，但总能收得住。"赫德森太太很享受自己的幽默风趣，我想她之所以更乐意同房客聊天，是因为她丈夫生性严肃（"他就是这个样子，"她说，"他是教堂司事，经常参加婚礼、葬礼什么的。"），不太喜欢说笑逗乐。"我总对赫德森说，趁着还有机会就放开笑吧，人死了、埋了，想笑也笑不成了。"

赫德森太太的幽默是长年累积起来的，她同十四号出租房子的布彻小姐之间的宿怨新仇简直成了一部年复一年说不尽的滑稽史诗。

"这个老妖婆可讨厌啦，可是我实话告诉你，要是老天爷在哪个好日子把她召去了，我倒会怪想她的。老天爷把她召去后会怎么发落她，我就不知道了。可是她这辈子可没少叫我笑破肚皮。"

赫德森太太的牙齿很不好，到底要不要把它们拔掉装上假牙这个问题她同别人讨论了两三年，每次讨论都会有一些滑稽可笑的新奇点子，可谓花样百出，令人难以想象。

"可是昨天晚上我还同赫德森聊到了这件事，他说：'得了，全部拔掉吧，这件事到此为止吧。'那我还有什么可聊的呢？"

---

[1] 玛丽·劳埃德（Marie Lloyd，1870—1922），英国音乐厅女歌手和喜剧演员。

我已经有两三年没有见到赫德森太太了，上次去她家是因为我收到了她的一封短信，她请我去她家喝杯浓茶，信中还说："赫德森已去世，享年七十九岁，下星期六是他逝世三个月的日子。乔治和赫斯特代致敬意。"乔治是她和赫德森结婚后生的儿子，现在也快到中年了，在伦敦郊外的伍利奇军械厂工作。二十年来，他的母亲一直在说，乔治这几天就会带个老婆回家来。赫斯特是我住在她家的最后那段日子里她雇的干杂活儿的女佣，赫德森太太现在提到她还管她叫"我那个鬼丫头"。虽然我刚到她家寄宿时赫德森太太就已经三十多岁了，而那已是三十五年前的事情了，但是在我漫步穿过格林公园往她家走去时，我丝毫不怀疑她仍健在。她已成为我青年时代不可磨灭的一段记忆，就像此刻站立在公园风景水池边的那些鹈鹕一样，那么鲜活，就在我眼前。

我走下了地下室门前的台阶，是赫斯特给我开的门，现在她也快五十岁了，身体有些发胖，但是那张略带羞怯的笑脸上仍然有着当年那鬼丫头干什么事都马马虎虎的神情。她把我带到地下室的前屋里，赫德森太太正在那里给乔治补袜子，她摘下眼镜看着我。

"嘿，这不是阿申顿先生吗？真没想到会见到你！赫斯特，水煮开了没有？你同我一起好好喝杯茶，可以吗？"

赫德森太太比我当年见她时胖了一些，行动不像以前那么轻快了，但是她几乎没有一根白发，乌黑的眼睛还是像衣服上的纽扣一样亮晶晶的，闪烁着快乐的光彩。我在一把破旧的栗色漆皮小扶手椅上坐下。

"你近来好吗，赫德森太太？"我问道。

"哦，我没有什么可抱怨的，只是不那么年轻了，"她答道，"不像你住在这儿时能干那么多活儿了。现在我不管房客晚饭了，只做早饭。"

"所有房间都租出去了？"

"是的，总算幸运吧。"

由于物价上涨，赫德森太太现在的房租收入要比我住在这里时多一些了，我想以她的俭朴生活来说，她的境况应该还是很不错的。不过，如今房客的要求当然也更多了。

"说出来你都不会相信，一开始，要搭建洗澡间，接着要安电灯，后来又不得不装电话，不然房客们就不满意。我都想不出他们再往后还想要什么。"

"乔治先生说赫德森太太该退休了。"赫斯特一边给我们上茶，一边插嘴道。

"你少管闲事，丫头！"赫德森太太厉声说，"我要是退休，就是等于进坟墓了。想想看，我整天就跟乔治和赫斯特在一起，连个聊天的人都没有，谁受得了！"

"乔治先生说她应该去乡下租一所小房子住下，好好过自己的日子。"赫斯特继续说，毫不理会赫德森太太的斥责。

"别跟我提住到乡下去的事。去年夏天，大夫叫我到乡下住一个半月。差点儿要了我的命，真的！简直吵死了。鸟儿叽叽喳喳叫个不停，又是鸡叫，又是牛叫，实在让人受不了。我这么多年过惯了安安静静的日子，哪里受得了这种一刻不停的吵吵闹闹！"

离赫德森太太家几户人家之遥就是沃豪尔大桥路，那里车流不息，电车的响铃声叮叮当当，公共汽车的马达声轰隆隆，出租车的喇叭嘟嘟叫。这些声音在赫德森太太听来就是伦敦的声音，这声音使她感到亲切，就像母亲哼着催眠曲哄一个烦躁的孩子安睡一样。

我环视这间简陋却舒适的、充满家庭气氛的小客厅，想想赫森德太太已经在这里生活了这么多年，我很想为她做点儿什么。我留意到客厅里有一台留声机。这是我唯一能想到的东西了。

"你有什么需要的东西吗，赫德森太太？"我问道。

她睁大了亮晶晶的眼睛若有所思地看着我。

"我也想不出来我还缺什么，既然你问到了，我只想再有二十年的好身体，有力气，还能继续干活儿就好。"

我并不是个多愁善感的人，但是听到了她这个回答，有些出乎意料，却又如此符合她的特点，我不禁哽咽了。

到了该告辞的时候，我问她能不能去看看我住过五年的房间。

"赫斯特，赶快上去看看格雷厄姆先生在不在。要是他不在，我想他不会在意你去看一下的。"

赫斯特匆匆跑上楼去，没一会儿就气喘吁吁地跑下楼来说格雷厄姆先生不在。赫德森太太陪我一起上了楼。还是那张小铁床，我曾在那张床上睡觉，也做过很多梦；五斗橱和脸盆架也还是我原来用过的。只是起居室里有了一股运动员的浓浓朝气：墙上挂着板球队员和穿短裤的划船运动员的照片，墙角立着高尔夫球杆，壁炉台上乱七八糟地放着刻有某个大学校徽的烟斗和烟草罐。在我年轻的时候，我们都信奉为艺术而艺术的主张，我自己表现这一主张的做法是在壁炉台上铺一块摩尔挂毯，窗户上挂的是具有艺术气息的草绿色哔叽布窗帘，墙上挂的是佩鲁吉诺[1]、凡·戴克和霍贝玛[2]画作的复制品。

"你那时候很有艺术追求的嘛，是不是？"赫德森太太的语气带着一点儿讥讽的意味。

"是啊。"我低声道。

我想起当年住在这个房间的时光，一晃这么多年过去了，想起自己在这些年里的种种遭遇，心里不禁涌起一阵酸楚。就是在这张桌子上，我吃过丰盛的早餐和节俭的晚餐，学习过医学院的课本，写出了我的第一部小说。也就是坐在这把扶手椅上，我第一次读了华兹华斯和司汤达的作品，读了伊丽莎白时代的剧作家和俄国小说家的作品，读了吉本、博斯韦尔、伏尔泰和卢梭的著作。我不知道后来又有哪些人用过这些家具，可能有医学院的学生、见习律师、到伦敦来谋生的年轻人、从殖民地退休或者因家庭破裂而突然无家可归的老年人。我曾经住过的这个房间，用赫德森太太的话来说，的确弄得我浑身不对劲了。住在这间屋子里的人曾经怀抱着多少人生希望，充满对未来的美好憧憬，燃烧着青春时代的火热激情，也必然有过悔恨、幻灭、倦怠、无奈。有多少人在这里尝到过道不完的酸甜苦辣，体会过说不尽的喜怒哀乐！此情此景使我莫名地感觉这个房间本身就具有了某种令人惶恐不安而又神秘莫测的个性。我说不清为什么，它使我联想到一

---

[1] 佩鲁吉诺（Pietro Perugino，1446—1523），文艺复兴时期意大利画家。——编者注
[2] 霍贝玛（Meindert Lubbertszoon Hobbema，1638—1709），荷兰风景画画家。——编者注

个站在十字路口的女人，一根手指挡在嘴唇上，回头望着行人，用另一只手招手示意。我这个朦胧的（也是有些羞愧的）联想似乎也传到了赫德森太太的心里，只见她哈哈笑了一声，用她特有的姿势揉了几下她那高高的大鼻子。

"我可告诉你，人啊，真的是太有趣了，"她说，"有时我会想起在这里住过的那些先生，要是我把我知道的他们的一些事告诉你，你肯定不会相信。他们真是一个比一个有意思。有时我躺在床上想到他们就会忍不住笑出声来。说真的，要是不能时常找点乐子大笑一通，这个世界也太没意思了。不过，天哪，那些房客可真是有趣极了！"

寻欢作乐

第十三章

我在赫德森太太家住了将近两年后，才又遇见了德里菲尔德夫妇。那时我的生活很有规律。整个白天我都待在医院里，下午六点左右步行回到文森特广场，路过兰贝斯大桥时买一份《星报》，回去读到吃晚饭的时间。晚饭后我会认真读上一两个小时的书，都是可以增长知识的书，因为那时我的确是勤奋好学、刻苦钻研的好青年。读完书后，我就动笔写小说和剧本，直到上床睡觉。说来凑巧，在六月末的一天下午，我比往常早一些离开了医院，想去沃豪尔大桥路逛逛。我喜欢那里热热闹闹的繁忙景象，那种市井气息浓厚的喧闹令人兴奋，会让你感觉随时都可能有一番奇遇。我漫不经心地在路上逛着，忽然听到有人喊我的名字。我停下脚步张望了一下，竟然看见德里菲尔德太太站在那儿，正在冲我微笑。

"你不认得我了吗？"她大声问。

"认得啊，德里菲尔德太太！"

虽然我已经长大成人，但是在那一刻我知道自己仍和十六岁时一样满脸通红。我感到非常尴尬。我从小就被灌输了可悲可叹的维多利亚时代人们信奉的诚实观念,对德里菲尔德夫妇欠债不还从黑马厩镇逃走的行为始终耿耿于怀。我觉得这是一件十分丢人的事,我深以为耻,以为他们也一定为此感到羞愧不已。但我万万没有想到,德里菲尔德太太竟然会同一个知道这桩丑事的人主动搭话。如果是我先看到她走过来,我一定会转过脸去假装没看见她,我会善解人意地认为她一定很想避免被我看见,因为这让人难堪。可是这会儿她却伸出手来,明显很高兴地要同我握手。

"我真高兴见到了一个黑马厩镇的熟人,"她说,"你知道我们那时走得太匆忙了。"

她哈哈笑了起来,我也跟着笑了,只是她笑得像孩子那样开心,而我感觉自己笑得有些勉强。

"我听说大家发现我们跑了之后还大惊小怪地骚动了一阵。我觉得泰德听到会笑死的。你叔叔说了什么?"

我很快镇定下来。我不想让她以为我和别人一样听不懂玩笑话。

"嗐,你也知道我的叔叔是个什么样的人,他很保守。"

"是啊,黑马厩镇的人就是这点不好。他们需要清醒一些。"她友善地看了我一眼,"你比我上次见到你的时候又长高了很多。啊!你都留胡子了。"

"当然,"我边说边捻了几下我那并不很长的胡子,"我已经留了很久了。"

"时间过得真快,是不是?四年前你还是个孩子,转眼就长成男子汉了。"

"本来嘛，"我略带骄傲地答道，"我都快二十一岁了。"

我打量着德里菲尔德太太。她头戴一顶插着羽毛的小帽子，穿一身浅灰色长裙，羊腿形的大袖子，长长的裙裾。我觉得她看上去很时髦。我一直认为她长得还不错，可现在才第一次发现她其实很漂亮。她的眼睛比我记忆中的还要蓝，皮肤白如象牙。

"你知道吗，我们就住在拐角那儿。"她说。

"我也住在附近。"

"我们住在林帕斯路。离开黑马厩镇以后我们就一直住在这儿。"

"嗯，我在文森特广场也住了快两年了。"

"我知道你在伦敦，是乔治·肯普告诉我的。我还常想，不知道你到底住在哪儿。要不你现在就跟我一起到我们家去吧。泰德看见你会很高兴的。"

"也好。"我说。

我们一路走去，在路上她告诉我，德里菲尔德现在是一家周刊的文学编辑，他最近刚出版的那本书的销量比以前的任何一本都要好，他期望下一本书可以预支一大笔稿酬。黑马厩镇上发生的事她似乎都知道，我不禁想起当初大家怀疑乔治勋爵帮助德里菲尔德夫妇逃走的事。我猜想乔治勋爵时常给他们写信。我留意到一路上经过我们身边的男人有些会盯着德里菲尔德太太看上几眼，我马上想到他们一定也觉得她很漂亮。我也不觉挺直了腰板，昂首阔步走了起来。

林帕斯路是一条又长又宽的笔直大街，和沃豪尔大桥路平行。路边的房子看上去都一个样儿，结实的灰泥墙面，墙体已经发黑，有宽大的门廊。我估计这些房子当年都是为伦敦城里有身份的人建造的，只是这条街后来日渐萧条，或者从来就没有吸引到合适的房客。这些风光不再的房屋，总给人一种鬼鬼祟祟又破旧不堪的感觉，会让人想到那些曾经风光一时，如今却浑浑噩噩沉湎于昔日上流社会生活中的人，他们总是把年轻时的声名显赫挂在嘴边。德里菲尔德夫妇住的是一栋漆成暗红色的房子，德里菲尔德太太把我引进一条光线昏暗的狭窄过道，一边开门一边说：

"进来吧，我去告诉泰德你来了。"

她顺着过道往里面走去，我进了他们的起居室。德里菲尔德夫妇租了这栋房子的地下室和一层，房东太太住在他们楼上。这间起居室里的家具好像都是刚从拍卖行里搜罗来的。厚厚的丝绒窗帘拖着巨大的穗子，满是套环和彩结。套着黄缎套垫的金色家具，上面钉满了扣子。屋子中央摆着一个很大的蒲团。墙边有几个镀金的橱柜，里面摆着一大堆乱七八糟的小玩意儿，有瓷器、牙雕人像、木雕，还有几件印度小铜器。墙上挂着大幅的油画，画着苏格兰高地的峡谷、雄鹿和游猎者。不一会儿，德里菲尔德太太带着她的丈夫进来了，他热情地招呼我。只见他穿着一件破旧的羊驼绒上衣和一条灰裤子，长胡子已经剃掉了，现在只留着短短的八字须。我第一次注意到他的身材竟那么矮小，不过看上去比以前更有气概了。他的装束有点儿异国味道，我倒觉得这更像我想象中作家应有的模样。

"你觉得我们的新居怎么样？"他问道，"看上去挺阔气的吧？我认为这可以激发我更多的信心。"

他满意地看了看四周。

"泰德在后面有个小书房，他在那里写作。地下室里还有一间餐厅，"德里菲尔德太太说道，"我们的房东考利小姐曾多年陪伴一位贵族夫人生活，那位夫人去世时把所有的家具都留给了她。你看这些家具都挺好的吧？看得出都是富裕人家传下来的东西。"

"我们第一次看见这地方时，罗茜就喜欢得不行。"德里菲尔德说。

"你不也是一样嘛，泰德。"

"我们在艰苦的环境中生活了那么久，现在看着身边都是奢侈的东西，感觉大变样啦！都是像蓬巴杜夫人[1]那样的贵族用的东西了。"

我告辞的时候，他们非常热情地邀请我再去他们家做客。他们好像每星期六下午都会在家招待客人，我想见到的各类人物都习惯在这个时间去拜访他们。

---

1 蓬巴杜夫人（Madame de Pompadour，1721—1764），法国国王路易十五的情妇，进入宫廷后对国王有很大的影响力。

第十四章

我去了德里菲尔德家后感觉很开心，便一去再去。到了秋天，我回到伦敦继续在圣路加医学院学习，每星期六去他们家做客已经成了我的习惯。我就是在那时初涉文艺圈的，不过我守口如瓶，不告诉任何人我独自在寓所里埋头写作。在那里能遇到也在写作的人，我感到非常激动，我认真地听着他们的交谈。去他们家聚会的人三教九流都有。那时候周末的活动还不多，打高尔夫球还会被嘲笑，所以星期六下午大多数人都无事可做。不过，我认为去德里菲尔德家的也没有什么重要的人物，反正我在那儿见到的画家、作家和音乐家，我想不起来有哪一位后来是名声不衰的。但是这种聚会还是充满文化气息的、生气勃勃的。你会遇到正在寻找角色的年轻男演员，叹息英国人没有音乐素养的中年歌手；还有作曲家，他们会在德里菲尔德家的小钢琴上弹奏自己写的曲子，又悄声抱怨只有在音乐会的大钢琴上才能奏出这些曲子的韵味。当然还会遇到诗人，他们会在大家的催促下朗诵一小段自己刚写好的新作，以及正在寻找主顾的画家。偶尔也会来一个有贵族爵位的人给聚会增光添彩,不过这种情形并不多见,原因是那时的贵族还没有变得放荡不羁,如果某位贵族屈尊同艺术家交往,通常不是因为离婚风波闹得声名狼藉,就是因为在牌桌上过于失意,以致继续在他(她)那个阶层的社交圈里活跃不免有些尴尬。当然,如今这种情况已经变了。义务教育给世人带来的一个最大好处就是使写作在贵族和绅士阶层中大为普及。霍勒斯·沃波尔[1]编写过一本《王室和贵族作家概览》,这样的书在当下来编的话就会像百科全书一样厚了。哪怕是一个礼节性的贵族头衔也足以使任何一个人成为知名作家,我可以有把握地说,一个人要跻身文学界,没有什么是比高贵的出身更管用的通行证了。

有时我真的认为,既然我们的上议院终将被废除,那么我们最好现在就用法律明文规定,文学创作这个行业今后只准贵族及其妻子儿女从事。要是贵族老爷们肯放弃他们的世袭特权,那么英国人民以此作为回报也完全说得过去。同时,这也可以为那些一心致力于供养歌女、玩赛马和纸牌赌博之类的公共事业而陷入穷困的贵族(这些人的数量可太多了)提供一种生计,而对于其余因自然选择而随着时间流逝最终变得别的什么事都干不了,只适合治理大英帝国的那些贵族来说,这也不失为一门乐在其中的行当。不过现在已是专门化的时代,如果我的建议幸蒙采纳,那么显而易见,文学的各个门类从此亦应按贵族的不同等级相应分

---

[1] 霍勒斯·沃波尔(Horace Walpole, 1717—1797),英国作家,英国第一任首相罗伯特·沃波尔的儿子,主要作品有哥特式小说《奥特兰托堡》(*The Castle of Otranto*)。

配，此举必能给英国文学大增光彩。因此我还要建议，文学中比较卑微的门类应由爵位较低的贵族涉猎，即男爵和子爵应专门从事新闻和戏剧写作，小说则可以成为伯爵的特权领域。他们已经显现出足以驾驭这门艰难艺术的才华，况且他们人数众多，完全不愁供不应求。至于侯爵，我们可以把文学中被称作"纯文学"（我一直弄不懂为什么叫这个名称）的那一部分作品放心地交给他们去写。从金钱的角度来看，写这类作品也许赚不了多少钱，但是可以赢得名望，非常适合拥有侯爵这一浪漫头衔的人。

　　文学的王冠是诗歌。诗歌是文学的终极目的，是人类心灵最崇高的活动，是美之集大成者。散文作家见到诗人走过来，只能让路；在诗人面前，我们当中最优秀的人也会相形见绌。显而易见，创作诗歌的大任只能由公爵来承担，而且我希望看到他们的权利受到最严厉的法规保护，对僭越者必处以酷刑，因为倘若这门最高贵的艺术不是由最高贵的人来操持，那简直是不可容忍的。由于这里同样应当遵循专门化的原则，所以我预见公爵们（就像亚历山大大帝的后人那样）也会在他们之间划分一下诗歌的领地，每个公爵只从事自己得益于世袭地位和天生禀赋而最擅长的那类诗歌的写作。据此，我便可预见到曼彻斯特公爵们专写具有道德说教功能的诗歌，威斯敏斯特公爵们专写能激发对大英帝国的义务和责任的高亢颂诗，同时我想象德文郡公爵们很可能会以普洛佩提乌斯[1]的风格写情诗和挽歌，而马尔博罗公爵们则几乎不可避免地会以牧歌情调写写家庭幸福、兵役制和随遇而安这

1　普罗佩提乌斯（Sextus Propertius，约公元前50—？），古罗马挽歌诗人。

类题材。

不过，如果有人说这样的分工未免过于严苛，并且好心提醒我，诗神缪斯并不总是威严地昂首阔步，有时也会踮起轻盈的脚尖飘然而来；如果有人想起了某位智者的话——他毫不在乎谁制定国家的法律，只关心谁为这个国家写歌，因而问我应当由谁来拨动这古老的琴弦，弹奏出人类纷繁多样而又反复无常的灵魂偶尔渴望听到的曲调（你想得很对，这事由公爵大人来做是不恰当的），那么我的回答是（这是明摆着的事，我早该想到的）：公爵夫人！我明白时代已经不同了，从前那个罗马涅[1]的多情农夫为情人吟唱托尔夸托·塔索[2]诗句，汉弗莱·沃德夫人摇着小阿诺德的摇篮，轻声哼唱《俄狄浦斯在科罗诺斯》[3]的合唱曲的时代已经一去不复返了。当今时代需要更具有现代气息的作品。因此我建议，那些更关心家庭生活的公爵夫人可以写写我们这个时代的赞美诗和儿歌；而那些风流的、总喜欢把葡萄叶同草莓混在一起的公爵夫人，则可以写写音乐喜剧的歌词、登在漫画报刊上的谐趣诗，以及印在圣诞贺卡上和藏在圣诞拉炮里的格言警句。这样，她们就可以在英国公众的心中维持她们迄今仅凭其尊贵的出身所享有的地位。

---

[1] 罗马涅（Romagna），古罗马的一个地区，今意大利北部的艾米利亚-罗马涅大区的一部分。

[2] 托尔夸托·塔索（Torquato Tasso，1544—1595），对欧洲文学有重要影响的意大利文艺复兴后期诗人。

[3] 《俄狄浦斯在科罗诺斯》（*Oedipus at Colonus*），古希腊悲剧作家索福克勒斯于公元前四〇六年根据希腊神话中俄狄浦斯的故事所创作的悲剧，是希腊悲剧中的代表作品。

也就是在这些星期六下午举办的茶会上，我发现爱德华·德里菲尔德竟已经成为一个声名大噪的人物，我为此感到惊诧不已。这时他已写了二十几本书，虽然没有挣到几个钱，但是名声已经打响。最有地位的评论家赞颂他的作品，来他家拜访的朋友们一致认为他很快就会得到公众的认可。他们怒斥读者大众竟看不到这里有一位伟大的作家，既然大家都知道，要抬高一个人，最容易的做法就是贬低另一个人，因此他们便任意诋毁同时期所有名声超过德里菲尔德的小说家。其实，如果当时我能像后来那样了解文坛的情况，我应该根据巴顿·特拉福德太太的频频来访就可以猜到距离爱德华·德里菲尔德出人头地的日子已经不远了，他会像一个长跑运动员那样，突然甩下身边那一小群脚步沉重的选手，猛地冲到前面，遥遥领先。我承认，当我初次被引见给这位太太的时候，我压根儿没有把她的名字放在心上。德里菲尔德跟她介绍我时说我是他在乡间居住时的一个小邻居，现在是医学院的学生。她冲我甜甜地一笑，轻声细语地说了几句关于汤姆·索亚[1]的话，接过了我递给她的黄油面包，就继续同主人攀谈起来。可是我留意到她的到来对在场的人产生了不小的影响，本来热热闹闹的谈笑声突然停止了。我低声打听她是什么人，当即发现我的无知实在惊人。周围的人告诉我说，她曾经"一手造就"了某某和某某。半个小时后，她起身告辞，仪态万方地同她认识的人握手告别，然后轻盈优雅地侧身走出屋去。德里菲尔德把她送到了大门口，扶她上了马车。

---

[1] 汤姆·索亚是美国文豪马克·吐温代表作《汤姆·索亚历险记》中的主人公。

巴顿·特拉福德太太那时大约五十岁,她身材娇小,五官却偏大,因此头部显得很大,与身体不太相称。她有一头银白鬈发,发型酷似米洛的维纳斯[1],想必她年轻时长得相当标致。她的穿戴不算张扬,一身黑绸衣衫,脖子上挂着一串珠子和一串贝壳项链,行动时叮当作响。据说她早年婚姻不美满,不过后来嫁给了内政部文员、著名史前人类学权威巴顿·特拉福德,他们已在一起生活多年。她给人一种很奇怪的感觉,好像她浑身上下是没有骨头的,要是你去捏一下她的小腿(当然,出于对女性的尊重和她外表所带有的那种沉静的端庄神态,我断然不会这样去做),你的手指头会碰到一起。如果你抓住她的手,你会感觉好像是抓住了一片软软的鳎鱼。虽然她的五官显得宽大,但是她的脸却总给人一种滑溜溜的感觉。当她坐着时,她仿佛是没有脊椎的,活像一个塞满了天鹅绒的昂贵靠垫。

她身上的一切都是柔软的:她的嗓音、她的笑容、她的笑声,无不柔软;她的眼睛不大,颜色浅淡,尤如花朵一般柔和;她的举止轻柔得像夏天的细雨。正是这种超乎寻常的妩媚动人的特质使她成了人见人爱的朋友,也正是这个特质为她赢得了目前所享有的好名声。她与一位伟大的小说家之间的深厚友情尽人皆知,几年前这位小说家的不幸离世曾给整个英语世界带来了巨大的震动。在众人的再三劝说下,她在小说家去世后不久便公开发表了他写给她的大批信件,这些信大家都拜读过了。在每一封信的字里行间,都可以读到小说家对她的美貌的赞颂、对她的判断

---

[1] 米洛的维纳斯(Venus de Milo),亦称断臂维纳斯,著名古希腊大理石雕像,创作于公元前二世纪,一八二〇年在希腊的米洛岛被发现,现收藏于巴黎卢浮宫博物馆。

力的敬佩，他永远道不尽自己是如何感激她的鼓励、她随时给予的同情、她的机智巧妙、她的不凡品位。即使有些人可能会认为，他在信中的某些激情洋溢的表达会让巴顿·特拉福德先生读了心情复杂，那也只是给小说家的文笔增添了一些人情味而已。谁知巴顿·特拉福德先生是个超越世俗偏见的人（他的不幸，如果这真的算是不幸的话，也就是历史上最伟大的人物都以哲学的态度泰然忍受的不幸），他将自己对旧石器时代的火石和新石器时代的斧头的研究搁置一边，同意为这位已故小说家写一本传记，并在传记中直言不讳地表示，这位天才作家的大部分成就都得益于他妻子的影响。

虽然巴顿·特拉福德太太曾经鼎力相助的这位小说家朋友早已成为后世景仰的人物，但是这位太太对文学的兴趣和对艺术的热爱并没有因此而烟消云散。她很爱读书，几乎没有哪部值得注意的作品会被她忽略，她总能很快就同崭露头角的年轻作家们建立起个人关系。特别是在她丈夫写的那本传记出版以后，她有了不小的名气，她自信只要她随时表示同情，谁都会毫不犹豫地欣然接受。巴顿·特拉福德太太善于交友的天赋必定会找到适当的时机展露出来。每当她读到可以打动她的作品时，同样颇有批评眼光的巴顿·特拉福德先生就会给作者写一封热情洋溢的信，对他的作品表示赞赏，并邀请他到家里共进午餐。午饭后，巴顿·特拉福德先生要去内政部上班，这位作家便会留下来同巴顿·特拉福德太太长谈。很多人都被邀请过。这些人都各有所长，但这还不够。巴顿·特拉福德太太眼力不凡，也相信自己的眼力，她的眼力需要她静待时机。

寻欢作乐

她的确非常小心，以至在对待贾斯珀·吉本斯时她险些坐失良机。虽然过去的记载告诉我们有些作家可以一夜成名，但是当今时代更为谨慎，这种事已鲜有所闻。评论家总要观望一番形势的发展再做出决定，读者大众则因屡屡上当而不再贸然相信。但是贾斯珀·吉本斯的情况有些特殊，他千真万确是一举成名的。如今他已完全被人遗忘，要不是因为在许多报馆的档案中都有记录，当年吹捧过他的那些评论家又何尝不想收回自己说过的话。不过，回想一下当年他的第一本诗集出版时所引起的轰动，简直叫人难以置信。当时各大报刊都大篇幅刊登了对他这本诗集的评论，所占篇幅几乎相当于对职业拳击赛的报道；最有影响力的评论家争先恐后地为他叫好。他们把他比作弥尔顿（他写的无韵诗铿锵有力），比作济慈（他的意象丰富感人），比作雪莱（他的想象力空灵飘逸）。不仅如此，他还被当作一根棍子用来棒打那些评论家已经厌倦了的偶像。评论家们以他的名义狠狠抽打丁尼生勋爵的干瘪屁股，啪啪猛敲罗伯特·勃朗宁的秃脑袋。读者们则如耶利哥城墙倒塌[1]一般纷纷拜倒在地。他的诗集不断再版。在伦敦梅费尔区的伯爵夫人的闺房里，在英国从南到北的牧师家的客厅里，甚至在格拉斯哥、阿伯丁和贝尔法斯特等地的许多老实而有文化的商人的会客室里，都可以看到贾斯珀·吉本斯的装帧漂亮的精装本诗集。后来人们得知，维多利亚女王陛下也从一位忠诚的出版商手中接受了一本特别装订的吉本斯诗集，并且回赠给他（不是诗人，而是出版商）一本《日记留影——我们的苏格

---

[1] 耶利哥城墙倒塌的故事源自《圣经旧约·约书亚记》。

兰高地生活》[1]，此事引起全国上下群情沸腾。

而所有这一切可以说仿佛发生在瞬息之间。大家都知道曾有七个希腊城市为争夺荷马出生地的殊荣而吵闹不休，而现在尽管大家都已熟知贾斯珀·吉本斯的出生地（英格兰的沃尔索尔），但还是有十四位评论家竞相争抢发现了这位大诗人的殊荣。一些有名望的文学评论家二十年来一直在周刊上互相吹捧对方的作品，如今却为此事吵得不可开交，竟至在文学协会中见面时互不理睬。我们的上流社会也不吝对他表示认同。公爵遗孀、内阁大臣夫人及牧师遗孀纷纷邀请贾斯珀·吉本斯出席午宴和茶会。据说哈里森·安斯沃思[2]是英国文人中第一个出入英国社交圈而能受到平等对待的（我有时感到奇怪，何以没有哪个有魄力的出版商就凭这个理由而出版他的一套全集呢？）。可是我相信贾斯珀·吉本斯是第一个大名被印在某些家庭招待会请柬上的诗人，以便这位诗人的鼎鼎大名能对来宾起到如一位歌剧演唱家或腹语师那样的招徕作用。

在这种情况下，巴顿·特拉福德太太也就不可能抢占先机，而只能同所有人公平竞争。我不知道她究竟采用了什么样的高明手段，施展了什么样的神奇战术，表现了怎样的体贴关怀和无微不至的同情，又如何不动声色地大献殷勤。我只能从旁猜测，暗暗叫绝。她显然给贾斯珀·吉本斯灌了不少迷魂汤。没

---

[1] 《日记留影——我们的苏格兰高地生活》（*Leaves from the Journal of Our Life in the Highlands*）是维多利亚女王于一八八四年出版的一本书，书中记述了她与据传为女王情人的苏格兰男仆约翰·布朗的关系。
[2] 哈里森·安斯沃思（William Harrison Ainsworth，1805—1882），英国通俗小说家。

过多久，他就乖乖落入她柔软的手中听凭摆布了。她做得实在令人叹服。她请他来吃饭，让他在饭桌上可以结识合适的人物。她举办家庭聚会，请他为在座的英国社会地位最显赫的人物朗诵他的诗歌；她把他介绍给最有名的演员，好让这些演员邀请他写剧本；她费心安排他的诗作只发表在合适的刊物上；她出面同出版商洽谈，帮他签下合同，这些合同连内阁大臣看了都会叹为观止；她还操心安排他可以接受什么样的邀请，凡是她不同意的就一概回绝。更有甚者，她导致他和一起恩爱生活了十年的妻子分手，因为她认为一个诗人要忠实于自己的内心和自己的艺术，不应受到家庭的羁绊。如果最后事情搞砸了，巴顿·特拉福德太太也完全有话可说，毕竟她已在人力所及的范围内帮了他最大的忙。

事情果然搞砸了。贾斯珀·吉本斯又出了一本诗集，同他的第一本诗集相比，这本新作既没有更好，也没有更差，差不多一样。读者对他的新作还算尊重，但是评论界对此有所保留，其中有些评论家甚至吹毛求疵起来。这本诗集令人失望，销路也不好。更不幸的是，贾斯珀·吉本斯开始酗酒。他本来就过不惯手头宽裕的日子，更不习惯别人为他提供的种种奢侈的消遣享乐，或许他还在想念他那相貌平平的朴实的妻子。有一两次，他去巴顿·特拉福德太太家吃晚饭，但凡不是像巴顿·特拉福德太太那样见多识广而又头脑简单的人，都会认为他已经醉得不省人事。可是这位太太却温文尔雅地告诉在座的客人说，诗人今晚只是身体有点儿不舒服而已。他的第三本诗集完全失败了。评论家们把他撕扯得体无完肤，将他打翻在地，再踏上几脚，借用爱德华·德里菲尔德最爱唱的那首歌里说的,他们揪着他满屋子转,还一脚踩到他的脸上。他们自然个个恼羞成怒,竟把一个语句还算通顺的打油诗作者错当成了不朽的诗人,于是决定要让他吃点儿苦头,为他们自己铸成的错失承担责任。紧接着,贾斯珀·吉本斯因在皮卡迪利大街喝醉滋事而被逮捕,巴顿·特拉福德先生不得不半夜去葡萄藤街将他保释出来。

在这个关键的当口,巴顿·特拉福德太太的表现无可挑剔。她没有抱怨,连一句难听的话都没有说。就算她为此大发脾气也是情有可原的,毕竟她为这个人花费了这么多心血,而他却辜负了她。她依然温柔体贴、满怀同情。她是个明事理的女人。最后她甩掉了他,但并不是像扔掉一块烫手山芋那样一甩了之。她是无限温柔地甩掉了他,就像她决定要做出一件完全违背自己本性的事情时必定会洒下泪水一样令人动容。她同这位诗人摆脱干系的手段极其老练得体,显得那么通情达理,以至贾斯珀·吉本斯本人恐怕都没有意识到自己已经被甩掉了。但事实摆在那里,毋庸置疑。她不会说他一句坏话,实际上她压根儿就不愿意再谈论他,每当别人提到他时,她只是面带苦笑叹息一声。但是她的笑容是出于仁慈的致命一击,她的那声叹息则深深地把他埋葬了。

巴顿·特拉福德太太对文学怀有无比真诚的热爱,当然不会因为这样的一次挫折而灰心丧气。不管她心里有多么失望,她毕竟是个秉性超脱的人,绝不会荒废了自己与生俱来的善用计谋、富有同情心和领悟力的天赋。她继续活跃于文学圈,参加各处举办的茶会、晚会和家庭聚会,一如既往地温柔迷人,总是不动声色地听别人讲话，其实是在留心观察，心里盘算着（如果我可以这样不太讲究地说话的话）下次一定要看准了去支持必定能获得成功的人。就是在这时，她遇见了爱德华·德里菲尔德，对他的才华颇为赏识。他的确不年轻了，但是应该不至于像贾斯珀·吉本斯那样到头来身败名裂。她向德里菲尔德伸出了友谊之手，以她特有的温柔语气对他说，他的精彩作品竟然只为少数人所知，这实在是文坛的耻辱，德里菲尔德不能不为之感动。他既高兴又感到受宠若惊。听到有人言之凿凿地夸你是个天才，不论是谁都会心花怒放的。她告诉他，巴顿·特拉福德先生正在酝酿为《评论季刊》写一篇评论他的作品的重要文章。她邀请他共进午餐，以便介绍他认识一些可能会对他有用的人，希望他能多结识一些同他一样有学问的人。有时，她会陪他到切尔西堤岸散步，一起谈论早已作古的诗人，谈论爱情和友谊，还一起去A.B.C.茶室[1]喝茶。当巴顿·特拉福德太太在星期六下午到林帕斯路拜访德里菲尔德的时候，她神采奕奕，活像一只即将婚飞的蜂后。

她在德里菲尔德太太面前的举止也是无可挑剔的，她表现得和蔼可亲又不居高临下。她总会深情感谢德里菲尔德太太允许她前来拜访，还再三夸赞她长得漂亮。她还会当着德里菲尔德太太的面称赞她的丈夫，并带着几分羡慕的口气告诉她，能与这样一位伟大的人物结为伉俪是多么特殊的福分。不用说，她这样做纯

---

[1] A.B.C.茶室，全称Aerated Bread Company Ltd.，最初是由约翰·道格里什（John Dauglish）博士于一八六二年在英国创立的一家"充气面包店"，后来成为在英国和其他国家流行的茶室。

粹是出于一片好意,而不是因为她知道对一个作家的妻子来说,再没有比听到另一个女人在她面前吹捧自己的丈夫更为恼火的事了。她同德里菲尔德太太谈的都是这位天性单纯的作家夫人理应会感兴趣的简单的事情,诸如厨艺、用人、爱德华的健康,以及她应当如何细心照顾他等。总之,巴顿·特拉福德太太对待德里菲尔德太太的态度完全是大家能想到的那样,就是一位出身苏格兰上等家庭的女士(她就是这样的出身)对待一位大作家不幸与之结合的前酒吧女招待的态度。她亲切友好,爱开玩笑,总有些刻意地不让德里菲尔德太太感到拘束。

奇怪的是,罗茜却受不了她。说实在的,除了巴顿·特拉福德太太之外,我真不知道还有别的她不喜欢的人。在那个年代,就连酒吧女招待也不会动不动就说一些诸如"骚货""混账"之类的脏词儿,如今哪怕很有教养的年轻女子也会把这些词儿挂在嘴边,而我就从没听到罗茜用过一个会吓着我的索菲婶婶的词儿。如果有谁讲的故事里略带一点儿不雅的内容,她总会马上脸红到脖子根儿。可是她提到巴顿·特拉福德太太时,总管她叫"那该死的老妖精"。她的一些好朋友总是马上极力劝说她对巴顿·特拉福德太太客气一点儿。

"你可别犯傻,罗茜。"她的朋友们说。他们都管她叫罗茜,虽然我一开始很不好意思,但不久也习惯这么称呼她了。"要是她愿意,她是可以帮助他出名的。他一定要博得她的好感。如果有人能办成这种事,这个人就非她莫属。"

虽然德里菲尔德家的客人大多都不经常来,比如,有的人是隔一星期来一次,有的要隔两三个星期才露一次面,可是有几个人同我一样，几乎每星期都来。我们是坚定的支持者，我们总是到得早、走得晚。这群人中间，来得最勤快的是昆廷·福德、哈里·雷特福德和莱昂内尔·希利尔三人。

昆廷·福德身材矮胖粗壮，他的发型打理得很好看，后来有一阵子电影里流行过这种发型。他鼻梁挺直，眼睛很漂亮，灰白短发修剪得很整齐，留着黑色小胡子。如果他再高上四五英寸[1]的话，他活脱脱就是通俗戏剧中最典型的恶棍形象。大家都说他"有很好的人脉关系"、家境殷实，他唯一的事业就是推动艺术。每逢有新戏上演和画展开幕，他从不缺席首演和预展。他有着业余爱好者的苛刻眼光，对当代艺术家的作品一概持有不失礼貌而又横扫一切的蔑视。我发现他到德里菲尔德家来并不是因为德里菲尔德的才华，而是因为罗茜的美貌。

现在回想起来，我不禁感到诧异，这样明摆着的事情居然还要别人道破我才发现。我初次认识罗茜的时候，从来没有想过她究竟长得漂亮不漂亮。隔了五年后再次见到她时，我才注意到她长得相当漂亮，这个发现使我感到有意思，但我并没有费心去多想什么。我把这件事看作某种自然现象，就像发现北海的落日或坎特伯雷大教堂的尖塔很美一样。所以当我听到别人谈论罗茜的美貌时，我大为吃惊。我看到那些人当着爱德华的面大夸罗茜长得美时，爱德华的目光会在她的脸上停留一会儿，这时我也会随着他的目光去看她几眼。莱昂内尔·希利尔是个画家，他要给罗茜画一幅画像。他对我讲了他想要画一幅什么样的画像，还告诉

---

[1] 英制长度单位，一英寸约等于二点五四厘米。——编者注

我他在罗茜身上看到了什么,我只能傻乎乎地听着。我听得稀里糊涂、一头雾水。哈里·雷特福德认识一位当时很有名的照相师,谈好优惠价钱后他就带罗茜去照相了。一两个星期后,样片洗出来了,我们都看了。我从没有见过罗茜穿着晚礼服的样子。照片上,她穿着一身白缎礼服,长裙宽袖,领口开得很低,她的头发比平时梳得更精美。她这副模样同我最初在欢乐巷见到的那个头戴草帽、身穿浆洗衬衫的健美年轻女子完全不同。只见莱昂内尔·希利尔不耐烦地把照片扔到一边。

"糟透了!"他说,"照相怎么可能表现出罗茜的妙处?她身上最美的是肤色!"他扭头对罗茜说,"你难道不知道吗,罗茜,你的肤色是我们这个时代的伟大奇迹!"

罗茜看了他一眼,没有回答,但是她丰满的红唇上绽放出了那特有的孩子气的调皮微笑。

"只要我能画出几分这样的美,我这辈子就算大功告成了!"他接着说,"那些有钱的证券经纪人的老婆都会跑来跪求我像画你一样为她们画一幅画。"

过了不久,我听说罗茜真的去让他画像了。那时我还从没去过任何画家的画室,总以为那里面应该是充满浪漫情调的,于是我问希利尔是否允许我哪天到他的画室去看看他画得怎样了,可是他说他还不想让任何人去看。希利尔那年大约三十五岁,打扮得非常花哨,看上去活像凡·戴克肖像画中的人物,只是被画得满脸和气,没有特点。他个子偏高,身材中等偏瘦,有一头乌黑的长发,嘴唇上飘着长长的八字胡,下颌留着尖尖的胡须。他平时最爱戴墨西哥阔边帽,身披西班牙斗篷。他侨居巴黎多年,常常以钦佩的口吻谈论莫奈[1]、西斯莱[2]、雷诺阿[3]等我们从未听说过的法国画家，而对我们内心十分崇敬的弗雷德里克·莱顿[4]爵士、阿尔玛–塔德玛[5]先生和乔·弗·沃茨[6]等英国画家他却嗤之以鼻。我常常想知道他后来怎么样了。他在伦敦住了几年，想要闯出一条路来，但我猜想他没有成功，所以四处辗转后去了佛罗伦萨。我听说他在那儿办了一所绘画学校，但是若干年后我碰巧去了那座城市，我还打听过他的下落，但是没有人听说过他。我觉得他应该还是有些才华的，因为时至今日，他给罗茜·德里菲尔德画的那幅画像仍清晰地留在我的记忆中。我不知道那幅画像后来的命运如何。是被毁掉了，还是藏在切尔西哪家旧货店阁楼上的墙角里了？我倒觉得这幅画像至少应该在哪个外省美术馆的墙上占有一席之地。

后来希利尔终于同意我去他的画室看那幅画像了，没想到结果是我自讨没趣。他的画室在富勒姆路，坐落在一排店铺背后的一堆房屋中间，进门后需要穿过一条味道很大的昏暗过道。我

---

[1] 奥斯卡–克劳德·莫奈（Oscar-Claude Monet，1840—1926），法国画家，印象派代表人物及创始人之一。——编者注
[2] 阿尔弗雷德·西斯莱（Alfred Sisley，1839—1899），法国印象派创始人之一。——编者注
[3] 皮埃尔·奥古斯特·雷诺阿（Pierre Auguste Renoir，1841—1919），法国画家，印象派发展史上的领导人物之一。——编者注
[4] 弗雷德里克·莱顿（Frederic Leighton，1830—1896），英国学院派画家和雕塑家，皇家艺术研究院院长。——编者注
[5] 劳伦斯·阿尔玛–塔德玛，（Lawrence Alma-Tadema，1836—1912），英国维多利亚时代的知名画家，其作品以奢华的笔触描绘古代世界（中世纪前）而闻名。——编者注
[6] 乔治·弗雷德里克·沃茨（George Frederic Watts，1817—1904），英国画家、雕塑家。——编者注

是在三月里一个晴朗的星期日的下午去的，天空蔚蓝，我从文森特广场穿过几条空空的街道。希利尔平时住在画室里，晚上就睡在一张长沙发上。画室后面有一间很小的屋子，他就在那里做早饭、冲洗画笔，我猜想他也在那里洗漱。

我到那儿时，罗茜还穿着画像时穿的晚礼服，他们正在喝茶。希利尔为我开了门，一直拉着我的手把我领到一幅很大的画布前。

"就在这儿！"他说。

他画的是罗茜穿着白缎晚礼服的全身像，只比真人略小一点儿。这幅画像同我平常见到的学院派肖像大不相同。我不知道该说些什么，便随口问了一句。

"什么时候能画完？"

"已经画完了。"他答道。

我羞得满脸通红，觉得自己简直像个傻瓜。那时我还没有学会如今我颇引以为豪的像个行家一样品评现代艺术作品的各种诀窍。假如可以占用这里的篇幅，我倒蛮想用寥寥数言写出几条要领，准保可以让不懂绘画的外行也能够应付自如，对五花八门各个流派的艺术创作表达出令艺术家心满意足的评价。要赞叹无情的现实主义画家的刚劲笔力，只需憋足劲儿惊呼一声"天哪"；如果你看到的是某位市议员遗孀的彩色肖像，说一句"这真是太诚心实意了"足可掩饰你的尴尬；轻轻吹一声口哨可以显示你对后期印象派画家的赞赏；要表达对立体派画家的感悟，只需说"这太有趣了"；一个"哦！"表示你已佩服得五体投地，而一个"啊！"则说明你已惊叹得喘不过气来。

"画得太像了！"在那一刻我却只能笨拙地说了这么一句。

"你会不会觉得不够像巧克力盒子上的画像那样好看？"希利尔说。

"我觉得好极了，"我连忙为自己辩解道，"你准备把它送到皇家美术院去吗？"

"天哪，当然不会！我可能会把它送到格罗夫纳画廊去。"

我看看画像，又看看罗茜，来回端详了一番。

"回到刚刚的位置上去，罗茜，"希利尔说，"让他好好看看你。"

她起身回到了模特儿的位置。我凝神看看她，又看看画像。我的心里产生了一种怪怪的感觉，仿佛有人轻轻地往我心上捅了一刀，但是又没有让我感觉难受，有点儿疼，但又奇怪地感觉蛮舒畅的。接着，我突然感到双膝发软，几乎站立不住。现在我已分不清楚我记忆中的罗茜到底是真人还是画像中的她，因为每当我想起她的时候，浮现在我脑海里的既不是我最初见到的那个穿着衬衫、戴着草帽的罗茜，也不是那时或后来我见到的她穿着别的衣服时的模样，而总是希利尔画中那个身穿白色缎面晚礼服、头发上系着一个黑色丝绒蝴蝶结的她，而且总是在画中她摆的那个姿势。

我从来没弄清楚那时罗茜究竟有多大年纪，不过我一年加一年细细推算了一下，她应该有三十五岁了。但是她的外表一点儿也看不出来。她的脸上没有一丝皱纹，皮肤光滑得像个小孩。我记得她的五官长得并不算多么好看，肯定也没有当时在各家店铺均有出售的贵族夫人照片上的那种高贵气质，反倒显得她的眉目并不清晰。她的鼻子粗短,眼睛略小,嘴又偏大了些。不过她的眼睛里有着矢车菊一般的蓝色,那双眼睛总是伴随着她性感的鲜红嘴唇流露出一丝笑意,而她的笑容是我一生中见过的最欢快、最友好、最甜美的笑容。她天生带有一副忧郁的神情,可是每当她微笑时,她那副深沉的神情会突然变得无比迷人。她的脸色并不红润,看上去满脸是浅棕色的,只有眼眶下面微显蓝色。她的头发是淡金色的,按当时流行的发式,头顶盘起高高的发髻,额前飘着精心梳理的刘海儿。

"画她实在太难了,"希利尔说着,看看罗茜,又看看他的画,"你看啊,她的脸和她的头发,全都是金色的,可是她的形象产生的效果却不是金色的,而是银色的。"

我听懂了他的意思。罗茜是闪光的,但她的光彩是淡淡的,像月光,而不像阳光。即使要说像阳光,那也是黎明时分白雾中透出的阳光。希利尔将她安排在画布的中央位置。她站在那里,双臂垂在身体两侧,手心向前,头微微后仰,这个姿势突显出她的颈部和胸部如珍珠般闪光的美丽。她就像一个正在谢幕的演员那样站着,仿佛是被出乎意料的掌声弄得有些不知所措。但是她身上洋溢着纯洁的气息,有如春风一般清新奇妙,因此把她比作演员是荒唐的。这个纯真的女子还从来没有领略过化妆油彩和舞台灯光。她站在那里,犹如一个情窦初开的少女,为了完成造物主赋予的使命,天真无邪地准备投入恋人的怀抱。她那一代人并不害怕身材略显丰满,但她很苗条,胸部却很饱满,臀部的线条也很分明。后来,巴顿·特拉福德太太看到了这幅画像,说这让她想到了一头祭台上的小母牛。

第十五章

爱德华·德里菲尔德在晚上写作，罗茜无事可做，总喜欢找她的某个朋友一起出去玩。她喜欢奢华，而昆廷·福德很有钱。他常雇辆马车来接罗茜，带她去凯特纳或萨沃伊饭店吃饭，罗茜也总会穿上自己最华美的衣服同他出去。哈里·雷特福德虽然身上没几个钱，却总是摆出一副很有钱的样子，他也会雇辆小马车来带她出去，请她在罗马诺餐馆或者最近在苏活区逐渐时兴起来的某家小餐馆吃饭。他是个演员，脑子也机灵，只是很难找到适合他演的角色，因此常常没活儿干。他约莫三十岁，相貌丑陋，却不叫人讨厌，他说话时语速很快、声调急促，听上去有些滑稽。罗茜喜欢他对生活满不在乎的态度，他穿着在伦敦最上等的裁缝那儿定制的衣服，工钱还没付，照样可以穿在身上大摇大摆；手头没有钱也敢赌赛马，想都不想就敢押上五英镑赌注，要是走运赢了钱就挥霍一空。他总是开开心心、充满魅力、好虚荣、爱吹牛，无所顾忌。罗茜告诉我，有一次他当了自己的手表请她下馆子，还有一次他带罗茜去看戏，戏票是剧团经理送的，而他居然还向这位经理借了几英镑，以便在散戏后请经理同他们一起吃夜宵。

她也一样喜欢去莱昂内尔·希利尔的画室，晚上两人一起烤排骨吃，吃完后就在那儿聊天。她几乎从不跟我一起吃饭。我们出去时，我总会先在文森特广场的寓所里吃好晚饭后才去接她，那时她已在家里同德里菲尔德一起吃过晚饭了。我们一起坐公交车去音乐厅看表演。我们去过不同的音乐厅，有时去伦敦亭或蒂沃利，有时也去大都会剧院——如果那里正好在上演某个我们想看的节目。但是我们最喜欢去的是坎特伯雷，那里票价便宜，节目也不错。我们通常会喝一两杯啤酒，我抽烟斗，罗茜则兴冲冲地在这个烟雾腾腾的音乐厅里东张西望，那里挤满了伦敦南部的居民。

"我喜欢去坎特伯雷，"她说，"那里有家的感觉。"

我发现她很爱看书。她喜欢历史，但是只对某一类历史感兴趣，也就是王后和王公贵族们的情妇的身世。她会像个孩子那样惊奇地给我讲她在书里读到的一些奇闻逸事。她对亨利八世的六个王妃了如指掌，对费兹赫伯特太太[1]和汉密尔顿夫人[2]的故事也几乎无所不知。她对这类历史人物的兴趣大得惊人，涉猎范围从卢

---

[1] 费兹赫伯特太太，本名玛丽亚·费兹赫伯特（Maria Anne Fitzherbert，1756—1837），英国国王乔治四世的长期伴侣，两人于一七八五年秘密结婚。因为她是天主教徒，他们的婚姻关系被英国民法视为无效。
[2] 汉密尔顿夫人（Lady Hamilton，1765—1815），英国模特、舞蹈家，海军上将纳尔逊子爵（Viscount Nelson，1758—1805）的情妇。

克雷齐娅·博尔吉亚[1]到西班牙腓力国王的几个妻子的生平，无一遗漏。还有法国王族的许多情妇，从阿涅丝·索雷尔[2]直到杜巴丽夫人[3]，她也无所不晓。

"我喜欢读真实的故事，"她说，"我不太喜欢读小说。"

她总爱闲聊黑马厩镇上的事情，我认为她喜欢同我出去就是因为我和那个地方有关系。那个镇上发生的事她似乎都知道。

"我大约每隔一个星期去看一次我的母亲，"她说，"会过一夜。"

"去黑马厩镇吗？"

我很惊讶。

"不，不是去黑马厩镇，"罗茜微笑着说，"现在我还不想去那儿。我是去哈弗沙姆。我母亲会过来同我见面。我就住在以前我干过活儿的那个酒馆。"

她从来不是个健谈的人。有时我们晚上去音乐厅看完表演后，如果天气好，往往会走回家，一路上她总是不说话。可是即便她沉默也让人感到亲切自在，你不会感觉她只顾沉浸在自己的思绪中而对你不理不睬了，反而会觉得她是要同你共享这弥漫在空气中的美妙恬静。

有一次我同莱昂内尔·希利尔谈起了罗茜，我对他说，我最初在黑马厩镇遇见她时觉得她就是个有点儿土气但相貌不难看的

---

[1] 卢克雷齐娅·博尔吉亚（Lucrezia Borgia，1480—1519），罗马教皇亚历山大六世的私生女。
[2] 阿涅丝·索雷尔（Agnes Sorel，1422—1450），法国国王查理七世的情妇。
[3] 杜巴丽夫人（Madame du Barry，1743—1793），本名玛丽-让娜·贝屈·德·康蒂尼（Marie-Jeanne Bécu de Cantigny），法国国王路易十五的最后一个情妇。

年轻女人，现在怎么变成了一个公认的可爱美人，这点我难以理解。（当然有些人还是有保留看法的。有的人说："当然她的身材不错，但是我个人不太欣赏她那样的相貌。"也有人说："是啊，她当然很漂亮，可惜气质差一点儿。"）

"我半分钟就可以给你说清楚，"莱昂内尔·希利尔说，"你最初见到她时，她只是个相貌还算清爽、身材丰满的乡下女人，是我把她变成了美人。"

我现在已经忘了当时我是怎样回答他的，但是我的话肯定很粗俗。

"好吧。这说明你根本不懂得什么是美。在我发现罗茜美得像闪着银光的太阳之前，有谁想过她有什么出众之处？直到我完成了她的画像之后，才有人看到了她的头发是世界上最美的。"

"那么她的脖子和胸脯、她的体态、她的骨架，这些也都是你创造出来的美？"我问。

"就是啊，该死的！那都是我创造出来的啊。"

每当希利尔当着罗茜的面谈论她时，她总是面带微笑认真听他说，双颊泛起淡淡的红晕。我想她一开始听到希利尔夸她的美貌时，她可能认为他只是在逗她玩。即使后来发现希利尔是认真的，而且画出了她泛着银辉的金色光芒时，她也没有特别当一回事。她只是略感有趣而已，她当然是高兴的，也有点儿吃惊，但并没有被冲昏头脑。她觉得希利尔有点儿疯狂。我常常想知道他们俩之间有没有什么特别的关系。我无法忘记我在黑马厩镇上听到的有关罗茜的各种传闻，也忘不了我在牧师家花园里所看见的情景，还有昆廷·福德和哈里·雷特福德，这两人同样引起了我的猜疑。我经常留意她和这两人在一起时的举止。看得出她同他们的关系并不是很亲昵，他们更像是志趣相投的朋友。她总是当着别人的面公开同他们约定见面的时间，她看他们的时候，脸上总流露着那副孩子气的调皮笑容，我后来发现她的笑容别有一番神秘的美。我们并排坐在音乐厅里看表演的时候，我有时也会去看她的脸。我并不觉得我是爱上了她，我只是很享受静静坐在她身旁，看着她那淡金色的头发和淡金色肌肤的感觉。当然，莱昂内尔·希利尔说得对，罗茜身上的这种金色的确给人一种奇特的月光般的感觉，这是很奇妙的。她总是那么安宁，让人联想到夏日黄昏，日光渐渐消逝在无云的碧空中的情景。她的无限平静中丝毫没有呆板的感觉，反倒像八月的阳光下的肯特郡海岸边波光粼粼的平静海面一样蕴藏着活力。她让我想起了一位古老的意大利作曲家谱写的一首小奏鸣曲，那令人感怀的曲调中却透露出几分都市的浮躁，那轻快欢乐的旋律中又荡漾着颤抖的声声叹息。有时，她感觉到我在看她，便转过头来直盯着我的脸看一会儿，一言不发。我也不知道她到底在想什么。

记得有一次，我到林帕斯路去接她看表演，她家的女佣说她还在打扮，要我在客厅里等候。等她打扮好进来时，我看到她穿着一身黑丝绒衣服，头戴一顶插满鸵鸟羽毛的阔边帽（那天我们打算去伦敦亭音乐厅，她是专门为此打扮的），她看上去实在太美了，我一时惊得目瞪口呆，简直要站不住了。她那天穿的衣服显得雍容华贵，更突显出女人的端庄，将她那少女般纯洁的美貌（她有时看上去很像那座收藏在那不勒斯国家考古博物馆里的精美的普赛克女神雕像）衬托得格外迷人，令人惊叹。我觉得她有一个特点是在其他人身上非常少见的：她眼眶下那淡蓝色的皮肤总像浸透了露水一样湿润。有时我真不敢相信那会是天生的，所以有一次我问她是不是在眼眶下抹了凡士林。我觉得抹了凡士林才会有这种效果。她微微一笑，掏出一块手帕递给我。

"你擦一下看看。"她说。

后来有一天晚上，我们从坎特伯雷音乐厅走回家，我把她送到门口，伸出手来同她告别时，她轻轻笑了一声，探过身来。

"你这个大傻瓜！"她说。

她吻了我，既不是匆匆吻了一下，也不是动情地吻。她的嘴唇，她那非常丰满红润的嘴唇在我的嘴唇上停留了一会儿，足以使我感受到了她双唇的形状、温暖、柔软。然后她不慌不忙地离开我，默不作声地推门进屋去了。我惊呆了，一句话也说不出来。我就那样傻傻地接受了她的吻。我呆立在那儿半天没动，然后才转身走回我的住处。我的耳边似乎一直回响着罗茜的笑声。那笑声丝毫没有轻蔑或嘲弄的意味，而是坦诚且满怀深情的。我似乎感觉她这笑声是在表示她喜欢我。

第十六章

在那之后,有一个多星期我没有再同罗茜一起出去。正好她要去哈弗沙姆看望她母亲,还要在那儿住一晚,回到伦敦后她又有各种交际应酬。她忙完后,问我愿不愿意陪她到干草剧院[1]去看戏。那出戏当时非常叫座,所以是弄不到免费票的,于是我们决定买后排座的票。我们先到莫尼科咖啡馆吃了牛排、喝了啤酒,然后就挤到戏院外的人群中等候。那时还没有排队的习惯,戏院大门一开,大家便发了疯似的争先恐后往里挤。等最后终于推推搡搡地挤到座位上时,我们已是满头大汗、气喘吁吁,几乎都要瘫倒了。

戏散场后,我们穿过圣詹姆斯公园回家。那晚的夜色很美,我们便在公园的一张长椅上坐了下来。罗茜的脸和她的一头金发在星光下映射出柔和的光泽。她仿佛全身洋溢着既真挚又友好的柔情(我这里的表达很笨拙,但我实在不知道该怎样来描述那

---

[1] 干草剧院(Haymarket Theatre),位于伦敦威斯敏斯特的一座古老剧院,建于一七二〇年。

一刻她带给我的感受）。她就像一朵在夜间绽放的银色花朵，只为月光散发出芳香。我轻轻地搂住了她的腰，她的脸朝我转了过来。这次是我吻了她。她没有动，她柔软而红润的双唇平静而热烈地承受着我压上去的嘴唇，好似一片湖水接受着月光的爱抚。我不知道我们在那儿坐了多久。

"我好饿！"她突然说。

"我也饿了，"我笑了一声说，"我们去吃点儿炸鱼和薯条好吗？"

"好啊。"

那时威斯敏斯特还没有成为议员和文化人士聚集的时尚地区，而是一个脏乱的贫民区，我对那里的地形非常熟悉。我们走出公园后，穿过维多利亚大街，我把罗茜带到了霍斯费里路上的一家炸鱼店。时间已经很晚了，店里只有一个顾客，是个马车夫，他的四轮马车就停在店门外。我们要了炸鱼加薯条和一瓶啤酒。有个穷女人进来买了两便士的碎薯条，包在一张纸里拿走了。我们吃得很香。

回罗茜家要经过文森特广场，经过我的住处时，我问她：

"要进去坐一会儿吗？你还从没见过我住的地方。"

"你的房东太太会不高兴吧？我不想给你惹麻烦。"

"没事，她睡得很沉。"

"那就进去坐会儿。"

我用钥匙开了门，过道里一片昏暗，我便拉着罗茜的手给她带路。我点上起居室里的煤气灯，罗茜脱下帽子，用力搔头。随后她在屋里到处找镜子，可是那会儿我很有艺术追求，早把壁炉台上方的那面镜子取走了,所以在这间屋子里谁都无法看见自己的模样。

"到我的卧室去吧,"我说,"那里有镜子。"

我开了卧室的门,点着蜡烛。罗茜跟着我进去,我举起蜡烛,好让她看得清镜子里的自己。当她对着镜子梳理头发时,我便看着她在镜子里的形象。她从头发上取下两三个发夹,用嘴衔住,然后拿起我的梳子,把头发从颈背往上梳了几下。她把头发盘到头顶上,拍了几下,又别上发夹。在她专心摆弄头发的时候,她的目光在镜子里同我的目光相遇,她便朝我微微一笑。别上最后一个发夹后,她转过脸来看着我,一声不吭,只是平静地凝视着我,那双蓝眼睛里依旧含着那一丝友好的淡淡微笑。我放下蜡烛。我的卧室很小,梳妆台就在床边。她抬起手轻轻抚摸我的脸颊。

写到这里,我真后悔,当初就不该用第一人称来写这本书。如果能用第一人称把自己写得和蔼可亲或感人肺腑,那自然是再好不过了。这种手法运用巧妙的话,可以最有效地表现作者谦逊而又豪迈、同情而又幽默的气质。作者在写自己的时候若是看到了读者睫毛上闪着晶莹的泪花,嘴唇上浮现出温柔的微笑,这感觉是多么美妙!但是当你不得不把自己写成一个十足的大傻瓜时,那滋味可就不太好受了。

不久前,我在《旗帜晚报》[1]上读到一篇伊夫林·沃[2]先生写

---

1 《旗帜晚报》(*The Evening Standard*),创办于一八二七年的伦敦本地报纸。
2 伊夫林·沃(Evelyn Waugh, 1903—1966),英国小说家,公认的二十世纪杰出文体大师。

的文章，他在文章中说用第一人称写小说是令人鄙视的做法。我真希望他能解释一下原因，可是他就像古希腊的欧几里得提出关于平行直线的著名论点时一样，只是随随便便抛出了这么一个论调，信不信由你。我百思不得其解，便去请教阿尔罗伊·基尔（他什么书都读，甚至连他为之作序的书也不漏过），请他为我推荐几本关于小说艺术的书。在他的指点下，我读了珀西·卢伯克[1]先生写的《小说技巧》，我从这本书中学到的是，写小说的唯一方法就是学习亨利·詹姆斯。接着我又读了福斯特[2]先生的《小说面面观》，我从这本书里学到的是，写小说的唯一方法是学习福斯特自己。最后我读了埃德温·缪尔[3]先生的《小说的结构》，从中什么也没学到。我从这三本书里都没有找到论及用第一人称写小说这个问题的内容。不过，我还是找到了一个原因可以解释为什么某些在当时负有盛名而如今无疑已被遗忘的小说家（如笛福、斯特恩、萨克雷、狄更斯、艾米莉·勃朗特和普鲁斯特等）采用了伊夫林·沃先生所抨击的写法。随着年龄的增长，我们会更懂得人类的复杂多变、自相矛盾和不通情理，而这其实就是那些上了岁数的中老年作家能找到的唯一借口，可以不去关心他们本应认真思考的、更为严肃的问题，心安理得地把全部精力花

---

1 珀西·卢伯克（Percy Lubbock，1879—1965），英国文学批评家，当代小说理论的主要奠基人之一。他写的《小说技巧》（*The Craft of Fiction*，1921）被认为是"第一部把小说当成艺术的专著"。
2 爱德华·摩根·福斯特（Edward Morgan Forster，1879—1970），英国小说家、散文家。《小说面面观》（*Aspects of the Novel*，1927）是作者在剑桥大学"克拉克讲座"的讲稿，在英语文学界影响深远。
3 埃德温·缪尔（Edwin Muir，1887—1959），苏格兰诗人、文学批评家和翻译家。《小说的结构》（*Structure of the Novel*，1928）同为二十世纪英语小说理论的重要著作。

费在想象中的人物的琐事中去。按理说，如果对人类的研究应当着眼于人，那么更明智的做法显然是着力去探究小说中塑造的思维连贯、有血有肉的显要的虚构人物，而不是现实生活中缺乏理性、模糊不清的人物。有时小说家感觉自己就像上帝，随时可以告诉读者他笔下的人物的一切事情。但是有时他又感觉自己不是上帝，这时他就不告诉读者关于他笔下的人物的一切应当让读者知道的事情，而只是讲述他自己所知道的那一点儿事情。由于年龄增长，我们越来越不会感觉自己像上帝，所以我认为小说家年纪越大，越不肯描写超出自己个人生活经验范围的事情，这是不足为奇的。因此，用第一人称写小说就成了可以满足这一有限目的的非常有用的手法。

罗茜抬起手轻轻抚摸我的脸庞。我不知道自己当时为什么会有那样莫名其妙的表现，那完全不是我预料中的在那种场合会有的表现。我突然感到鼻子一酸，禁不住哽咽起来。我说不清这是不是因为我太害羞了、太孤独了（不是肉体上的孤独，因为我整天在医院里同各种各样的人打交道，而是精神上的孤独），还是因为我的欲望太强烈了，我竟然哭了起来。我感到羞愧极了，竭力想要克制，但是我控制不住，泪水夺眶而出，顺着脸颊流了下来。罗茜看见我泪流满面，惊得倒抽了一口气。

"啊，亲爱的！你怎么了？这是怎么回事？快别这样，别这样！"

她搂住我的脖子，也哭了起来，她亲吻着我的嘴唇、眼睛和流满泪水的脸颊。她解开胸衣，把我的头搂到她的胸脯上。她抚摸着我光滑的脸庞，轻轻地来回摇晃着我，好像是在摇晃她抱在怀里的一个婴孩。我吻了她的胸脯，又吻了她洁白挺直的脖子。她脱下了胸衣，又褪去裙子和衬裙。我抱住了她的腰，过了一会儿她屏住呼吸快速解下了束腰，只穿着一件薄薄的内衣站在我的面前。我双手抚摸着她的身体两侧，可以感觉到她皮肤上被束腰勒出的印子。

"把蜡烛吹了。"她悄声说。

当晨曦透过窗帘，隐隐照出我屋里仍笼罩在残留的夜色中的床铺和衣橱的轮廓时，她叫醒了我。她吻着我的嘴把我唤醒，她的头发飘落到我的脸上，我感觉痒痒的。

"我得起来了，"她说，"我不想让你的房东太太看见我。"

"还早着呢。"

她俯身下床时，胸脯沉甸甸地压在我的胸膛上。不一会儿，她下了床。我点上蜡烛。她对着镜子把头发梳好，随后又打量了一下自己赤裸的身体。她天生腰细，虽然发育得很好，身段却很苗条。胸部坚挺，仿佛是在大理石上刻出来似的。这是一副天生为享受欢爱而生的躯体。在烛光和越来越亮的晨光的映照下，她全身散发出一片银光闪闪的金色，只有乳头是粉红色的。

我们默默地穿好衣服。她没有再穿上束腰，而是把它卷了起来，我拿了一张报纸把它包好。我们蹑手蹑脚地走过过道，出门来到街上，曙光向我们迎面扑来，犹如一只小猫跃上了台阶。广场上空无一人，阳光已经照到了东面的窗户上。我感觉自己就像这清晨一样充满朝气。我们挽着胳膊走到了林帕斯路的拐角上。

"你就送到这儿吧，"罗茜说，"谁知道会不会碰上什么人。"

我同她吻别后,望着她的背影渐渐远去。她走得很慢,腰板挺直,脚步稳健,很像一个乡下女人喜欢踩着脚下一片好土地的感觉。我反正不想再回去睡觉了,便慢悠悠地走到了泰晤士河堤岸上。河面上闪耀着清晨明亮的阳光映射出的斑斓色彩。一条褐色的驳船顺流而下,穿过了沃豪尔大桥的桥洞。两个男人奋力划着一条小船靠近岸边。我有些饿了。

第十七章

自那以后的一年多时间里,每次我和罗茜出去,在回家的路上她总会到我的住处来,有时就待一个小时,有时则一直逗留到拂晓的曙光提醒我们,女佣马上就要擦洗门外台阶了。我至今仍记得,在阳光明媚的早晨,伦敦慵懒的空气中透出了一丝宜人的清新,我们踏在空荡荡的街道上的脚步声显得格外响亮。我也还记得在寒冷多雨的冬天,我们挤在一把雨伞下匆匆行走,彼此不说话,心里却喜滋滋的。在街上值勤的警察见到我们走过时会看我们一眼,有时目光中带着怀疑,有时也会眨眨眼表示理解。我们时不时会见到一个无家可归的流浪汉蜷缩在一个门廊下睡觉,每到这时,罗茜都会亲切地捏一下我的胳膊,我就会掏出一枚银币放到一个衣衫褴褛的身体上或一只瘦得皮包骨的拳头里(我这样做主要是为了做个姿态,想给罗茜留下好印象,因为我自己手头也不宽裕)。同罗茜在一起使我感到快乐。我非常喜欢她。她脾气随和,容易相处。同她相处的人随时能感受到她的温和性情,分享她的愉快。

在我成为她的情人之前,我常常在心里嘀咕,她是不是还另有情人,比如福德、哈里·雷特福德,还有希利尔。后来我问过她,她当即亲吻了我。

"别这么傻。我喜欢他们,这你知道。我只是喜欢同他们出去,没别的。"

我很想问问她是否做过乔治·肯普的情妇,可是我又说不出口。虽然我从没见她发过脾气,但我认为她还是有脾气的,而且隐约感觉这个问题可能会激怒她。我不想给她机会说出一些特别伤人的话,使我无法原谅她。那时我还很年轻,刚过二十一岁,昆廷·福德这些人在我眼里都是上了岁数的,所以我觉得罗茜只把他们当作朋友也是挺自然的事。想到自己成了她的情人,我心里自豪极了。每当我在星期六下午的茶会上看着她同在座的所有人说说笑笑时,我总会暗自感到扬扬得意。我会想起我和她一起度过的夜晚,心里不禁暗暗嘲笑这些人太无知了,他们全然不知我还有这么个天大的秘密。不过,有时我觉得莱昂内尔·希利尔看我的眼神有些怪异,好像在幸灾乐祸地看我出洋相,于是我便不安地思忖罗茜会不会把我们的暧昧关系透露给他了。我也拿不准是不是自己有什么举止不慎露出了马脚。我对罗茜说过,我担心希利尔看出了什么。她听后只是用那双似乎随时含笑的蓝眼睛看了看我。

"不用担心,"她说,"他这人心思不正。"

我同昆廷·福德一直走得不近。他把我看作一个枯燥乏味、无足轻重的年轻人(当然我也的确是这么个人),虽然他表面上总是对我客客气气的,但是从来也没有把我放在眼里。也许是我自己瞎想，我总觉得近来他对我的态度比以前更冷淡一些了。有一天，哈里·雷特福德出乎意料地要请我吃饭看戏。我把这件事告诉了罗茜。

"哦，你当然要去啦！他会让你开心的。哈里这家伙，总能逗得我笑个不停。"

于是我便同他去吃饭了。他的确让人很开心，特别是他谈论男女演员的话给我留下了很深的印象。他谈吐幽默，也善于嘲讽。他不喜欢昆廷·福德，说到这个人时总是冷嘲热讽，非常好笑。我故意提起罗茜，想听听他会怎么说，可是他什么也没说。我觉得他像个浪荡公子。他说话挤眉弄眼的，总是话里有话地连说带笑，由此我看得出他是个勾搭女人的老手。我不禁暗自思忖，他请我吃这顿饭是不是因为他知道了我是罗茜的情人，所以对我有了好感。可问题是，如果他知道了，那么别人当然也都知道了。不用说，我内心有了一种优越的感觉，不过我希望自己并没有流露出这种神情。

接着，冬天来临，快到一月底的时候，林帕斯路出现了一个新来的人，是一个荷兰籍的犹太人，名叫杰克·库伊珀，从阿姆斯特丹来做钻石生意的，要在伦敦住几个星期。我不知道他是怎么同德里菲尔德夫妇认识的，也不知道他是不是出于对作家的敬意才登门造访的。但是我可以肯定，他再次造访并非出于这个原因。此人高大壮实，肤色黝黑，秃顶，有一个很大的鹰钩鼻，五十岁上下，外表显得强健有力，看得出是个追求声色之欢、行事果断的乐天派。他毫不掩饰对罗茜的倾慕。他显然很有钱，因为他会每天给罗茜送玫瑰花。罗茜虽然嗔怪他不该这么大手大脚,心里却感到受宠若惊。我实在受不了这个人。他厚颜无耻,说话吵吵嚷嚷。我讨厌他用带着外国腔调的流畅英语侃侃而谈,我讨厌他对罗茜大献殷勤,我讨厌他热情地讨好罗茜的朋友。我发现昆廷·福德也和我一样不喜欢这个人,这倒使我们两人变得亲近起来。

"幸好他不会在这里久留。"昆廷·福德说着噘了噘嘴,两道黑黑的眉毛耸了起来。看他这一头白发和一张发黄的长脸,简直很难让人相信他居然看上去颇有绅士气派。他接着说:"女人都一个样,她们总喜欢粗俗的人。"

"这个人也太粗俗了!"我抱怨道。

"这就是他吸引女人的地方。"昆廷·福德说。

此后两三个星期,我几乎见不到罗茜了。杰克·库伊珀每天晚上带她出去,去各个高级餐馆吃饭,去各家戏院看戏。我很恼火,同时深感委屈。

"他在伦敦谁都不认识,"罗茜想要安抚我的恼怒,"他想趁这个机会尽量多逛逛。总是一个人到处逛也没什么意思吧?再待两个星期他就走了。"

我实在看不出她有做出这样的自我牺牲的必要。

"可是你不觉得他这个人很讨厌吗?"我说。

"我倒觉得他挺有趣的,经常逗得我哈哈大笑。"

"你看不出他是迷上你了吗?"

"这有什么?他高兴这么做,对我又没有伤害。"

"他又老又肥,丑极了。我看见他鸡皮疙瘩都起来了。"

"我不觉得他有这么糟糕。"罗茜说。

"你不应该同他交往。"我竭力争辩道,"我是说,他是个那么叫人讨厌的混混。"

罗茜搔了搔头。她这个习惯让人不太喜欢。

"看到外国人和英国人这么不同,真有意思。"她说。

谢天谢地,杰克·库伊珀总算回到阿姆斯特丹去了。罗茜答应在他走后第二天同我一起吃饭。为了好好吃一顿,我们约好去苏活区的饭店。她租了一辆马车来接我,我们驱车前往。

"你的那个讨厌老头儿走了吧?"我问。

"走啦。"她大笑一声说。

我搂住了她的腰(我在别处阐述过,对这样一个在人类交往中令人愉快而又几乎必不可少的行为来说,当年的双座马车实在比今天的出租汽车要方便得多,这里我就只好忍着不再赘述),开始吻她。她的嘴唇就像春天里的花朵。我们到了饭店。我挂好帽子和大衣(我穿的是一件很长的大衣,腰身很紧,有丝绒领子和丝绒袖口,非常时髦),然后要罗茜把她的披肩递给我。

"我就穿着吧。"她说。

"你会太热的。一会儿出去会着凉。"

"没关系。这件披肩我今天第一次穿。你不觉得很好看吗?瞧,还有配套的皮手笼呢。"

我看了一眼她的披肩,是皮的,但我不知道那是貂皮。

"看上去很昂贵。你买的?"

"杰克·库伊珀送给我的。昨天他临走前我们一起去买的。"她抚摸着那光滑的皮毛,高兴得就像一个拿到了喜欢的玩具的孩子似的，"你知道花了多少钱吗？"

"我不知道。"

"两百六十英镑。你知道吗，我这辈子还从没买过这么贵的东西呢。我告诉他太贵了，可他就是不听，非要送给我。"

罗茜开心得咯咯直笑、两眼发光。可是我感到我的脸绷紧了，后脊骨一阵发凉。

"库伊珀给你买这么贵的披肩，德里菲尔德不会觉得奇怪吗？"我说这句话时尽量使自己的声音听上去自然些。

罗茜的眼睛调皮地闪来闪去。

"你也知道泰德是怎样的人，他什么都不注意。如果他问起来，我就告诉他这是我在一家当铺花二十英镑买的。他会相信的。"她说着，把脸贴到披肩的领子上蹭了几下，"多软啊！谁都看得出这是很贵的。"

我简直吃不下饭了。为了不让她看出我心里的难受，我尽量同她东拉西扯。可是罗茜毫不理会我在说什么。她满脑子只想着她的新披肩，每隔一分钟都要看一眼她坚持放在自己大腿上的皮手笼。她那深情的目光中透出一副慵懒的贪欲和自以为是。我很生气，觉得她又愚蠢又平庸。

"你活像吞下了一只金丝雀的猫。"我忍不住气冲冲地挖苦她。

她只是咯咯地笑。

"我倒真有这种感觉。"

对我来说，两百六十英镑是一笔巨款。我想不明白一个人怎么能花这么多钱去买一件披肩。那时我每个月的生活开销也就只有十四英镑,而且能过得相当不错。如果有读者一下子算不出来,我可以在这里多说一句,那就等于一年一百六十八英镑。我很难相信哪个人会因为单纯的友谊而赠送给他人这么贵重的礼物。我相信只有一个原因——杰克·库伊珀在伦敦期间每天晚上都和罗茜睡在一起,所以在离开前就用这件礼物作为付给她的报酬。可是她怎么能收下呢?难道她看不出这会使她多么掉价吗?难道她不明白库伊珀送她这么贵重的礼物是多么庸俗的行为吗?显然她并不这样想,只听她这样对我说:

"他是一片好意,不是吗?不过话说回来,犹太人总是出手大方。"

"我想他就是买得起呗。"我说。

"啊,是的,他很有钱。他说他离开前要送我点儿东西,问我要什么。我就说有件披肩配上手笼就行了,可是我怎么也没想到他会买这么贵的。我们走进那家商店后,我要店员给我看看羊皮披肩,可是他说:'不行,要貂皮的,要价钱最贵的。'等我们一看到这件,他二话不说,非要买下这件送给我。"

这时浮现在我脑海中的是那个肥胖的丑老头儿搂抱着她洁白的身体,抚摸着她如牛奶般光滑的肌肤,用他松弛的肥厚嘴唇亲吻着她。就在那一刻,我明白了自己过去不愿相信的猜疑都是真实的。我知道她同昆廷·福德、哈里·雷特福德和莱昂内尔·希利尔出去吃饭后都会跟他们上床,就像她到我这里同我睡觉一样。我说不出话来,我知道我一开口就会说出羞辱她的话。我想我当时的心情与其说是妒忌,倒不如说是屈辱。我感到自己彻底被她玩弄了。我咬紧牙关才克制住自己,没有说出什么尖酸刻薄的话讥讽她。

吃完饭我们去看戏了。可是我一句台词都没听进去，我只能感觉到那件光滑的貂皮披肩在碰触我的胳膊，只能看见她的手指在不停地抚摸那个皮手笼。想到另外那几位我倒还能忍受，可是我实在受不了杰克·库伊珀。她怎么能干这种事？贫穷真的太可怕了。我多么希望自己有足够的钱，可以叫她把这件该死的披肩退还给那个家伙，我会给她买一件更好的。最后她终于留意到了我的沉默。

"你今晚怎么不说话呢？"

"是吗？"

"你哪儿不舒服吗？"

"我很好。"

她斜眼看看我，我没有朝她看，但是我知道她一定在充满笑意地看着我——就是那种我再熟悉不过的孩子气的调皮微笑。她没有再说什么。散场后正好下雨了，我们便叫了一辆出租马车，我把她在林帕斯路的地址给了车夫。一路上她没有说话，到了维多利亚大街她才开口：

"你不想要我同你一起回你那儿去吗？"

"随你吧。"

她掀起车帘，把我的地址告诉了车夫。然后她抓住我的双手，紧紧握着，可是我没有反应。我两眼直勾勾地盯着窗外，心里很生气，一脸严肃。我们到了文森特广场，我扶她下了马车，一言不发地把她领进了我的住处。我脱下帽子和大衣，她把披肩和手笼扔在了沙发上。

"你为什么这样闷闷不乐?"她走到我面前问道。

"我没有闷闷不乐。"我躲开她的目光答道。

她用双手捧住我的脸。

"你怎么这么傻啊?干吗因为杰克·库伊珀送了我一件披肩就生气呢?你又买不起这么贵的东西送给我,不是吗?"

"我当然买不起。"

"泰德也买不起。你怎么能指望我拒绝一件价值两百六十英镑的披肩呢?我一辈子都想要这么一件毛皮披肩,而这点儿钱对杰克来说根本不算什么。"

"你别指望我会相信他只是出于友情送你这东西的。"

"也许会啊。反正他已经回阿姆斯特丹去了。谁知道他什么时候还会再来。"

"也不是只有他一个。"

我边说边看着罗茜,我的目光中满是愤怒、委屈和怨恨。她对我露出笑容,可惜我描写不出她那美丽的笑容中流露出的柔情蜜意。她的声音也温柔极了。

"哦,亲爱的,你何必因为别人而自寻烦恼呢?这对你有什么坏处吗?难道我没有给你带来快乐吗?你和我在一起难道不开心吗?"

"开心极了。"

"这不就得了?为一点儿小事斤斤计较、妒忌,是很傻的。尽情享受眼前的快乐不好吗?要我说,还是及时行乐的好,不出一百年我们就都死了。到那时还有什么可以计较的呢?趁现在有机会就尽情享乐吧。"

她搂住我的脖子,亲吻我的嘴唇。我顿时忘掉了我的满腔怒火,满脑子只有她的美丽和她那令人销魂的柔情。

"你得接受我就是这样的人,明白吗?"她悄声说。

"好吧。"我说。

第十八章

在这段时间里,我真的很少见到德里菲尔德。白天的大部分时间他要做编辑工作,晚上要写作。当然,每星期六下午他都在家参加茶会,他总是显得和蔼可亲、谈吐风趣,说话略带嘲讽之意。他见到我好像也挺高兴的,总会开心地同我闲扯一会儿,不过他主要关注的自然还是那些比我年长也更重要的客人。但是我隐约感觉到他似乎同周围的人越来越疏远了,不再是当初我在黑马厩镇上认识的那个乐呵呵的甚至颇为粗俗的好伙伴了。或许是我自己越来越敏感,我总觉得德里菲尔德虽然还同那些人打趣逗乐,但他们之间似乎产生了一道无形的障碍。他好像生活在自己想象的世界里,真实的日常生活反而有点儿模糊不清。时常有人请他在公众宴会上讲演。他还加入了一个文学俱乐部。他因忙于写作,所以社交圈子很小,现在他开始结交很多圈外人士了。有越来越多的喜欢身边围着知名作家的女士邀请他共进午餐、参加茶会。她们也邀请罗茜,但是她很少去。她说她不喜欢出席聚会,再说她们其实并不是要见她,她们只想见泰德。我觉得她是对这种场合有些无所适从，感到被冷落了。说不定已经有女主人不只一次在她面前流露出了对她在场深感厌恶的情绪，使她看到了她们邀请她只是出于礼貌而已，而一直保持礼貌又让她们觉得厌烦，于是就干脆不理睬她。

也就是在这个时候，爱德华·德里菲尔德出版了《生命之杯》。我无意在此评论他的作品，何况近来这方面的评论已经很多，足以满足普通读者的需求了。但是我还是想斗胆说一句，《生命之杯》虽然肯定不是德里菲尔德最有名的作品，也不是他最受欢迎的作品，但是在我看来，这是他写得最有趣的一部小说。在英国小说界普遍多愁善感的背景基调下，这部小说所蕴含的那种冷酷无情的笔调的确可谓别开生面，整部作品写得清新而又犀利，读来有一种吃酸苹果的滋味，不但使你牙根发酸，还有一种苦中带甜的奇妙味道，令人回味无穷。在德里菲尔德的所有小说中，只有这一部是我自己巴不得也能写出来的。书中描写的那个孩子死去的场面凄惨得令人心碎，但是他写得一点儿都不拖泥带水或无病呻吟，而那个孩子死后发生的那件怪事，任谁读了都难以忘怀。

说来也巧，正是小说的这部分内容猛然掀起了一场大风暴，降临到了倒霉的德里菲尔德头上。在作品出版后的最初几天里，引起的反应似乎同他已出版的其他小说一样，也就是说，会有几篇内容充实的书评，总体上是赞扬的，但也会有一些保留意见。小说的销量不会太高，但也说得过去。罗茜告诉我，德里菲尔德估算自己可以挣得三百英镑稿酬，并谈到了夏天要在河边租一所房子度假。开始的两三篇书评还是闪烁其词的，但不久后，一份晨报上登出了猛烈抨击这部小说的长篇评论，占了整整半版篇幅。文章指责这部小说内容下流，不堪入目，还对出版商竟然出版这样的书展开了口诛笔伐。文章图文并茂地描述了这部小说必然会给英国青年一代带来恶劣的影响，并称其严重侮辱了女性。该文作者表示坚决反对让这样的作品落入天真的少男少女手中。其他报纸随之争相效法。有些愚蠢的评论家甚至要求查禁此书，还有人竟然像煞有介事地提出也许应该就此事立案起诉。一时间谴责声四起，即使偶尔有哪位能接受欧洲现实主义小说格调的作家勇敢站出来辩称这是爱德华·德里菲尔德写得最好的作品，也没有人理会。他的诚恳意见反被说成是哗众取宠，迎合低级趣味。图书馆禁止出借此书，火车站的书报亭也拒绝上架这部作品。

这一切对爱德华·德里菲尔德来说自然是极不愉快的，但是他以一种哲人的豁达心胸泰然处之，只是耸耸肩膀。

"他们说我写得不真实，"他微笑道，"叫他们见鬼去吧。那是再真实不过的了。"

在这场考验中，德里菲尔德得到了他的朋友的忠诚支持。能否欣赏《生命之杯》成了判断一个人有无审美洞察力的标志，谁不喜欢这部作品，就等于承认自己是个缺乏修养的俗人。巴顿·特拉福德太太毫不迟疑地认为这是一部杰作，虽然眼下还不是巴顿在《评论季刊》上发表文章的最佳时机，但是她深信爱德华·德里菲尔德前途无量，这个信念不会动摇。如今重读这本当年引起如此轰动的书，我们会感到百思不得其解（也颇有教益）：全书没有一个字会使最正直的人脸红，也没有一个情节会使今天的小说读者感到半点儿不安。

第十九章

大约半年后,《生命之杯》引起的风波已经平息,德里菲尔德又开始写另一部小说,这部小说后来以《果实累累》为题出版。当时我已是医学院四年级的学生,同时在医院住院部实习,做外科医生的助手。有一天,我在值班时要陪一位外科医生去病房巡查,就到医院大厅去等候这位医生。我顺便看了一眼放信的架子,因为有些人不知道我在文森特广场的地址,就会把信件寄到医院里来。我惊奇地发现有一封发给我的电报,电文如下:

请务必于今日下午五时来见我。有要事。

伊莎贝尔·特拉福德

我想不出她会有什么事找我,在过去这两年里,我大概见过她十多次,但是她从来没有注意过我,我也从来没有去过她家。我知道举办茶会的时候往往缺少男客,所以女主人在最后一刻发现男客不够时,可能会觉得把一个年轻医学生请来总比没有人要好。可是，看电报上的措辞不像是要请我去参加茶会。

我协助的那个外科医生是个啰唆而又做作的人，所以直到五点我才忙完，又花了二十多分钟才赶到切尔西。巴顿·特拉福德太太住在泰晤士河岸的一幢公寓里，我按响她家的门铃时已经快六点了。我被领进了客厅，正要向她解释我迟到的原因，她马上打断了我的话。

"我们想到了你可能脱不开身。没关系的。"

她的丈夫也在。

"我们该请他喝杯茶吧。"他说。

"现在用茶点是不是太晚了些？"她和蔼地看看我，她的眼睛很好看，眼神柔和，充满了善意，"你不想喝茶了吧？"

这时我其实又渴又饿，因为我午饭时只吃了一块黄油烤饼，喝了一杯咖啡，不过我不愿意实说。我谢绝了茶点。

"你认识奥尔古德·牛顿吗？"巴顿·特拉福德太太指着一个人问道。我进门时这个人坐在一把宽大的扶手椅中，这时他站了起来。"我想你在爱德华家里见过他的。"

我的确见过。他并不常去德里菲尔德家，不过他的名字我很熟悉，我也记得这个人。他总使我感到很紧张，我大概从来没有同他说过话。虽然今天他已完全被人遗忘，但是在当时他是英国最有名的评论家。他身材高大肥胖，脸十分白净，但脸上的肉很厚，眼睛是淡蓝色的，金黄色的头发已开始泛白。他通常系一条淡蓝色的领带，好衬托出他眼睛的颜色。他对在德里菲尔德家见到的作家总是和蔼可亲，也总会对他们说一些动听的恭维话，可是等他们一走，他就会兴致勃勃地挖苦讽刺他们。他说话声调低沉平稳、措辞得当,谁都没有他那样的本事,能够几句话就精辟地讲出一个诋毁朋友的故事。

奥尔古德·牛顿和我握了握手。一贯体贴人的巴顿·特拉福德太太急于让我不感到拘束,于是拉着我的手,让我同她并排坐在沙发上。茶点还在桌上没有收掉,她随手拿起一块果酱三明治,很斯文地小口吃了起来。

"你最近见过德里菲尔德夫妇吗?"她问我,似乎只是没话找话。

"上星期六我去他们家了。"

"后来就没见过他们?"

"没有。"

巴顿·特拉福德太太看看奥尔古德·牛顿,又看看她丈夫,然后又看向奥尔古德·牛顿,仿佛在默默向他们求助。

"不必拐弯抹角了,伊莎贝尔。"一身肥肉的牛顿以一丝不苟的口吻说道,他略带不满地眨了眨眼睛。

巴顿·特拉福德太太转过脸来对我说:

"这么说,你还不知道德里菲尔德太太抛下她丈夫出走了?"

"什么?!"

我听后大吃一惊,简直不能相信自己的耳朵。

"也许还是由你来说说事情经过比较好,奥尔古德。"特拉福德太太说。

这位批评家往椅背上一靠,把两只手的指尖顶到一起,津津有味地讲了起来。

"昨天晚上,我约好了去见爱德华·德里菲尔德,谈谈我在为他写的一篇评论文章。晚饭后我觉得天色很美,就决定步行去他家。他在家等我,我知道,除非有市长大人的宴请或皇家艺术院的聚餐之类的重要活动,否则他晚上是从来不出门的。所以当我快走到他家的门口,我突然看见门开了,爱德华走了出来的时候,你可以想象我有多惊讶吧,不,我简直完全不知所措了。你当然知道伊曼纽尔·康德有每天几乎分秒不差地在固定时间出去散步的习惯,因此哥尼斯堡[1]的居民都习惯以他出门散步的时间来校对钟表。有一天他比平常早了一小时从家里出来,把周围的居民吓得脸都白了,他们知道准是发生了天大的事,他们果然猜对了——伊曼纽尔·康德刚刚收到巴士底狱被攻占的消息。"

奥尔古德·牛顿故意停顿了一下,使这段掌故可以产生更好的效果。巴顿·特拉福德太太向他投去会心的微笑。

"当我看见爱德华匆匆朝我走来的时候,我倒并没有想到发生了如此震撼世人的灾祸,但我还是马上预感到发生了什么不测之事。他既没拿手杖,也没戴手套,还穿着工作时穿的黑色羊驼呢旧外套,头戴宽边呢帽。他神情狂躁、举止慌乱。我了解他的婚姻状况不太稳定,因此心里不免纳闷儿,他这样匆匆从家里出来,究竟是因为夫妻之间发生了冲突,还是仅仅为了要赶到邮筒那里去寄一封信?他就像最高尚的希腊大英雄赫克托耳[2]那样飞奔而去。他似乎没有看见我,我不禁顿生猜疑,他是不是不想见到我?'爱德华!'我叫住了他。他好像吓了一跳。我敢肯定,

---

[1] 哥尼斯堡(Königsberg),德国哲学家康德(Immanuel Kant,1724—1804)的出生地。
[2] 赫克托耳(Hector),希腊神话中的特洛伊王子,被誉为第一勇士。

他一时之间根本没有认出我是谁。'是什么复仇的怒火催促你这样在皮姆利科的郊外火急火燎地飞奔？'我问道。'噢，是你啊。'他说。'你上哪儿去？'我又问道。'不去哪儿。'他回答说。"

我心想，照这个速度讲下去，奥尔古德·牛顿永远都讲不完他的故事了，要是我晚半个小时回去吃饭的话，房东赫德森太太一定会很恼火。

"我跟他说了我的来意，并且提议我们回到他家里去，在他家里谈那个困扰我的问题总会更方便些。可是他说：'我心里很烦，不想回去。我们边走边谈吧。'我同意了，转身和他一起走了起来，可是他走得实在太快了，我只好请求他走慢一点儿。就连约翰逊博士[1]恐怕也无法在舰队街上以特快列车的速度边走边同人交谈。爱德华的样子非常怪异，举止特别慌张，所以我想还是把他带到比较僻静的街上同他边走边谈更为妥当。我同他谈到了我要写的文章。我脑子里正在酝酿的内容比最初构想的要丰富得多，我拿不准是否能够在一期周刊的专栏篇幅里把他的作品评论充分。我对他尽量详细地说明了这个问题，并征求他的意见。可他的回答却是：'罗茜离开了我！'我一时不知道他在说什么，不过我马上想到了他是在说那个身材丰满也不算不好看的女人，有几次她还给我递过茶的。从他的语气中我听得出来，他在期待我能给他一些安慰，而不是为他感到庆幸。"

奥尔古德·牛顿又停顿了一会儿，眼睛眨巴了几下。

---

1 约翰逊博士（Samuel Johnson，1709—1784），英国历史上最有名的文人之一。舰队街是伦敦以新闻出版业云集著称的一条街。约翰逊博士与舰队街有很深的渊源。

"你讲得太好了,奥尔古德!"巴顿·特拉福德太太说。

"绝妙!"她丈夫说。

"我意识到在这种时候他需要同情,于是我说:'亲爱的老兄。'可是我刚开口他就打断了我的话。'我刚收到最后一班邮差送来的一封信,'他说,'她同乔治·肯普勋爵跑了。'"

我不禁倒吸一口凉气,但是一句话也没有说。特拉福德太太迅速地瞅了我一眼。

"'乔治·肯普勋爵是谁?''他是黑马厩镇上的人。'他答道。我没有时间多想,决定干脆同他说实话:'你总算摆脱掉她啦。''奥尔古德!'他哭喊道。我停下脚步,一手抓住了他的胳膊:'你应该知道,她一直在欺骗你,她跟你所有的朋友都暧昧不清。她的所作所为早已是公开的丑闻。亲爱的爱德华,我们还是正视现实吧——你的妻子只不过是个普普通通的浪荡女人。'他一把挣脱了我,喉咙里发出一声低沉的吼叫,就像婆罗洲[1]森林里的一只猩猩被夺去了吃到嘴里的椰果似的。我没来得及拉住他,他就甩开我飞快地跑掉了。我当时惊呆了,听着他的吼叫声和匆匆远去的脚步声却束手无策。"

"你真不该让他跑掉,"巴顿·特拉福德太太说,"在当时的情形下,他说不定会跳进泰晤士河的。"

"我也想到过,不过我注意到了他并没有朝河边跑,而是冲进了我们刚刚走过的那些小街。何况我也想到了在文学史上还没有过哪个作家在作品未写完的情况下就去自杀。无论作家遇到了

---

[1] 婆罗洲(Borneo),加里曼丹岛的旧称。——编者注

什么磨难,他们都不愿意给后代留下一部未完成的作品。"

听了他说的这些事后我感到惊愕不已,在震惊沮丧之余,我也感到困惑,想不明白特拉福德太太为什么要叫我来。她对我几乎毫不了解,不可能认为我会对这件事有什么特别的兴趣。同样,她这么费劲儿地把我找来,也不可能就是为了让我把这件事当作一则新闻来听。

"可怜的爱德华,"她说,"当然谁都不能否认这其实倒是一件因祸得福的事,可是他恐怕还是会特别伤心。幸好他没有干出什么莽撞的事来。"她转过头来对我说,"牛顿先生跟我们说了这件事后,我马上就赶到林帕斯路去了。爱德华不在家,不过他家的女佣说他刚出门不久。这说明他从奥尔古德身边跑开后回家去了,直到今天早上都在家里。你一定会奇怪我为什么要请你来见我吧?"

我没有回答,等着她说下去。

"你最初是在黑马厩镇认识德里菲尔德夫妇的吧?你可以告诉我们这个乔治·肯普勋爵究竟是谁。爱德华说他是黑马厩镇的人。"

"他是个中年人,家里有妻子和两个儿子。他的儿子同我差不多年纪。"

"可是我搞不清楚他到底是谁。我在《名人录》和《贵族年鉴》里都查不到他。"

我差一点儿笑出声来。

"哦,他不是真的勋爵,他就是当地的一个煤炭商人。黑马厩镇的人叫他乔治勋爵,只是因为他总是摆出一副派头十足的样子。这不过是玩笑话。"

"乡下人的幽默只有他们自己能懂,外人往往难解其意。"奥尔古德·牛顿评论道。

"我们大家一定要想方设法帮助亲爱的爱德华。"巴顿·特拉福德太太说着,若有所思地把目光落到我的脸上,"如果肯普把罗茜·德里菲尔德拐跑了,那么他一定抛下了他的妻子吧。"

"我想是的。"我答道。

"你能帮个忙吗?"

"我尽力而为。"

"你能不能去黑马厩镇一趟,了解一下到底出了什么事?我觉得我们应当同他的妻子取得联系。"

我这个人一向不喜欢插手别人的私事。

"我不知道怎么同她联系。"我答道。

"你不能去见见她吗?"

"是的,不能。"

我相信巴顿·特拉福德太太或许觉得我的回答未免太生硬了,但她没有表现出来,只是微微一笑。

"这件事可以先放一放。现在最要紧的是要到那里了解一下肯普的下落。今天晚上我要去看看爱德华。想到他可怜巴巴的一个人留在家里,我心里就受不了。我和巴顿已经决定把他带到我们家来。我们有间房空着,我安排一下,他就可以在那里写作。奥尔古德,你觉得这样安排对他来说是不是最合适的呢?"

"非常合适。"

"他在这里长住下去也没有什么不可以的,至少可以住上几个星期嘛，夏天他可以同我们一起去度假。今年我们打算去布列塔尼[1]。我可以肯定他会喜欢那里的。这样他就可以彻底换换心情。"

"眼下的问题是，"巴顿·特拉福德看着我说，他的目光几乎和他妻子的目光一样和蔼可亲，"这位年轻大夫是否肯去黑马厩镇一趟，把情况了解清楚。我们一定要掌握情况。这是最要紧的。"

巴顿·特拉福德说话时态度热情、语气诙谐，甚至故意用了通俗的词儿，似乎这样就可以掩饰他对考古学的兴趣。

"他也不可能拒绝的，"他的妻子说着，用温柔的眼神恳切地看着我，"你不会拒绝吧？这件事太重要了，只有你能帮我们。"

她当然不会明白，我其实和她一样急于弄清楚这到底是怎么回事，她也无从知道我当时心里妒火中烧，正经受着多么痛苦的煎熬。

"星期六之前我在医院是肯定走不开的。"我说。

"没问题。太谢谢你了，爱德华的所有朋友都会感激你的。你什么时候回来？"

"星期一大清早我就得赶回来。"

"那你下午就到我这儿来喝茶。我迫不及待想见到你。感谢上帝，总算安排好了。现在我得设法去找爱德华了。"

我明白她的意思是我可以走了。奥尔古德·牛顿也起身告

---

[1] 布列塔尼半岛（Bretagne），法国西北部的一个半岛。——编者注

辞，我们一起下楼。

"我们的这位伊莎贝尔今天可真有点儿阿拉贡的凯瑟琳[1]的风范，我觉得她太有气派了，"大门关上后他喃喃说道，"这是一个千载难逢的机会，我看我们完全可以放心啦，我们的朋友不会错过这个机会的。一个很有魅力的女人，又有一颗金子般的心。这是爱神在对她的猎物施展威风[2]。"

当时我并没有听懂他的意思，因为我前面给读者讲述的关于巴顿·特拉福德太太的情况都是很久以后我才了解到的。不过我听得出他似乎话里有话，是在挖苦巴顿·特拉福德太太，可能也是很好笑的，所以我轻轻笑了几声。

"我看你这个年轻人应该会坐马车吧——我的傻老婆在倒霉的时候总爱说坐'伦敦的贡多拉'[3]。"

"我坐公交车。"我答道。

"哦，是吗？要是你说坐双座马车走，我还打算请你好心捎我一程呢。既然你要去坐我这个老古板都觉得太普通的公交车，我倒不如把我笨重的身体挤进一辆四轮马车里去的好。"

他招手叫了一辆四轮马车，随即伸出两根胖乎乎的手指跟我握手告别。

"星期一我会过来听听结果，亲爱的亨利一定会说你完成了一项重大使命。"

---

[1] 阿拉贡的凯瑟琳是英国国王亨利八世的第一任王后。
[2] 原文为法语，引自法国剧作家拉辛剧作《费德尔》第一幕第三场的一句台词。
[3] 贡多拉（Gondola），意大利"水城"威尼斯特有的一种平底船，是当地的主要交通工具。

第二十章

可是我再次见到奥尔古德·牛顿已经是好几年后的事了，因为我一到黑马厩镇就收到了巴顿·特拉福德太太给我的一封信（她很细心，记下了我的地址），信中叫我回来后不要去她家找她了，改为下午六点到维多利亚车站的头等候车室同她碰头，原因见面后详告。于是我星期一从医院脱身后就马上赶到了那儿，稍等了一会儿，就看见她走了进来。她迈着小碎步朝我走来。

"你有什么要告诉我的吗？那我们找个安静的角落坐下来谈吧。"

我们找到了一个安静的角落。

"我得先解释一下为什么请你到这里来见面，"她说，"爱德华现在住在我那儿。开始他不肯来住，不过我最后还是说服了他。只是他现在精神很紧张，身体也不好，脾气很差。我不想冒险让他见到你。"

我把我打听到的基本事实告诉了特拉福德太太，她听得很仔细，还不时地点点头。可是我看她怎么也理解不了我在黑马厩镇看到的混乱的景象。整个小镇上人人激动得要命。那里很多年没有发生这么刺激的事情了，谁都不能不谈论这件大事。小矮胖子[1]跌了个大跟头。乔治·肯普勋爵逃跑了。大约在他出逃前一个星期，他还告诉大家他要去伦敦处理业务，两天后，他就收到了当局的破产通知书。据说他的建筑业务未能取得成功，他要把黑马厩镇建造为一个游客络绎不绝的海滨旅游胜地的计划泡汤了，他不得不动用一切手段筹集资金。小镇上谣言四起。不少家境并不宽裕的人把全部积蓄托付到了他手上，如今面临着失去一切的结局。详细情况我也弄不清楚，因为我的叔叔和婶婶都对生意上的事一窍不通，而我自己在这方面也似懂非懂，因而也弄不明白他们告诉我的种种情况。我只知道乔治·肯普的房子被抵押了，家具也要变卖。他的妻子落得不名一文。他的两个儿子，一个二十岁，一个二十一岁，都是做煤炭生意的，也被卷进了这起破产案。乔治·肯普卷走了他能搞到手的全部现金，据说有一千五百英镑左右，但是我想象不出他们是怎么知道的。据说已经对他发了通缉令。大家猜测他已离开英国，有人说他去了澳大利亚，也有人说他去了加拿大。

"希望他们能抓住他，"叔叔说，"应当判他终身劳役。"

镇上人人义愤填膺，谁都不能原谅他，因为他平时总是那么吵吵嚷嚷、大呼小叫；因为他耍了他们，还请他们喝酒，举办游园会招待他们；因为他总是驾着那么漂亮的双座马车，还那么神气活现地歪戴着他的棕色毡帽。不过最糟糕的是，星期天做完

---

[1] 矮胖子（Humpty-dumpty），英国旧童谣中从墙上摔下来跌得粉碎的一个鸡蛋形状的丑角。

晚礼拜后，教堂执事在祷告室里告诉我的叔叔，过去两年里，乔治·肯普几乎每星期都和罗茜·德里菲尔德在哈弗沙姆幽会，他们在一家旅馆里过夜。那家旅馆的老板也在乔治勋爵的一个投机项目中投了钱，等到发现自己投的钱有去无回后，才把这件事全部抖搂了出来。如果乔治勋爵骗了别人的钱，这倒是可以容忍的，但是他竟然也骗了帮了他大忙并把他视为好友的自己，这就让人无法忍受了。

"我看他们是一块儿逃跑了。"叔叔说。

"并不奇怪。"教堂执事说。

晚饭后，趁女佣在收拾餐桌的工夫，我跑进厨房去向玛丽-安打听情况。那天她也去教堂了，肯定也听说了这件事。我不相信那天做晚礼拜的人会专心听我叔叔讲道。

"牧师说他们一块儿逃跑了。"我说，只字不提我已经知道的事。

"当然是一块儿跑啦，"玛丽-安说，"她真正心爱的就是这个男人。只要这个男人动一动小拇指，不论是谁她都会丢下不管的。"

我垂下了眼睛，感觉受了极大的侮辱；我对罗茜感到十分恼火，觉得她这样对我实在是太恶劣了。

"我想我们再也见不到她了。"我说。我说出这句话时感到一阵心痛。

"我想是见不到了。"玛丽-安很开心地说。

我把我认为巴顿·特拉福德太太需要知道的这些情况讲给她听之后，她叹了口气，不过这个举动究竟是表示满意还是表示难过，我无从得知。

"行了，不管怎么说，这就是罗茜的结局了。"她说罢，站起身来伸手同我告别，"这些文人为什么总会走进这样不幸的婚姻？很惨，真的很惨。非常感谢你所做的一切。现在我们掌握情况了。最要紧的是不能干扰爱德华的写作。"

她说的这几句话在我听来有点儿没头没脑。但有一个事实我确信无疑：她丝毫没有想过我的感受。我陪她走出了维多利亚车站，送她上了一辆去切尔西国王大道的公交车，然后走回了我的住处。

第二十一章

后来我同德里菲尔德失去了联系。我素来腼腆，不愿去找他。另外，我也忙着应付考试，等到考试通过后，我就出国了。我隐约记得在报上看到过他宣布和罗茜离婚的消息。从此我就再也没有听说过关于罗茜的消息。她的母亲时不时会收到一笔小额汇款，也就一二十英镑，钱是用盖着纽约邮戳的挂号信寄来的，但是既没有汇款人的地址，也没有附言，大家推测这钱应该是罗茜寄来的，因为除了她谁都不会给甘恩太太寄钱。后来她的母亲寿终正寝，罗茜大概通过什么途径知道了母亲的死讯，因为此后就不再有汇款了。

第二十二章

按照约定,我和阿尔罗伊·基尔星期五下午在维多利亚车站碰头,乘坐五点十分的火车前往黑马厩镇。我们在一节吸烟车厢的角落里舒适地面对面坐下。这时我从他嘴里听说了德里菲尔德在他妻子离他而去后的大致情况。后来罗伊同巴顿·特拉福德太太走得很近,我了解罗伊,也记得特拉福德太太,知道他们两人密切交往是必然的。我还听说罗伊曾经陪同特拉福德夫妇游历欧洲大陆,尽情分享对瓦格纳的歌剧、后期印象派的绘画和巴洛克建筑的酷爱,对此我毫不惊讶。他一直锲而不舍地去切尔西的公寓同他们共进午餐,随着特拉福德太太年事渐高,身体日益衰弱,只好整天坐在客厅里了,罗伊不管多忙,都会雷打不动地每星期去看她一次,陪她聊聊天。他心肠很好。特拉福德太太去世后,他专门撰文纪念她,以令人钦佩的深情公正评价她富于同情心和独具慧眼的卓越天赋。

想想罗伊的一片善心最后竟然得到了意外的报答,我深感欣慰。巴顿·特拉福德太太给他讲了很多爱德华·德里菲尔德的往事，这无疑对他目前准备写的这部充满友爱的传记大有用处。爱德华·德里菲尔德被他不忠的妻子离弃后，陷入了罗伊只能用法语"孤苦伶仃"一词来形容的悲惨境地，这时巴顿·特拉福德太太用软硬兼施的手段，不仅强拉他住到了自己家里，还说服他住了将近一年的时间。在这段时间里，她对他关怀备至、体贴入微，处处表现出一个女人不失聪慧的善解人意，可谓集女性的机巧和男性的果断于一身，既有金子般的心肠，又有从不会错过良机的眼力。德里菲尔德就是在她家里写完了《果实累累》一书，因此特拉福德太太并非没有理由把这本书看成自己的作品，何况德里菲尔德在扉页上将此书题献给她，也足以证明他承认她的恩情。特拉福德太太带他去意大利（当然是和巴顿同行的，因为她深知人心叵测，不会给人飞短流长的机会），她手里捧着一卷拉斯金[1]的著作，为爱德华·德里菲尔德细细讲述这个国家永久不衰的美。后来她又在伦敦的圣殿区为他找了房子，并在那里举办小型午宴，自己有模有样地充当起了女主人，而名气越来越大的爱德华·德里菲尔德则可以在那里接待频频慕名来访的客人。

必须承认，他的声名鹊起在很大程度上还要归功于特拉福德太太。当然，他是晚年搁笔之后才成了声名显赫的大作家，但是他成名的基础无疑是特拉福德太太的不懈努力奠定的。她不仅为巴顿最后发表在《评论季刊》上的那篇文章提供了灵感（或许也写了不少段落，因为她也很能写），就是那篇文章首次提出了应当把德里菲尔德列入英国小说大师的行列，而且德里菲尔德每出

---

[1] 拉斯金（John Ruskin, 1819—1900），英国作家、艺术评论家和哲学家，维多利亚时代艺术评论的代表人物。

一本新书，她都要组织庆祝活动。她四处奔走，拜访各位编辑，更重要的是，拜访有影响力的机构负责人。她还举办晚会，邀请每个可能有用的人出席。她说服爱德华·德里菲尔德到每一个大人物的家里为慈善活动朗读作品。她精心策划，让他的照片登在周刊画报上，还亲自修改他每次接受采访的提纲。整整十年，她孜孜不倦地充当着他的新闻发言人，让他总能活跃在公众的视野中。

那段时间巴顿·特拉福德太太得意极了，但是她并没有忘乎所以。如果有人邀请德里菲尔德单独出席聚会而不邀请她陪同，那绝对不行，他会直接拒绝。只要同时邀请他和特拉福德夫妇去参加什么地方的活动，他们三人必定会同去同回。她从来不让德里菲尔德离开她的视线。邀请他们的女主人可能会很恼火，但是她们要么接受，要么放弃，悉听尊便。她们都只好照例接受。如果巴顿·特拉福德太太碰巧发脾气，那也都是通过德里菲尔德表现出来的，因为即便是在发脾气的时候，她依然魅力十足，而德里菲尔德却会变得怒气冲冲。同时，她又非常清楚如何让他谈笑自若，当在座的客人都是名流显要的时候，她也可以使他显得才华出众。她对待他的态度堪称无可挑剔，从不向他隐瞒她坚信他是当代最伟大的作家。她不但在别人面前提到他时必称他为大师，当面也总是以奉承的口吻这么称呼他，或许有点儿开玩笑的意味，反正她的做派始终带点儿戏谑。

后来发生了一件十分不幸的事。德里菲尔德得了肺炎，病情非常严重，一度有生命危险。巴顿·特拉福德太太为他做了她力所能及的一切事情，甚至想要亲自护理他，无奈她当时已年过六旬，体力不支了，只好放手交由专业护士来照料他。最后他总算撑过来了，所有医生都说他必须去乡下休养，但是因为他病后身体还太虚弱，医生坚持必须有护士随行。特拉福德太太要他去伯恩茅斯，那样她就可以在周末到那儿去看看他是否一切安好，可是德里菲尔德却喜欢去康沃尔。那些医生也认为康沃尔的海滨城市彭赞斯气候温和，很适合他去疗养。按理说，像伊莎贝尔·特拉福德这样一个有着敏锐直觉的女人当时总该有些不祥的预感吧？可是没有。她放他走了。她再三关照那位护士，说托付给她的是非同小可的重任，交到她手里的，即便不是英国文学未来的希望，至少也是当今在世的英国文学界最杰出的代表人物的生命安危。这个责任是无法用价值来衡量的。

三个星期后，爱德华·德里菲尔德写信告诉她，他已获得主教特许，和他的护士结婚了。

我可以想象，巴顿·特拉福德太太在面对这个局面时前所未有地展示了她超凡高尚的心灵。她大骂"犹大、犹大"了吗？她歇斯底里、揪着头发倒在地上打滚哭闹了吗？她冲着性情温和、学问渊博的巴顿撒气，骂他是个彻头彻尾的老傻瓜了吗？她痛斥男人的忘恩负义和女人的不知检点，或者咆哮着骂出一连串据精神病医生说连最正派的女人也可能脱口而出的脏话来发泄自己受伤的感受了吗？完全没有！她给德里菲尔德写了一封感人的祝贺信，还给他的新娘写信说她非常高兴，因为现在她有了两个知心朋友，而不是一个。她恳请他们夫妇回到伦敦后务必到她家去住一阵子。她逢人就说这桩婚事让她感到非常、非常欣慰，因为爱德华·德里菲尔德很快就要老了，总得有个人照料他，而谁能比一个专业护士照料得更好呢？她对这位新任德里菲尔德太太满口赞扬。她对别人说，这位新夫人算不上美人，但是她的脸还是很好看的，当然她也完全不是个上流社会的女士，不过要是真的娶一个贵妇，爱德华反而会难受的，娶这样一个太太正适合他。我想，可以公平地说，巴顿·特拉福德太太处处表现出人类的善良天性，但我还是隐隐感觉到，如果说人类的善良天性有时会隐含着尖酸刻薄的言辞，那么这就是一个很贴切的例子。

第二十三章

当我和罗伊到达黑马厩镇时,有一辆不算豪华也不算寒碜的汽车正在等他,司机交给我一张便条——德里菲尔德太太请我第二天中午去吃饭。我坐上一辆出租汽车,直接前往"熊与钥匙"酒馆。罗伊告诉我海滨大道上新建了一座滨海酒店,但是我不愿去享受现代文明的奢华,宁可重返我度过青少年时代的故地。一下火车我就发现小镇发生了变化,火车站已不在原来的地方,而是在一条新建的马路旁。当然,坐汽车疾驰在大街上的感觉也很新奇。"熊与钥匙"酒馆倒没有什么变化,仍像往昔那样对我冷漠相待:门口一个人也没有,司机扔下我的旅行包就开车走了。我喊了一声,没有人回应。我走进酒吧间,看见一个短发姑娘在读一本康普顿·麦肯齐的小说。我问她有没有空房间。她不太高兴地看了我一眼,回答说应该有的。我看她对我爱搭不理,只好很客气地问她是否有人可以带我去看看房间。她站起来,打开一扇门,尖声喊道:"凯蒂!"

"什么事?"我听见有人应道。

"有位先生要看房间。"

不一会儿,来了一个憔悴的老太婆,她穿着很脏的印花布裙子,满头乱蓬蓬的花白头发,她带我走上两段楼梯,来到一间又小又脏的房间。

"有好一点儿的房间吗?"我问。

"生意人一般都住这样的房间。"她抽了抽鼻子说道。

"没有别的房间了吗?"

"单人房没有了。"

"那就给我双人房吧。"

"我去问问布伦特福德太太。"

我随她一起下楼,她在一个房间的门上敲了几下,房间里有人叫她进去。她开门后,我看见房间里有一个身材粗壮的女人,头发已经灰白,但被精心烫成了波浪卷。她也在看书。看来在"熊与钥匙"酒馆里人人都对文学有兴趣。凯蒂对她说我对七号房间不满意,她冷淡地瞅了我一眼。

"带他去看看五号房间吧。"她说。

这时我才意识到,我那么傲慢地谢绝了德里菲尔德太太要我住在她家的邀请,又感情用事地没有接受罗伊建议我住在滨海酒店的明智主张,实在是有点儿轻率了。凯蒂又领我上楼,把我带到一间临街的略大一些的房间里,一张双人床占去了大半个房间,窗户肯定有一个月没有开过了。

我说这个房间就可以了,然后问了她吃饭的事。

"你想吃什么都行,"凯蒂说,"我们这儿什么都没有,不过我可以出去帮你买。"

我很了解英国酒店的情况，便点了一份炸鳎鱼和烤羊排。随后我就出去散步了。我一直走到海滩，发现那儿新开了一条滨海步行道，我记忆中的空旷田野上现在建起了一排有凉台的平房和别墅。但是这些房屋都显得破败不堪，看得出来，过了这么多年，乔治勋爵当年想要把黑马厩镇改造成海滨旅游胜地的梦想仍未实现。我看到一个退伍军人，还有两个老年妇女，行走在坑坑洼洼的柏油路上。四周一片肃杀。一阵冷风吹过，从海上飘来阵阵水汽。

我转身走回镇上，在这样恶劣的天气里，仍有不少人三五成群地晃荡在"熊与钥匙"和"肯特公爵"两家酒馆中间的空地上。同他们的父辈一样，他们的眼睛都是淡蓝色的，高高的颧骨也是那么红润。我看到一些穿着蓝色汗衫的水手戴着小小的金耳环，不光是大一些的小伙子，就连那些十几岁的男孩也一样，我觉得挺怪的。我在街上漫步，以前的银行重新装修了门面，那家文具店还是老样子，我在那里买过纸和蜡，为了同一个偶然相遇的、当时还默默无闻的作家去摹拓碑刻。新开的两三家电影院门口贴满了花花绿绿的海报，使本来了无生气的街道突然有了一股浪荡的味道，仿佛是一个端庄的老妇多喝了一杯酒的样子。

旅馆的餐厅很冷，死气沉沉的，我独自在一张摆了六份餐具的大餐桌上吃饭。还是那个邋里邋遢的凯蒂在旁边伺候。我问她能不能生个火。

"六月不能生火了，"她说，"过了四月就不能生火了。"

"我可以付钱。"我争辩道。

"六月不能生火。到十月才可以，六月不行。"

饭后我决定到酒吧间去喝杯葡萄酒。

"好安静啊！"我对那位短发女招待说。

"是的，很安静。"她答道。

"我还以为在星期五晚上这里会有很多客人。"

"可不是嘛，大家都会这么想的吧？"

这时一个身体结实的红脸男人从后堂走出来，灰白的头发，留着平头，我猜他就是店主。

"你是布伦特福德先生吗？"我问他。

"不错，是我。"

"我认识你父亲。要一起喝一杯吗？"

我跟他说了我的名字，在他还是孩子的时候，我的名字在镇上是广为人知的，可是他竟然想不起我来了，我颇感沮丧。不过，他还是同意我请他喝一杯葡萄酒。

"来出差？"他问我，"我们这里常常接待来做生意的人。我们总乐意尽力为他们效劳。"

我告诉他我是来拜访德里菲尔德太太的，任由他去猜测我此行的目的。

"以前我常见到那老头儿的，"布伦特福德先生说，"他那会儿特别爱到我们这里来喝杯啤酒。听着，我的意思不是说他会喝多，他就是喜欢坐在酒吧里闲聊。相信我，他一聊就是几个小时，跟谁都能聊。德里菲尔德太太可一点儿都不喜欢他到这里来。老头儿常常从家里溜出来，没和任何人说就到这里来了。你也知道，他都这把年纪了，走这么一段路也不算近了。当然啦，要是发现他不见了，德里菲尔德太太总知道他在哪儿，她常常打电话来问他在不在这儿。随后她会坐上汽车过来，一进门就找我太太，对她说：'麻烦你去把他叫出来，布伦特福德太太。我不想走进酒吧里，有那么多男人在里面。'于是我太太就进去告诉他：'德里菲尔德先生，你太太坐车来接你了，你快点儿喝完啤酒跟她回家吧。'他常常叮嘱我太太不要在电话里告诉德里菲尔德太太他在这儿，我们当然不能这么做。他这么老了，身份也不简单，我们担不起这个责任。你也知道的，他就是在这个教区出生的，他的前妻是黑马厩镇的本地姑娘。她死了好几年了，我不认识她。老头儿倒是挺有趣的，没有架子。我听说在伦敦，大家都觉得他很了不起，他死的时候报纸上登满了哀悼他的文章。可是同他聊天时，谁也看不出他有什么与众不同的。他就像个普普通通的人，同你我一样。当然啦，我们总会尽量让他在这里舒适些。我们总是请他坐安乐椅，可是他不肯，偏要坐在柜台边上，他说他就喜欢脚踩着高脚凳横档的感觉。我相信他在这儿比在哪儿都要开心。他总说他喜欢酒吧大堂。他说在那里可以看到生活，他说他始终热爱生活。他这个老头儿还挺特别的。他叫我想起了我的父亲，只是我家老爷子一辈子没看过一本书，他每天喝一瓶法国白兰地。他活到了七十八岁，一辈子没生过病，临死前生的那场病是他一生中第一次生病。德里菲尔德突然去世后，我还怪想他的。前两天我还对我太太说，什么时候我也要找一本他的书来看看，我听说他有几本书写的就是我们这个地方的事。"

第二十四章

第二天早上天气阴冷,但是没有下雨,我沿着大街朝牧师住宅走去。我还认得出街旁那些店铺的字号,都是延续了好几百年的肯特郡人的姓氏——甘恩、肯普、科布斯、伊古尔登,可是一路上没有碰到一个熟人。我感觉自己像个鬼魂一样在街上游荡,这里的人我以前几乎全都认识,就算没有说过话,至少也都面熟。突然,一辆破旧的小汽车从我身边开过,突然停住,又往后倒了一点儿,我看见车里有个人在好奇地打量着我。接着,一个上了年纪的大个子男人下了车,朝我走来。

"你是威利·阿申顿吧?"他问。

我马上认出了他。他是镇上医生的儿子,小时候我们是同学,一起度过了学生时代,我知道后来他子承父业,也做了医生。

"嘿,你好吗?"他说,"我刚才到牧师住宅去看我孙子。那里现在办了预科学校,这学期一开学我就把他送过去了。"

他衣着破旧,显得邋邋遢遢,不过他的相貌很不错,看得出他年轻时一定是仪表堂堂的。有趣的是,我以前从来没有注意到这一点。

"你当爷爷了吗?"我问。

"都是三个孙子的爷爷啦。"他哈哈笑着说。

我听了感慨不已。看看我眼前的这个人,当年呱呱坠地,然后学会走路,不久长大成人、结婚、生儿育女,儿女又接着生儿育女。从他的外表可以看出,他一生都在辛苦工作,却还是摆脱不了贫困。他就是很典型的乡村医生的风格:大大咧咧,热心又圆滑。他的一生快要结束。回过头来想想我自己,满脑子写小说、写剧本的计划,对未来充满憧憬,感觉还有很多的活动和乐趣在等待着我。可是转念我又想,别人看我会不会也像我现在看他一样,觉得我不过也就是个普普通通的老人而已。我一时心烦意乱,竟然没有想到问问他的几个兄弟(我们小时候常在一起玩耍)的情况,也忘了问问以前经常交往的一些老朋友的情况。我只是胡乱应付了他几句就离开了。我继续往牧师住宅走去,那是一座房间宽敞但布局零乱的房子。在今天这些比我叔叔当年要更认真对待自己职责的现代牧师眼里,这所住宅还是偏僻了些,而且按今天的生活开支来说也有些过于宽敞,花销太大了。房子坐落在一个大花园里,四周都是绿色的田野。大门外挂着一块四方的布告牌,上面说明这里是为绅士子弟开办的预科学校,还印了校长的姓名和学历。我越过栅栏往里面望去,花园里一片脏乱,我过去经常在那里钓鱼的池塘已经被填平,原来的田地被分割成了一块块建筑用地。崎岖不平的小路通向一排排小砖房。我沿着欢乐巷走去,那儿也盖了一些朝海的平房。原先关卡所在的位置现在盖了一家整洁的茶馆。

我四处闲逛，似乎这一带出现了数不清的街道，街上盖的都是黄色的小砖房，但是我不知道那些房子里住的是什么人，因为周围一个人也见不到。我走到了港口，那儿也十分冷清。只有离码头不远处停着一条小货船，有两三个水手坐在一个货仓外面，我经过时他们都盯着我看。那时煤炭生意已经萧条，运煤船不再到黑马厩镇来了。

时间差不多了，我该去弗恩宅邸德里菲尔德家赴宴了，于是我先回到了旅馆。旅馆老板告诉过我，他有辆戴姆勒牌汽车可以租用，我同他约好坐这辆车去参加午宴。我回到旅馆时，车子已经停在门口，那可是我见过的这个牌子的汽车中最老旧的，它在呼哧呼哧地喘着粗气上路后，不停地吱嘎作响、哐当哐当摇晃，还时不时发怒似的冷不丁地蹦几下，我真担心不能到达目的地。不过最让我感到不可思议的是，这辆车的气味竟和我叔叔当年每星期日上午雇来送他去教堂的那辆老式敞篷四轮马车的气味一模一样。那是马厩里和铺在马车下面的腐烂稻草发出来的臭味，我怎么也想不明白，为什么过了这么多年，这辆汽车里也会有这样的气味。但是没有什么东西可以像一种特殊的香气或臭味那样容易使人回忆起往昔的时光。虽然此刻我透过车窗看到的乡野在我心中已经被淡忘，但是我仿佛看见自己又回到了少年时代，再次坐在马车的前座上，身旁放着圣餐盘，我的婶婶和叔叔坐在我对面。婶婶披着黑绸斗篷，小圆帽上插了一根羽毛，身上散发出干净衣衫和科隆香水的淡淡香气。叔叔身着牧师袍，粗大的腰间系着一条很宽的螺纹绸腰带，颈上的金链子挂着一个金十字架，一直垂到了肚子上。

"威利,今天你可要表现得规矩一些,好好坐在位子上,别东张西望。教堂不是可以懒懒散散的地方。你要记住,别的孩子没有你这么优越的条件,你应当给他们做个榜样。"

我到达弗恩宅邸时,德里菲尔德太太和罗伊正在花园里散步,我一下车,他们便迎上前来。

"我在带罗伊看我种的花,"德里菲尔德太太边和我握手边说,接着叹了口气道,"现在我就剩这些花了。"

她看上去同我六年前最后见到她时没什么变化。她穿一身素净高雅的丧服,衣领和袖口都是白绉纱的。罗伊则穿着一身笔挺的藏青色外套,我注意到他还系了一条黑领带,我想应该是对已故的名作家表示敬意。

"我先带你们去看看我的草本植物园,"德里菲尔德太太说,"然后我们就吃午饭。"

我们在花园里转了一圈,罗伊对花草非常了解,所有的花草他都叫得出名字,那些拉丁语的植物名称他脱口而出,简直就像卷烟机里源源不断吐出烟卷一样轻快。他还不停地告诉德里菲尔德太太,她在哪儿可以弄来哪些品种,她一定要种种试试,另外,还有哪些品种是特别漂亮的。

"我们从爱德华的书房进去好吗?"德里菲尔德太太提议道,"我把他的书房保持原样,这里一切如故。你们都想不到有多少人跑来参观他的故居,当然他们最想看的就是他生前写作的书房。"

我们从一扇开着的落地窗走进去。书桌上摆着一盆玫瑰花,扶手椅旁边的小圆桌上放着一册《旁观者》周刊,大师生前用过的烟斗还搁在烟灰缸上，墨水瓶里还有墨水。一切布置得井井有条。但不知道为什么，房间里显得死气沉沉，已经有了博物馆的陈腐气息。德里菲尔德太太走到书架前，露出一丝半顽皮半伤感的微笑，伸手飞快地在五六本蓝色封面的书上滑过。

"知道吗？爱德华非常欣赏你的作品，"德里菲尔德太太说，"他经常重读你写的书。"

"我深感荣幸。"我彬彬有礼地答道。

我记得很清楚，上次我来访时书架上并没有我的作品。我装作漫不经心地随手抽出一本，用手指在书的顶端抹了一把，看看有没有灰尘。没有。我又拿下一本，是夏洛蒂·勃朗特[1]的作品，我一边同他们聊着，一边又同样抹了抹书顶。也没有灰尘。由此我得出的结论是，德里菲尔德太太是个出色的管家，家里的女佣也尽职尽责。

接着，我们去餐厅吃午饭了，丰盛的英国式午餐，有烤牛肉和约克郡布丁。我们谈到了罗伊要写的传记。

"我想要尽量减轻一点儿罗伊的繁重工作，"德里菲尔德太太说，"我一直在整理我能收集到的所有资料。做这件事当然心里非常难受，但也很有意思。我找到了不少旧照片，一定得给你们看看。"

饭后我们走进了客厅，我再一次注意到德里菲尔德太太布置房间的本领的确高人一筹。客厅的摆设非常符合她大文豪遗孀的身份，几乎看不出一丝家庭主妇的气息。满眼的印花布帘子，一

---

1 夏洛蒂·勃朗特（Charlotte Brontë，1816—1855），英国女作家、诗人，世界文学著作《简·爱》的作者，勃朗特三姐妹之一。

盆盆的百花香[1]，一座座德累斯顿陶瓷人像，一切都透着几分淡淡的哀婉，仿佛在忧伤地诉说着往昔的荣耀。我倒希望在这阴冷的日子屋里能生个火，可是英国是一个既守旧又肯吃苦的民族，英国人很容易为了信守自己的原则而不惜让别人难受，认为这样做是天经地义的。我很怀疑德里菲尔德太太是否想过在十月一日之前也是可以生火的。她问我最近有没有见过曾经把我带来同他们夫妇一起吃午饭的那位夫人，我从她酸溜溜的口气中推测出，自从她那声名显赫的丈夫去世后，时髦显贵的上流社会显然已不再理会她了。我们陆续在客厅里坐下来，开始谈论起这位尊贵的逝者，罗伊和德里菲尔德太太巧妙地旁敲侧击地问我一些问题，想要诱导我说出记忆深处的某些往事，而我则竭力保持头脑冷静，以防自己一不留神透露出我决意不想让别人知道的事情。就在这时，那个穿着整洁的女佣突然端着托盘送来了两张名片。

"夫人，外面有两位先生开车来的，他们问能不能进来参观这里的房子和花园。"

"真烦人！"德里菲尔德太太叫了一声，可是口气中透着惊喜，"我正好在说总有人来参观这座房子，这就有人来了，你们说怪不怪？我真是一刻都不得安宁。"

"你直接说你不能接待他们不就行了？"罗伊说。我觉得他的语气有点儿带刺。

"噢，这可不行。爱德华一定不希望我这么做的。"她看看名片，"我没戴眼镜。"

---

[1] 用作房间熏香的干花瓣及叶子。——编者注

她把名片递给了我，我看到一张上面印着"亨利·比尔德·麦克道格尔，弗吉尼亚大学"，还用铅笔写上了"英国文学助理教授"，另一张名片上面印着"让-保罗·昂德希尔"，名字下面有一个纽约的地址。

"是美国人，"德里菲尔德太太说，"去告诉他们，我欢迎他们光临。"

片刻后，女佣就把两个陌生人领了进来，两个都是高个儿的年轻人，肩膀很宽，脸膛黝黑，显得有些粗犷，胡子刮得干干净净，眼睛很好看，两人都戴着玳瑁眼镜，都有一头从前额往后梳的浓密黑发，都穿着显然是新买的英国外套。他们的举止都有点儿拘谨，虽然说话啰唆，但是特别斯文有礼。他们解释说，他们专程来英国进行一次文学之旅，因为他们都很仰慕爱德华·德里菲尔德，所以在去莱伊镇[1]瞻仰亨利·詹姆斯故居的路上冒昧在此停留，希望能获准参观一下这所被文坛奉为圣地的爱德华·德里菲尔德故居。他们提到了莱伊镇，这使德里菲尔德太太听了不太舒服。

"我认为这两个地方是有不少联系。"她说。

她向我和罗伊介绍了这两个美国人。我对罗伊巧妙应付这种场面的本事钦佩不已。他马上提起了他曾在弗吉尼亚大学做过演讲，还在某个文学系名教授家里住过。罗伊说那真是一段令人难忘的经历。无论是热情好客的弗吉尼亚人对他的盛情款待，还是他们对文学艺术的兴趣和才智，都给他留下了非常深刻的印

---

[1] 莱伊镇（Rye），英国苏塞克斯郡的沿海城镇，以美国小说家亨利·詹姆斯（Henry James，1843—1916）的故居闻名。

象。他挨个儿问起了某某人、某某人的近况如何，他兴致勃勃地谈起了他在那儿结交的一些终生难忘的朋友，好像他在那儿遇到的每一个人都是那么心地善良、聪明过人。没过一会儿，那位年轻的助理教授就打开了话匣子，对罗伊大谈他是多么喜欢罗伊的作品，罗伊则谦虚地告诉他，自己写这本书和那本书的目的是什么，而他又如何深知这些目的还远远没有达到。德里菲尔德太太面露赞同的微笑，静静地听着，但是我感觉她的笑容渐渐变得有点儿勉强了。说不定罗伊也感觉到了，因为他突然收住了话头。

"可是我不该拿我自己的事来烦扰你们，"他还是那样热情地大声说道，"我到这里来只是因为德里菲尔德太太信任我，委托我写一本介绍爱德华·德里菲尔德生平的书，对此我深感荣幸。"

他的话当然引起了两位来访者的极大兴趣。

"相信我，这活儿可不好干，"罗伊故意用美国人的说话方式打趣道，"幸好有德里菲尔德太太的大力协助。她不仅是一个完美的妻子，还是一个令人钦佩的记录员和秘书。她给我提供的材料太丰富了，其实我已经不需要做多少事情了，只需要仰仗她的勤奋和她的——她的满腔热忱就行了。"

德里菲尔德太太端庄地低头看着地毯，那两位年轻的美国客人马上把他们黑溜溜的大眼睛转到了她身上，从他们的目光中可以看到他们的同情、关注和尊敬。他们接着又交谈了一会儿——一部分谈的是文学，但也谈到了高尔夫球，因为两位客人说他们到莱伊镇后想打一两场球。说到这个话题，罗伊又很在行，他告诉他们要注意球场上各种各样的障碍，还约他们到伦敦后一起去太阳谷高尔夫球场[1]打球。请各位注意,聊完这些之后,德里菲尔德太太才站起身来,邀请他们去参观爱德华的书房和卧室,当然还有花园。罗伊也马上站了起来,显然是想要陪他们一起去,但是德里菲尔德太太却对他微微一笑,态度和蔼却很坚决。

"罗伊,我就不劳你大驾了,"她说,"我带他们去转转,你就留在这里陪阿申顿先生聊聊吧。"

"哦,好的。当然可以。"

两位客人同我们道别后,我和罗伊重新在罩着印花棉布套的扶手椅上坐下。

"这客厅很不错。"罗伊说。

"是很不错。"

"埃米把这里布置得这么好,可没少下功夫。你知道吗,这房子是老头儿在他们结婚前两三年买下来的。埃米想让他卖掉,可是他不肯。在有些事情上他固执得很。这房子原先的主人是沃尔夫小姐,爱德华的父亲曾在这位小姐家做管家。他说他从小就有一个愿望,希望有一天自己能拥有这栋房子,现在终于买下来了,他说什么也不想卖掉。别人会以为他最不乐意干的一件事,就是住在一个人人都知道他的出身和所有底细的地方。有一次,埃米差点儿雇了一个女佣,幸好后来发现这个姑娘原来是爱德华的侄孙女。埃米刚住到这里来的时候,从阁楼到地窖全是仿照托特纳姆宫路上的住宅布置的——你一定知道那种东西,土耳其地毯、红木餐具柜,还有绒面的客厅家具、现代细木镶嵌装饰什

---

[1] 太阳谷高尔夫球场(Sunningdale Golf Club),伦敦历史悠久的高尔夫球俱乐部。

么的。这就是爱德华·德里菲尔德心目中上流人士的家应有的样子。埃米说简直难看死了。可是老头儿不许她做任何改变,她不得不格外小心。她说她简直无法在这样的房子里住下去,她决心要把家里弄得像样一些,所以只得背着老头儿一件一件悄悄地换家里的东西。她告诉我,最叫她头痛的就是那张写字台。不知道你是否注意过他书房里的那张写字台。那是有些年头的老古董了,我都想要一个这样的写字台。这么说吧,他生前用的是一张很笨重的美国拉盖式的写字台。他用了很多年,在那上面写出了十几本书,就这样难分难舍了。倒不是因为他对这样的东西有什么讲究,只因为用了这么多年,就不知不觉有了感情。你得想办法叫埃米给你讲讲她最后是怎么换掉那张写字台的。那个故事可太妙了。你也知道,这个女人可不一般,她总能按自己的意愿行事。"

"我已经发现了。"我说。

刚才罗伊流露出想要同那两位美国访客一起参观房子的意思时,她就不动声色地把他拦住了。罗伊快速瞥了我一眼,大笑起来。他一点儿也不傻。

"你不如我了解美国人,"他说,"他们宁可要一只活老鼠,也不要一头死狮子。这也是我喜欢美国的一个原因。"

第二十五章

德里菲尔德太太送走了那两位远道而来的访客后回到客厅里,腋下夹着一个文件袋。

"多好的两个年轻人!"她说,"要是英国的年轻人也能像他们这样对文学有浓厚的兴趣就好了。我送给他们一张爱德华的遗照,他们还要了一张我自己的照片,我签上名送给他们了。"接着她又非常和蔼地说,"罗伊,他们对你的印象可好了。他们说见到你荣幸之至。"

"那只是因为我去美国讲学过几次而已。"罗伊谦逊地说。

"可是他们读过你的作品。他们说你的作品充满阳刚之气,他们很喜欢。"

文件袋里有一些旧照片,其中一张拍的是一群小学生,要不是德里菲尔德太太指给我看,我根本认不出那个头发蓬乱的小邋遢鬼就是德里菲尔德;另一张照片是长大了些的德里菲尔德站在十五人的橄榄球队里拍的;还有一张照片上是个穿着汗衫和短夹克的年轻水手,那时德里菲尔德已经跑到海上谋生。

"这张是他第一次结婚时拍的。"德里菲尔德太太说。

照片上的他留着胡子,穿着一条黑白格的裤子,上衣纽扣孔里插了一朵很大的白玫瑰,身旁的桌子上放着一顶高礼帽。

"这就是新娘。"德里菲尔德太太说,竭力忍住不笑。

可怜的罗茜,四十多年前被一个乡村摄影师拍成了这么一副怪模样。只见她僵直地站在一间气派的大厅前面,手里拿着一大束鲜花,穿着腰身紧束的精美婚纱裙,后摆撑得很高。她额前的刘海儿垂到了眼睛上,高耸的头发上戴着一个香橙花环,花环下拖着长长的头纱。恐怕只有我能想象得出她当时的模样有多美。

"她看上去太平庸了。"罗伊说。

"她本来就很平庸。"德里菲尔德太太咕哝了一句。

我们又看了爱德华的其他一些照片,有几张是他刚成名时照的,有些照片上他留着唇上的两撇小胡子,所有后期拍的照片上他都没有留胡子,脸上刮得干干净净。从这些照片上可以看出他的脸越来越瘦削,皱纹越来越多,早年的固执而平凡的神情渐渐转变成一副儒雅的倦态,也可以看到一个人历尽沧桑、殚精竭虑,最后终于功成名就的变化。我又看了几眼他还是个年轻水手时的照片,我感觉好像看到了他的脸上已经流露出在他后期的照片中非常明显的那副冷漠超然的神态,而这副神态我多年前依稀也在他本人的脸上看到过。我所看到的那张脸只不过是一副面具,他的言行举止也没有什么特殊的意义。我看了这些照片后产生的印象是,真实的德里菲尔德一直到死其实都是孤独的、不为人知的,他就像一个幽灵,默默地游走在以作品闻名于世的作家与实际生活中的普通人这两个角色之间，面露讥嘲的微笑，冷眼看待被世人视为爱德华·德里菲尔德的两个木偶。我心里清楚，我还没能在我写的文字中把这位作家描写成一个有血有肉的活生生的人、一个有独立生活能力的人——为人处世有合情合理的动机，行为合乎逻辑。其实我也没有想要这样写，我乐意把这个任务留给笔头功夫更胜一筹的阿尔罗伊·基尔去完成。

没想到我居然翻出了那个演员哈里·雷特福德为罗茜拍的几张照片，还有一张莱昂内尔·希利尔为她画的那幅画像的照片，我不禁感到一阵酸楚。她在这幅画像上的模样是我印象最深的。尽管她穿的衣衫现在来看已经过时了，但她看上去还是那么生气勃勃，全身上下洋溢着激情。她似乎随时要去挺身迎接爱情的冲击。

"她给人的感觉就是个粗壮的乡下女人。"罗伊说。

"也可以说是那种挤牛奶的村姑，"德里菲尔德太太应道，"我总觉得她看上去像个白皮肤的黑人。"

巴顿·特拉福德太太一向喜欢用这样的话来形容罗茜，而令人遗憾的是，罗茜的厚嘴唇和大鼻子似乎使这种批评听起来有几分真实。但是他们哪里知道她的一头金发如何银光闪闪，她的银白色肌肤又是怎样泛出金色光彩？他们又哪里知道她的微笑有多么迷人？

"她可一点儿都不像白皮肤的黑人，"我说，"她像黎明一样纯洁。她像古希腊的青春女神，她像白玫瑰。"

德里菲尔德太太微微一笑，同罗伊意味深长地交换了一下眼神。

"巴顿·特拉福德太太跟我说过不少罗茜的事。不是我有意对她刻薄,只是我很难相信她是个好女人。"

"这恰恰就是你错的地方,"我反驳道,"她是个很好的女人。我从来没有见她发过脾气。她乐于助人,简直是有求必应。我从来没有听她说过别人的坏话,她心地非常善良。"

"她实在太邋遢了。她的家里总是乱糟糟的,椅子上满是灰尘,根本没人想坐,房间的角落更是脏得没法儿看。她本人也是一样,连裙子都穿不利索,总可以看到里面的衬裙从裙子的一边挂下来两英寸。"

"她只是不在意这种事。你说的这些事丝毫不会将她的美减少半分,她不但人漂亮,而且心地也好。"

罗伊放声大笑起来,德里菲尔德太太也抬手捂住嘴,强忍住笑。

"哦,别说啦,阿申顿先生,你越说越离谱了。我们大可不必遮遮掩掩了,她就是个色情狂。"

"我认为用这个词就太荒谬了。"我说。

"那么我就这么说吧,她那样对待可怜的爱德华,至少算不得是个好女人,当然这也算是因祸得福。假如她没有抛下他跑了的话,爱德华或许一辈子都得背着这个包袱,有她这么个累赘,爱德华也不可能达到他现在的地位。可是事实终归是事实,谁都知道她对爱德华不忠。从我听到的传闻来看,她在男女关系上简直是乱透了。"

"你不懂,"我说,"她是个很单纯的女人。她的本性天真无邪。她总是乐意让别人感到快乐。她追求爱。"

"你把那也称为爱吗？"

"那就称作爱的行为好了。她生来多情。只要她喜欢一个人，她就觉得同这个人一起睡觉是很自然的事。她对这种事从不多想。对她来说，这不是伤风败俗，不是放荡，只是她的天性而已。她献出自己，就像太阳发出热量、鲜花散发芳香一样自然。她觉得这是一件快乐的事，她就愿意给别人快乐。这无损于她的品格，她还是真诚的，天真而不做作。"

德里菲尔德太太的表情就像是刚吞下了一口蓖麻油后使劲吮吸一个柠檬，想要去掉嘴里的怪味似的。

"我也搞不懂，"她说，"但我不得不说，我一直不明白爱德华究竟看中她哪一点。"

"爱德华知道她同各式各样的人暧昧不清吗？"罗伊问道。

"他当然不知道。"她很快地答道。

"我觉得你把他想得太傻了，德里菲尔德太太。"我说。

"那他为什么要容忍呢？"

"我想我可以给你讲讲。你要知道，像罗茜这样的女人，在男人心中激起的并不是爱情，只是喜欢，所以对她的行为产生嫉妒心是很可笑的。她就像密林深处的一潭清澈而又深邃的池塘，跳进这池清水里浸泡一阵是令人欲仙欲死的，并且这池清水不会因为在你之前有哪个流浪汉、吉卜赛人或猎场看守跳进去浸泡过就不那么清凉、晶莹了。"

罗伊又大笑起来，这次德里菲尔德太太也没有掩饰她的淡淡微笑。

"听你这么大发诗兴真是太有趣了。"罗伊说。

我不禁想要发出一声叹息，但我忍住了。我早就发现，每当我说出一些最严肃的心里话时，总有人会笑话我。说真的，过了一阵重读自己当初写下的肺腑之言时，我也忍不住想要笑话自己。我相信这一定是因为真诚的感情中本来就含有某种荒谬可笑的东西，只是何以如此我也百思不得其解。我只能想象出这样一个原因：人类只不过是一个无足轻重的星球上的匆匆过客，从永恒的眼光来看，一个人一生的喜怒哀乐和辛勤耕耘都不过是一个玩笑而已。

我看出德里菲尔德太太有什么话想要问我，又说不出口似的，神情有些尴尬。

"如果她回心转意，你觉得爱德华会同意她回来吗？"

"你比我更了解他。我认为他不会。在我看来，当他的一段感情枯竭后，他对激发起这段感情的人也不会再有兴趣了。我想说，他是一个将强烈的感情和极端的无情奇怪地融于一身的人。"

"我不明白你怎么能这么说，"罗伊大声说，"他是我见过的心肠最好的人。"

德里菲尔德太太瞪大眼睛看了我一会儿，然后垂下了眼睛。

"不知道她去美国后怎样了？"罗伊问道。

"我相信她嫁给了肯普，"德里菲尔德太太说，"我听说他们改了姓名。当然，他们不能再在这儿露面了。"

"她什么时候死的？"

"大约十年前吧。"

"你怎么听说的？"我问道。

"听肯普的儿子哈罗德·肯普说的，他在梅德斯通做买卖。"

我一直没有告诉爱德华。这个女人在他心里早已死了很多年。我觉得没必要再让他想起那些往事。我认为遇事总要设身处地为别人着想，所以我心想，假如我是爱德华，就不希望别人提起我年轻时不堪回首的往事。你们觉得我这样想对吗？"

第二十六章

德里菲尔德太太好心地提出用她的汽车送我回黑马厩镇,但我宁愿自己走回去。我答应第二天再去弗恩宅邸吃饭,也答应把当年我经常见到爱德华·德里菲尔德的那两段时间里的一些往事写下来。我走在蜿蜒的路上,途中一个人也没碰到,我便独自思索着我究竟该写些什么。不是常有作家告诫我们,文章之妙全在删繁就简吗?若真如此,那我凭记忆写出来的无疑会是一篇妙不可言的故事,可惜罗伊只会将这些内容当作他写传记的素材。只要我愿意,我随时可以抛出一颗重磅炸弹,想到这里我不禁哑然失笑。有一个人可以讲出他们想要知道的有关爱德华·德里菲尔德和他第一次婚姻的全部内情,可是这个事实我还是打算藏在自己心里。他们都以为罗茜已不在人世,可是他们错了,罗茜还活得好好的。

为了我的一个剧本的上演,我到了纽约。由于我的经纪人的新闻代表特别卖力,把我到纽约的消息广而告之,弄得尽人皆知。有一天我收到了一封信,字迹看着眼熟,可是一时想不起来是谁写的。字写得又大又圆，下笔有力，可以看出写信的人没有受过多少教育。这笔迹我越看越熟悉，可就是想不起来是谁写的，这使我感到非常恼火。其实只要马上把信拆开来看看，也就可以明白是怎么回事了，但我偏偏盯着信封拼命思索。我收到的信中，有些一看笔迹就会把我吓得打一个寒噤，有的则一看信封就觉得特别乏味，搁置一个星期都不想去打开。当我终于拆开这封信时，我感觉信中的内容有些奇怪。信一开始就写得没头没脑：

  我刚得知你到了纽约，很想同你再次见面。我已不住在纽约，现住在扬克斯，离纽约不远，坐汽车半个小时就可以到这儿。我估计你一定很忙，所以日子由你定。我们虽已多年未见，但我希望你没有忘记老朋友。
        罗茜·伊古尔登（原德里菲尔德）

  我看了看寄信人的地址，写的是阿尔伯马利，显然是一个旅馆或公寓楼的名字，后面写着扬克斯市和一个街名。我不禁哆嗦了一下，感到毛骨悚然。过去那些年里，我偶尔还会想起罗茜，但是近几年我觉得她一定已不在人世了。落款的署名也让我一时感到不解。她的姓氏怎么是伊古尔登而不是肯普呢？后来我才想到，这应该是他们从英国逃跑后用的姓氏，也是一个肯特郡人的常见姓氏。我的第一反应是找个借口不去见她了，因为我每次与久未见面的人重逢总会感到很不自在。但是我又突发好奇心，很想去看看她现在怎样了，听听她这些年的经历。当时我正要去多布斯渡口过周末，途中会经过扬克斯，所以我回信说我可以在星期六下午四点左右去见她。

阿尔伯马利是一幢非常高大的公寓楼，看上去还比较新，住在楼里的似乎都是些生活条件宽裕的人。一个穿制服的黑人门房打电话到楼上通报了我的姓名，另一个门房开电梯送我上楼，我莫名感到格外紧张。给我开门的是一个黑人女佣。

"请进，"她说，"伊古尔登太太正在等你。"

我被领进了一间兼作餐厅的客厅，客厅一端摆着一张满是雕花的橡木方桌、一只橱柜和四把椅子，大急流城[1]的家具制造商一定会说这些家具是詹姆斯一世时代的古董。客厅另一端却摆着一套路易十五时代的镀金家具，清一色浅蓝织锦套垫。四周还有好多张精雕细刻的镀金小边桌，上面放着一些镏金装饰的塞夫勒花瓶和裸体女子的铜像，铜像上披挂着丝巾，仿佛被一阵狂风吹起，巧妙地遮住了出于体统不应袒露的部位，每座铜像都俏皮地伸出一只胳膊，手里举着一盏电灯。那架留声机是我在商店橱窗里见到过的最精美的，镀了金，形状像一顶轿子，上面绘有华托[2]画作中的朝臣贵妇。

我等了大约五分钟，有一扇房门开了，只见罗茜脚步轻快地走进了客厅。她向我伸出双手。

"哎呀，真没想到，"她说，"我都不愿去想我们有多少年没见面了。你稍等。"她走到门口喊道，"杰西，把茶水端上来

---

[1] 大急流城（Grand Rapids），美国密歇根州的著名家具城。
[2] 华托（Jean-Antoine Watteau，1684—1721），法国十八世纪的重要风俗画画家，多数作品是描绘贵族生活，洛可可艺术的代表人物之一。

吧。水要好好煮开啊！"接着转身对我说，"教会这姑娘怎么把茶沏好可太费劲儿了，你都没法相信！"

罗茜少说也有七十岁了。她穿着一身非常漂亮的绿绸无袖连衣裙，上面缀满了珠宝，领口是方的，裙摆很短，这裙子穿在她身上显得紧绷绷的。从她的体形来看，我猜她里面应该穿了橡胶的紧身胸衣。她的指甲涂得血红，眉毛也修过。她发胖了，有了双下巴，胸口虽然抹了好多粉，但是皮肤还是有些泛红，脸也是红通通的。不过她的气色不错，看上去很健康、精力充沛。她的头发仍很浓密，但多半已是白发，烫成了短发型。她年轻时有一头柔软的自然鬈发，现在看着她那烫得硬邦邦的短波浪，让人感觉她就像刚从理发店里出来似的，而这似乎正是她身上发生的最大变化。唯一没有变化的是她的笑容，仍然保留着昔日调皮可爱的孩子气。她的牙齿一直长得不好看，很不整齐，现在换上了一口整齐闪亮的洁白假牙，显然是花钱能买到的最好的假牙。

她家的黑人女佣端来了精心配制的茶点，有肉酱三明治，有饼干，有糖果，还有很小的刀叉、很小的餐巾，一应俱全，摆得精巧得体。

"这个是我改不掉的习惯——用茶点，"罗茜边说边抓起一块黄油烤饼吃了起来，"这是我最爱吃的，真的，当然我也知道我不该吃。我的医生就再三对我说：'伊古尔登太太，要是你每天用茶点的时候都吃上六七块甜饼，你的体重就别想再降下来了。'"她说着，朝我嫣然一笑，这一笑使我突然感到，尽管罗茜烫了头发、抹了很多粉，还发胖了，但她还是从前的罗茜，"要我说，喜欢吃什么就吃一点儿，没什么坏处的。"

我一直觉得同罗茜很谈得来,所以很快我们就闲聊起来,好像彼此才几个星期没有见面似的。

"你接到我的信感到意外吗?我特意在落款处写上了德里菲尔德,好让你知道是谁写给你的。我们来美国后改用伊古尔登这个姓氏了。乔治当年离开黑马厩镇时发生了一点儿不愉快的事,可能你也听说了,他觉得到了一个新的国家,还是改名换姓为好,你明白我的意思吗?"

我不置可否地点了点头。

"可怜的乔治,他十年前去世了。"

"节哀顺变。"

"也算寿终正寝吧,他都七十多岁了,不过从外表看可没有这么老。他的去世对我打击很大,我觉得天下没有比他更好的丈夫了。从我们结婚那一天直到他临终,我们俩从没吵过嘴。另外,值得欣慰的是,他没少给我留家产。"

"那真是太好了。"

"是的,他在这里干得很不错。他做的是建筑生意,他一直对这一行情有独钟,而且他同坦慕尼协会的人很熟。他总说,他一生最大的错误就是没有早二十年就到这里来。他一踏上这片土地就爱上了这个国家。他干劲十足,而这里需要的就是干劲。他就是在这种地方可以有所作为的人。"

"你们再也没有回过英国吗?"

"没有,我自己从来就不想回去。乔治有时倒会念叨,说想回去转一转,可是终究也没能成行。现在他去世了,我就再也没有想回去的念头了。我已经在纽约住惯了,再回伦敦会觉得那里太死气沉沉了。我们以前一直住在纽约。他去世后我才搬到这儿来的。"

"你为什么选中扬克斯这个地方呢？"

"我一直喜欢这个地方。以前我就常对乔治说，等我们退休后就搬到扬克斯生活。我总觉得这里有点儿像英格兰的梅德斯通、吉尔福德这些城市。"

我微微一笑，不过我懂她的意思。虽说扬克斯的马路上跑着电车和嘟嘟叫的小汽车，还有电影院和灯光招牌，但是走在市中心那条蜿蜒的大街上，的确让人感觉有几分像回响着爵士乐的英国乡镇。

"当然啦，有时我也想知道黑马厩镇上的乡亲们现在怎样了，我估计那些人多半已经过世，大概他们以为我也不在人世了。"

"我也有三十年没回去过了。"

那时我还不知道罗茜去世的传闻已经传到了黑马厩镇。我猜想大概是有人把乔治·肯普的死讯带了回去，结果误传成了罗茜的死讯。

"我想这里没有人知道你是爱德华·德里菲尔德的前妻吧？"

"哦，没有。哎呀，要是有人知道的话，记者还不得像蜜蜂似的围着我的住处嗡嗡乱叫啊？你知道吗，有时我去别人家里打桥牌，有人会谈论泰德写的书，我总忍不住要笑出声来。美国人疯了似的喜欢他。我可从来没有觉得他的书有那么好。"

"你平时也不太喜欢读小说，是吗？"

"我过去更喜欢读历史书，可是现在我好像没有多少时间看书了。我最喜欢星期天。我觉得这里的星期天报纸特别好看，英国就没有这样的报纸。当然啦，我很爱打桥牌，特别喜欢玩合约桥牌[1]。"

记得我小时候刚认识罗茜时，她打惠斯特牌的高超技艺就给我留下了深刻印象。我对她这样的桥牌高手并不陌生，脑子快、胆大心细、出牌准确，她是个很好的搭档，但又是个危险的对手。

"你要是看到泰德去世时在这里引起的轰动，你一定会感到惊讶。我知道他们觉得他很了不起，可是我从来没有想到他居然是这么一个大人物。报纸上通篇都是他的消息，还登了他和弗恩宅邸的照片。过去他就经常说，总有一天他会住到那栋房子里去。他到底为什么娶了那个医院护士呢？我一直以为他会同巴顿·特拉福德太太结婚。他们一直没有孩子，是吗？"

"没有。"

"泰德倒是想要几个孩子的。可是我生下第一个孩子后就不能再生育，这对他是一个很大的打击。"

"我不知道你有过孩子。"我惊讶地说。

"是啊，我有过一个女儿，就是因为这个孩子泰德才同我结婚的。可是生这个孩子的时候我落下了病，医生说我不能再生育了。要是我可怜的女儿还活着，我应该也不会同乔治私奔的。她六岁就死了，是个很可爱的小宝贝，可漂亮了。"

"你从来没有提起过她。"

"是的，我一说到她心里就受不了。她得了脑膜炎，我们把

---

[1] 合约桥牌，由四个人参与，两人是一对同伴，与另一对同伴对抗而进行的牌戏的第四代桥牌。——编者注

她送到了医院，医生把她安顿在一间单人病房里，允许我们陪着她。我永远忘不了她所遭受的苦难。她一直不停地哭喊，谁都没有办法。"

罗茜哽咽着说不下去了。

"这就是德里菲尔德在《生命之杯》里写的那段情节？"

"是的，就是那段情节。我一直觉得泰德太古怪了。他跟我一样说起这事就很伤心，可是他却把它全都写进了书里，什么细节都没漏掉，甚至有些我当时都没注意到的细节他也写了进去，我看了书才想起来的。你也许会觉得泰德真是冷酷无情，但其实不是的，他和我一样难过。我们晚上一起回到家后，他会像个孩子一样痛哭。真是个怪人，对吗？"

正是《生命之杯》这本小说在当时引起了强烈的反对声，尤其是描写孩子夭折后的那段情节给德里菲尔德招来了特别凶狠的辱骂。我清晰记得那段描写，写得太悲惨了，没有多愁善感的笔触，也没有催人泪下的动情，而只是激起了读者对如此残酷的灾难竟然会降临到一个幼童身上的愤怒。读者会感到只有上帝在最后审判日才能解释为什么会发生这样不幸的事。那段文字写得非常有力。但是问题在于，如果孩子的夭折这个情节是取材于作者的真实经历，那么随后发生的情节是否也是如此呢？正是这段描写使得十九世纪九十年代的广大读者震惊不已，并且被评论家痛斥不仅有伤风化，也不可信。在《生命之杯》这部小说中，那对夫妇（他们叫什么名字我已记不清）在孩子死后从医院回到家里用茶点——他们住在租来的房子里，过着勉强糊口的穷日子。那时天色已晚，大约七点了。一个星期持续不断的焦虑不安，已使他们筋疲力尽,孩子的夭折更使得他们悲痛欲绝。他们彼此无话可说,只是默默地相对而坐,沉浸在内心的痛苦之中。几个钟头过去了。妻子突然站起身来,走进卧室去戴上了帽子。

"我想出去走走。"她说。

"好的。"

他们住在维多利亚车站附近。她走到白金汉宫大街上,穿过公园,走上了皮卡迪利大街,慢慢走向皮卡迪利广场。路上有个男人注意到她在看他,便停下脚步,朝她转过身来。

"晚上好。"他说。

"晚上好。"

她停下脚步,微微一笑。

"一起去喝点儿怎么样?"他问。

"也可以吧。"

他们走进了皮卡迪利大街旁边一条小街上的一家酒馆,这里聚集了很多妓女,男人会到这里来挑人。他们两人要了啤酒,她便同这个素不相识的人有说有笑地聊了起来,说到她自己时,她随口胡编了一通。没过多少工夫,那男人便问她是否可以跟她回家,她说不行,不过他们可以去旅馆。他们坐上出租马车,到布卢姆斯伯里的一家旅馆开房过了一夜。第二天早上,她坐公共汽车到特拉法加广场,然后步行穿过公园回家。她到家时,她的丈夫刚坐下来吃早饭。吃完早饭后,他们去医院安排孩子的葬礼。

"罗茜,你能告诉我一件事吗?"我问道,"书里写的孩子死后发生的事——那也是真的吗?"

她用疑惑的目光看了我一会儿,随即嘴角又浮现出微笑,那笑容仍旧美丽动人。

"好吧，反正是很多年前的事了，说说又有什么关系？我可以告诉你。他写的并不全是实情，只是他自己的猜测而已。我感到惊讶的是，他居然猜到了那么多。我可什么都没对他说过。"

罗茜抽出一支香烟，一边沉思一边在桌子上不停地磕着烟，但是没有点着。

"就像他在书里写的那样，我们从医院回家了，是走回家的，因为我感觉自己没办法静静地坐在马车里，我感到自己的心已经死去。我哭得太多，那时再也哭不出来了。我累极了。泰德想要安慰我，可是我说：'天哪，你快闭嘴吧！'后来他就什么也不说了。那时我们在沃豪尔大桥路租了一套公寓，在二层，只有一间客厅和一间卧室，所以我们只好把生病的孩子送到医院去，她无法在我们住的公寓里养病，再说房东太太也不同意把生病的孩子留在家里，泰德又说医院里的护理会更好些。房东太太人不坏，以前做过妓女，泰德常同她闲聊，一聊就是一两个钟头。听到我们回家了，她就上楼来询问。

"'孩子今晚怎样？'她问道。

"'她死了。'泰德说。

"我一句话也说不出来。随后房东太太给我们端来了茶点。我什么都不想吃，可是泰德硬要我吃了点儿火腿。吃完后我就默默坐在窗边。房东太太来收拾餐具时，我也没有回头，我谁也不想搭理。泰德看起书来，至少装作在看书，但是他一页也没有翻。我看见他的泪水滴落在书页上。我一直望着窗外。那时已是六月底，二十八号吧，白天很长了。我们住的房子靠近街角，我怔怔地望着街上的人在酒馆里进进出出,电车来来往往。我觉得白昼好像永无尽头,可是猛然间我发现夜幕已经降临。所有的灯都亮了,街上行人熙熙攘攘。我感到累极了,两条腿像灌了铅一样沉重。

"'你为什么不点上煤气灯?'我对泰德说。

"'你要点灯吗?'他问我。

"'这么坐在黑咕隆咚的屋子里干什么?'我说。

"他点上煤气灯,开始抽起了烟斗。我知道这种时候他需要抽烟。可我就那样呆坐在窗边,望着街道,我也不知道当时自己是怎么回事,只觉得再这样呆坐在房间里,我会发疯的。我想要到一个有灯光和人群的地方去。我想离开泰德。不,那会儿还没有真想要离开他,只是想要摆脱他脑子里想的事和他心里的感受。我们只有两个房间。我走进了卧室,孩子的小床还摆在那儿,但是我不想看到它。于是我戴上帽子,蒙上面纱,换了衣服,回到泰德跟前。

"'我想出去一下。'我说。

"泰德抬头看了我一眼。我相信他大概留意到我穿了新衣服,或许我说话的口气使他意识到我不想要他陪我出去。

"'好的。'他说。

"在书里他写的是我穿过了公园,其实并没有。我走到了维多利亚车站,在那里叫了一辆双座马车去了查令十字街,车费只花了一先令。接着我走上了河滨街。出门前我就想好了要做什么。你还记得哈里·雷特福德吗?那时他正在阿德尔菲剧院演出,是二号喜剧角色。我走到剧场后台,报了我的名字。我一直喜欢哈里·雷特福德。他这个人是有点儿滑头，没钱还爱打肿脸充胖子，可是他能逗你笑，就算有缺点，也还算是个难得的好人。你知道他后来在布尔战争中被打死了吗？"

"我没听说。我只知道后来他不见了，在演出海报上再也见不到他的名字了。我还以为他是去做生意或做别的什么工作了。"

"没有，战争刚爆发他就出征了。他是在莱迪史密斯被打死的。我在后台等了一会儿，他就下来了。我说：'哈里，今晚我们去喝个痛快吧。到罗曼诺去吃晚饭怎样？''太好了，'他说，'你在这儿等我，戏结束后我卸了妆就下来。'我一见到他，心里就感觉好受了些。那天他扮演一个出卖赛马情报的人，看到他穿着格子布戏服、头戴圆顶礼帽、露着一个红鼻头的模样，我就忍不住要笑。等到戏演完，他下来了，我们一起步行去罗曼诺饭店。

"'你饿吗？'他问我。

"'饿极了。'我说。我真的很饿。

"'那就去吃最好的，'他说，'别管花多少钱。我跟比尔·特里斯说我要请我最喜欢的女性朋友去吃饭，从他那里弄到了几英镑。'

"'我们喝香槟去。'我说。

"'好啊，香槟太好啦！'他说。

"我不知道你当年去过罗曼诺没有。那地方不错，在那儿经常可以见到演戏和赛马的人，欢乐剧院的舞女也常去那儿。那真是个好玩的地方。老板是个罗马人。哈里认识他，我们坐下后，他就跑到我们的桌边来了。他总是用滑稽的蹩脚英语说话，我相信他是故意装出来的,他知道这样说话可以逗别人笑。要是碰上哪个他认识的人身上没钱了,他总会借给他们五英镑。

"'孩子怎样了?'哈里问道。

"'好些了。'我说。

"我不想跟他说实话。你知道男人有多滑稽,有些事情他们根本不懂。我知道,哈里要是知道可怜的孩子刚在医院里死了,我却跑出来同他吃饭,他一定会觉得我做得太不像话了。他会说一堆表示很难过之类的话,可那不是我想要的,我只想开心大笑。"

罗茜点着了她一直拿在手里摆弄的那支香烟。

"你知道当一个女人怀了孩子后,她的丈夫有时受不了,会跑出去找别的女人。等妻子发现了——奇怪的是她早晚会发现,她就会没完没了地大吵大闹。她会说,就在她这么死去活来受苦的时候,她的男人居然去干这种事,哼,这简直太过分了!我总会劝这样的女人不要傻乎乎地想不开。这种事并不说明丈夫不爱她了,也不说明丈夫心里就好受了,什么也说明不了,只是一时心烦意乱的冲动而已。要是她的男人没有感到那么苦恼,他也不会去想这种事。我明白是怎么回事,因为我当时就是这样的感受。

"我们吃完饭后,哈里说:'怎么样?'

"'什么怎么样?'我说。

"那时候还不流行跳舞,我们没有什么地方可去。

"'到我那里去看看我的相册怎么样?'哈里说。

"'也可以吧。'我说。

"那时他在查令十字街住着一套很小的公寓,只有两个房间、一间浴室和一个小厨房,我们坐车到了那里,那晚我没有回家。

"第二天早上我回到家时,早餐已经放在桌上,泰德刚开始吃。我心里打定了主意,要是他多嘴说什么,我就会冲他发火。我可不在乎会有什么后果。以前我就是自己挣钱养活自己的,以后我照样可以自食其力。只要他说一句不中听的,我就会马上收拾行李离开他。可是我进屋的时候,他只是抬头看了我一眼。

"'你回来得正好,'他说,'我刚想要把你的那份香肠也吃了。'

"我坐下,给他倒满茶。他只顾自己看报纸。吃完早饭后,我们一起去医院。他始终没有问我去哪儿了。我也不知道他心里是怎么想的。那段时间他对我可体贴了。我心里万分悲痛,总觉得自己永远都高兴不起来了,他处处为我着想,尽力让我不难受。"

"你看了他写的书后是怎么想的呢?"我问她。

"这么说吧,看到他把那天晚上发生的事猜得八九不离十,我真的特别吃惊。我想不通的是他怎么会把这些事写出来。按理说,这应该是他最不愿意写进书里去的事情。你们这些作家啊,真是一些怪物。"

这时电话铃响了,罗茜拿起听筒听着。

"哦,是瓦努齐先生,谢谢你给我来电话!啊,我很好,谢谢你。嗯,你想这么说也行,又好又漂亮。到了我这个年纪,什么好听的话都爱听。"

她同对方聊了起来,我从她的口气中听出他们就是在东拉西扯地闲聊，甚至有点儿调情的意味。我无意去听他们聊天的内容，何况看得出这电话一时半会儿也结束不了，所以我便暗自思索起了这位作家的一生。他的一生可谓跌宕起伏。早年他应该过的是穷日子，饱受冷遇，小有成就后又不得不故作优雅地去承受随之而来的各种风波。他必须与喜怒无常的公众周旋，不得不装出心甘情愿的样子忍受各种人的摆布：记者要采访他，摄影师要给他拍照，编辑催他交稿，税务员催他缴纳所得税，有身份的人邀请他共进午餐，文学院校的秘书请他去演讲。还有女人想要嫁给他，也有女人要和他离婚，年轻人索要他的亲笔签名，演员想要在他的戏里扮演角色，素不相识的人向他借钱，喋喋不休的太太们要他谈谈对她们的婚姻有何高见，态度认真的年轻人请他指教写作，他还要应付经纪人、出版商、剧院经理、烦扰他的人、仰慕他的人、评论家，最后是他自己的良心。不过他总可以在一件事情上得到某种补偿。无论何时，只要他心里有什么事，不论是某种令他不安的思索、对某个好友亡故的哀思、暗恋某个异性、自尊心受到了伤害，抑或是因某个他曾好心相待的人背信弃义而怒不可遏，简言之，只要他心里有了什么感触或困扰，他都只需要把萦绕心头的这些东西当作小说题材或散文的点缀用白纸黑字写下来，就能统统忘到脑后。他是唯一自由的人。罗茜终于放下了电话听筒，转过身来对我说：

"这是一个追求我的男人。今晚我要去打桥牌，他来电话说他要开车来接我。当然啦，他是个意大利移民，不过他真的是个好人。他过去在纽约市中心开了一家很大的杂货店，现在退休了。"

"你从没想过再结婚吗,罗茜?"

"没有,"她笑答,"倒不是没有人向我求婚。我现在这样过得很快乐。这个问题我是这样想的:我不愿嫁给一个老头儿,可是到了我这个年纪,再嫁个年轻人也很可笑。我这辈子有过快乐的时光,死而无憾了。"

"你那时为什么会跟乔治·肯普走?"

"我一直都喜欢他。你或许不知道,早在认识泰德之前我就认识他了。当然,那时我从没想过会有机会同他结婚。首先是因为他已经结了婚,另外他也得考虑自己的身份。有一天,他突然跑来对我说大事不妙,他破产了,几天内就会有逮捕他的通缉令,他要逃到美国去,问我愿不愿意跟他一起走。事到临头,我能怎么办呢?他这个人一向过得气派,住自己的房子,坐自己的马车,现在可能身无分文了,我总不能眼睁睁看着他一个人去闯荡吧。我可不怕干活儿挣钱。"

"有时我觉得他才是你唯一真心喜欢的人。"我试探着说。

"你或许说得有点儿道理。"

"我不懂你究竟看中了他什么。"

罗茜的目光渐渐投向墙上的一幅画像,不知为什么,我之前竟然没有注意到这幅画像。原来那是一张放大了的乔治勋爵的照片,夹在一个雕刻镀金的镜框里,看上去好像是在他刚到美国后不久拍的,也许那时他们刚结婚。那是一张大半身像,照片上的他身穿扣得很紧的长礼服,头上俏皮地歪戴着一顶高高的绸礼帽,衣服的纽扣孔里插了一朵很大的玫瑰花,左手胳膊下夹着一根银头手杖,右手夹着一支青烟袅袅的粗大雪茄。他的嘴上留着浓密的八字须，胡须尖上涂了蜡，他的眼神略显狡黠，神态傲慢，他的领带上别着一枚马蹄形的钻石别针。一眼望去，他就像一个穿着盛装要去参加德比赛马会[1]的酒馆老板。

"我可以告诉你，"罗茜说，"他自始至终都是个无可挑剔的绅士。"

（全文完）

---

[1] 德比赛马会（the Derby），英国传统赛马会之一，每年六月在萨里郡的埃普索姆举行。——编者注

经典就读三个圈　　导读解读样样全

三个圈
独家文学手册

毛姆自序

本文收录于1952年《毛姆作品集珍藏版》(*The Collected Edition of The Works of W. Somerset Maugham*)中。在本篇自序中,毛姆提到了本书的创作初衷,解释了主人公与哈代并不相关……但不可否认的是,毛姆确从现实生活取材,写下了这部他本人最满意的作品——《寻欢作乐》。

我对这本小说的最初的想法是一个短篇故事,篇幅不太长。当时我记了这样一段笔记:"有人向我约稿,请我写一写对一个著名小说家的印象,他是我童年时结识的朋友,住在W.,他的妻子很普通,对他也很不忠诚。他的杰作都是在那里创作的。后来他娶了自己的秘书,妻子守护着他,还把他打造成了名人。我很好奇,他即便到了晚年,是否也会对自己化为丰碑略感不耐烦。"我当时正在为《大都会》杂志(*The Cosmopolitan*)撰写一系列短篇小说。合同规定,每篇小说的字数要限制在一千二百到一千五百字,这样加上插图,篇幅就不超过一页,不过我对自己降低了一些要求,于是插图就挪到了对页,这样我又多了一点儿空间。我当时想着这个故事符合要求,于是就放在一边,留着以后再用。不过,罗茜这个角色是很早就出现在我脑海中的。多年来,我一直想写写她,只是一直没有遇到机会;我找不到适合她的背景,开始觉得这辈子都写不成了。但我倒不是非常在意。作家头脑中的人物,只要没有写出来,就还是他的私人财产;他的思绪会不断地回到这个人物身上,他用想象力不断丰富这个人物,由此享受到一种独特的乐趣,感觉在自己的头脑中,有一个人在过着多变的、战栗的生活,顺从他的喜好,但又以某种奇特的方式任性地独立于他。不过,一旦这个人物落到纸上,就不再属于作家了。他把人物忘在了脑后。很奇怪,一个可能是你多年来日思夜想的人,就这么完全不被挂念了。我突然灵光一闪,我记下的这个小故事正好就是我一直在为这个人物寻找的框架。我可以让她做这个大作家的妻子。我看出这个故事绝不可能限制在两千字以内,所以决定再等一等,留着素材写一个更长的故事,一万四五千字的故事,在《雨》之后,这个篇幅的小说我屡试不爽。可是,我越细想越觉得,就算把我的罗茜放在这种篇幅的故事里也是浪费了。往事又浮现在脑海中。我发觉,对于笔记中的W.,我想讲的还没有讲完。在《人性的枷锁》中,我给这个地点取名为黑马厩镇。这么多年过去了,我想我离事实更近一步也无妨。于是,黑马厩镇的牧师威廉伯父和他的妻子路易莎就成了牧师亨利叔叔和他的妻子索菲,前一本书中的菲利普·凯利就成了《寻欢作乐》中的"我"。[1]

本书出版后,我受到了各界的抨击,因为大家认为我笔下的爱德华·德里菲尔德的原型是托马斯·哈代[2]。但我并没有这种意

---

[1] 《人性的枷锁》和《寻欢作乐》这两本小说都有自传性质,毛姆十岁时父母相继去世,随后他被送到肯特郡白马厩镇(Whitstable),寄养在当副牧师的亨利叔叔和索菲婶婶家中生活。——译者注(若无特殊说明,本篇注释均为译者注)
[2] 小说出版于1930年,当时托马斯·哈代(1840—1928)刚过世不久,因此引发了这种联想。

255

思。我心中的形象不是他，也不是乔治·梅瑞狄斯[1]或者阿纳托尔·法朗士[2]。从我的笔记中可以看出，我的想法是，一个年事已高、声名显赫的作家，小小的灵魂依然敏捷，依然幻想着种种历险，面对大众的崇拜，他内心深处一定会感到厌恶。我想，为仰慕者保持他们心目中的儒雅形象之余，他心里一定会浮现出诸多令人不安的怪念头。我十八岁读《苔丝》的时候为之着迷，还决心以后要娶一个挤奶女工，不过对于哈代的其他作品，我就不像同时代的大部分读者那么喜欢，而且我觉得他的英语文笔也不怎么好。我有一段时间迷恋乔治·梅瑞狄斯，后来又迷上了阿纳托尔·法朗士，而对哈代就从来没那么感兴趣。我对哈代的一生了解很少。根据我现在所知道的信息，就足以肯定他和爱德华·德里菲尔德的共同点微乎其微。两个人仅有的相同之处就是出身贫寒，都结过两次婚。我和托马斯·哈代只见过一次。那次是在圣赫利尔夫人举办的晚宴上，当时社交圈子里的人通常称她为热恩夫人[3]，每一个因为某种原因而受到瞩目的人，她都喜欢请到家中做客（当时的社会要比现在排外得多）。我那时候是个当红又时髦的剧作家。那次宴会是战前那种盛大的晚宴，菜式繁多，有浓汤、清汤、鱼、两道主菜、雪葩（好让你恢复精神）、带骨肉排、野味、餐后甜点、冰激凌和咸味小吃；请来的二十四位客人

---

1 乔治·梅瑞狄斯（George Meredith, 1828—1909），英国作家，以语言幽默著称。另见正文第二章注释。
2 阿纳托尔·法朗士（Anatole France, 1844—1924），法国作家，1921年诺贝尔文学奖得主，风格讽刺、练达。
3 玛丽·热恩（Susan Elizabeth Mary Jeune, 1845—1931），丈夫弗朗西斯·热恩（Francis Jeune）受封圣赫利尔男爵（St. Helier）。

全都颇有名望,要么因为身份地位,要么因为政治声望或是艺术成就。饭后,女宾移步客厅,我发现自己坐到了托马斯·哈代旁边。我记得他身材矮小,脸孔朴实。他穿着晚礼服,浆过的衬衫配高领,不过他的样子还是莫名地有点儿土气。他待人亲切又温和。我当时就想,他身上奇怪地混合了羞涩和自信两种性格。我不记得我们聊了什么,只记得聊了三刻钟。末了,他给了我莫大的称赞:他问我(他没听到我叫什么名字)从事什么职业。

我还得知,有两三个作家觉得阿尔罗伊·基尔这个人物影射的是自己。他们都误会了。这个人物融合了几个形象:我借用了一个作家的外形,另一个作家对结交社会名流的执迷,第三个作家的热忱性格,第四个作家引以为傲的运动才能,还有很大一部分取自我本人。因为我有一种讨厌的能力,就是能看到自己的荒唐之处,我发现自己身上有很多方面,都惹得我想嘲弄一番。我倾向于认为,这就是为什么我总觉得别人没那么美好(假如我经常听到的和读到的关于我自己的话不假),而许多作家就没有这种倒霉的怪癖。因为我们创造出来的所有人物都是自身的写照。诚然,也可能他们确实比我要高尚、无私、善良和深刻。作为神一般的存在,他们自然会按照自己的形象去创造人物。我想描绘一个为了宣传作品而用尽各种手段的作家时,并不需要专注于观察某一个人。这种做法太常见了,无需我多费工夫。况且任何人都会为此感到心有戚戚。每年都有几百本书无人问津,其中还不乏优秀之作。每本书都耗费了作者数月的心血,作者或许已经构思了多年;他投入并由此永远失去了自己的一部分,但自己的作品很可能淹没在各类书报之间,摞在批评家的案头、压在书商的架子上无人过问，想想就让人痛心。他想方设法去吸引公众的注意，这也不足为怪。经验让他知道该怎么做。他必须把自己打造成一个公众人物。他必须持续受到公众关注。他必须接受采访，并让照片见报。他必须给《泰晤士报》写信，在集会上发言，关注社会问题；他必须在宴会后讲话；他必须在出版商的广告中推荐某些书；他必须在恰当的时间、恰当的场合亮相，不得有误。他绝不能允许自己被遗忘。这是一份苦差，还让人焦虑，因为一个失误就可能代价惨重；一个作家不厌其烦地劝说世人阅读一些他真心认为值得一读的书，如果对他还怀有恶意，那就太残忍了。

不过有一种做广告的形式令我深恶痛绝。那就是为发布新书而举办的鸡尾酒会。你要联系一个摄影师到场。你邀请随笔作家和你认识的知名人士，越多越好。随笔作家在他们的专栏里帮你写一段推荐文字，插图报纸刊登一些照片，但那些知名人士指望不用付出就能拿一本签名本。即便默认花费是由出版商来负责（有时候这种做法无疑是正当的），这种无耻行径的可恶程度也不会减少一分。我创作《寻欢作乐》的时候这种做法还没有形成风气，不然我又有素材写出生动的一章了。

（王林园　译）

导　读

总有一天会写进小说——毛姆写《寻欢作乐》

作者：余凤高

（曾任浙江省社会科学院文学研究所研究员，1995年加入中国作家协会。著有《世界名著背后的故事》等，译有《阿辽沙锻炼性格》等。）

1928年1月11日晚上九点零五分,英国最杰出的乡土小说家和诗人托马斯·哈代因心脏病去世。葬礼十分隆重壮观,扶棺的人包括斯坦利·鲍德温首相和次年第二次出任首相的拉姆齐·麦克唐纳,名作家萧伯纳、约翰·高尔斯华绥,名诗人鲁德亚德·吉卜林,还有剑桥大学马格达林学院院长A.B.拉姆齐、牛津大学女王学院副院长E.M.沃克等政界、学术界、文学界的名人精英。这件事给著名小说家和剧作家威廉·萨默塞特·毛姆(Wlliam Somerset Maugham,1874—1965)以创作的启示——有一段题材在他心中已经沉积不少时间了,现在这件事又使他想起了它。在随后的一则笔记中,毛姆这样写到他的构思:

> 有人向我约稿,请我写一写对一个著名小说家的印象,他是我童年时结识的朋友,住在W.,他的妻子很普通,对他也很不忠诚。他的杰作都是在那里创作的。后来他娶了自己的秘书,妻子守护着

他，还把他打造成了名人。我很好奇，他即便到了晚年，是否也会对自己化为丰碑略感不耐烦。

这一构思后来被写成了一本书。毛姆从威廉·莎士比亚著名喜剧《第十二夜》中的一句台词里为小说取用了一个书名，叫《寻欢作乐》，在该剧第二幕第二场，奥丽维娅的叔父托比·培尔爵士揶揄管家——外表像是正人君子，灵魂却卑鄙丑恶——马伏里奥说："你以为你自己道德高尚，人家就不能寻欢作乐了吗？"——毛姆以"寻欢作乐"这个词概括小说中的主要人物，特别是女主人公的生活方式：不管别人怎么说，她自有自己的准则。

《寻欢作乐》的主要情节是：

故事叙述者、年轻的外科医师威利·阿申顿在还是一个小孩子时，住在黑马厩镇，在镇上认识了作家爱德华·德里菲尔德和他的第一位妻子罗茜，后来到伦敦后也不时能见到他们。阿尔罗伊·基尔是阿申顿的朋友，他正接受作家第二位妻子之请为德里菲尔德写传记；于是要求阿申顿回忆德里菲尔德的事。阿申顿陆陆续续介绍了作家的一些情况，也谈到作家前妻早年的种种艳史。美貌异常的罗茜·甘恩年轻时沦落风尘，当过酒吧的女招待，处境跟妓女差不多。为了摆脱这种生活，她便委身于真挚热情的德里菲尔德，但心中仍然忘不了以前的情人、煤铺老板乔治·肯普。数年后，德里菲尔德名声大振，被推崇为当代最伟大的小说家。但罗茜并不看重他的文名，她仍寄情于他人，跟阿申顿等私通，甚至跟破了产的乔治私奔。德里菲尔德后来虽然与罗茜离了婚，而且另有新欢，却始终不能忘情于她，常去她工作过的酒吧抒发他的怀念之情。可是这种怀念也只能更加激起他的愁闷情绪，最终抑郁而死。

《寻欢作乐》在1930年发表后引起了极大的反响，这本书中几个主要人物的原型成了当时伦敦整个文艺界的谈论话题。人们断定，作品中的男主人公是以哈代为原型，他的第二位夫人也是以哈代的第二位夫人弗洛伦斯·达格代尔为原型；他们还相信，小说的故事情节是作家戴斯蒙德·麦卡锡告诉作者的，麦卡锡上中学时住在一幢乡间别墅，曾见过哈代。作家休·沃波尔最先读到此书的清样时，甚至看出书中那个一心梦想成为英国文坛元老的阿尔罗伊·基尔，写的就是他自己，因而胆战心惊，彻夜未眠……为此，毛姆遭到了猛烈的攻击。报上刊登了许多文章，指责他"践踏托马斯·哈代的陵墓""鞭打裹尸布下面的人"；说小说中描写罗茜对德里菲尔德极不忠实的情节，是对哈代的第一位夫人"令人遗憾的诽谤"；等等。

对于这些指责，毛姆否认说："不错，没有一个作家能凭空创造出一个人物，他必须有一个模特作为出发点。但是等到他将这个人物全部写成后，呈现在读者面前的形象就极少与现实中的原型一样了。"毛姆声明，他在塑造爱德华·德里菲尔德的时候，他的心中既没有哈代，也没有乔治·梅瑞狄斯或阿纳托尔·法朗士。这自然是毛姆的"外交辞令"。但是对于小说中的女主人公罗茜·德里菲尔德，毛姆不但不否认，相反还抑制不住地明确谈了罗茜的原型与他自己的关系。

当《寻欢作乐》作为"现代丛书"中的一种出版时，毛姆在前言中说道：

> 我年轻时曾经与一位我在本书中叫她罗茜的年轻女人关系密切。她有些严重的、令人恨恨的过失。但她是美丽和真诚的。我和她的这种关系后来像此类关系所常有的结局那样结束了，但是对她的记忆仍一年年萦绕我的脑际。我知道，总有一天我会把她写进小说里。

毛姆在这里毫不隐瞒地承认，罗茜的原型人物与他本人有过那么一种关系，使他久久不能忘却。只不过毛姆一直没有公开此人的姓名，而是作家的终生朋友、画家杰拉德·凯利爵士——很可能就是《寻欢作乐》中为罗茜画像的画家莱昂内尔·希利尔的原型人物——透露出去的。凯利爵士曾为毛姆的这个女性友人画过速写和肖像。

埃塞尔文·西尔维娅（"苏"）·琼斯（Ethelwyn Sylvia "Sue" Jones，1883—1948）是维多利亚时代著名"社会剧"剧作家亨利·亚瑟·琼斯四个女儿中的第二个，是一名演员。她十四岁开始演剧生涯，在父亲的作品中扮演角色，还演过莎士比亚的戏剧。1902年，她嫁给了制片人蒙塔古·维维安·勒沃，但婚姻很是不幸，以离婚而告终。1913年，她又与美国南方铁路公司的工程师安特里姆侯爵六世的第二个儿子安格斯·麦克唐奈尔结婚，在第二年退离舞台，尽一个妻子之责。

1906年4月的一个下午，毛姆在以慷慨的女主人而著名的乔治·斯蒂文斯夫人家举办的一次聚会上，见到了跟着父亲来参加的苏·琼斯。毛姆后来在他的回忆录《一个作家的笔记》中记述说:"她是一个雍容而妩媚的、玫瑰色脸、金色头发的女人,眼睛如夏天蔚蓝的大海,线条匀称,胸部丰满。她多少有点儿像鲁本斯笔下的永远令人销魂的海伦娜·福尔蒙这一类型的女人。"苏·琼斯那天穿一件衬衫,戴平顶硬草帽。她的浅金色的头发、蔚蓝的眼睛、可爱的形体和毛姆所曾见到过的人类中最美的微笑,完全迷住了毛姆。在《寻欢作乐》中,毛姆多次描写到罗茜·德里菲尔德那"天生为爱欲而生的躯体",来呈现她肉体的美。她个子高大,皮肤像象牙一样白皙,浅浅的金黄色的头发,梳着流行的发型,前面堆得很高,留一排精心梳理的刘海儿。在很淡很淡的褐色的脸上,她的鼻子稍大了一点儿,眼睛却稍小了一点儿,嘴又很大。她的眼眸有着野菊花的那种蓝色,当她微笑的时候,那蓝色的眸子会和她那丰满的、红润肉感的双唇一起,绽出最欢快甜美的笑意。她生就带一种低沉阴郁的表情,这种阴郁在她微笑的时候会突然变得特别富有吸引力。她有时穿浅蓝色的衣服,有时穿一身浅灰色的裙衣,衣袖宽大,裙子很长,底部是打褶的荷叶边,看上去非常潇洒。她还喜欢戴一顶很大的黑色草帽,上面点缀着一大堆玫瑰花、叶子及蝴蝶结,或者戴一顶插有羽毛的小帽……作者这样竭力描写罗茜的美,并相信她的美是在于色彩,说她身上的这种金色的"确给人一种奇特的月光般的感觉";同时她"总是那么安宁,让人联想到夏日黄昏,日光渐渐消逝在无云的碧空中的情景""像八月的阳光下的肯特郡海岸边波光粼粼的平静海面一样蕴藏着活力。"[1]

---

1 参见本书第169页。——编者注(若无特殊说明,本文注释均为编者注)

寻欢作乐

苏·琼斯正是以这种美、这种恬静和活力使毛姆入迷。这次相识以后,他们经常约会见面。就这样,终于有一天,毛姆把她带进了位于圣詹姆斯公园与特拉法加广场之间的帕尔梅尔街56号A,这是他的一位朋友住的房子。毛姆找到一个单间,使她成了他的情妇。《寻欢作乐》第十六章阿申顿带罗茜上床一节,如实地再现了这一情景。那晚,阿申顿陪罗茜去剧院看过戏后,他穿过圣詹姆斯公园送她回家,他感到罗茜"像一朵在夜间绽放的银色花朵,只为月光散发出芳香"。[1]阿申顿吻她时,她柔软的红唇平静而强烈地默默接受他压上去的嘴唇,"好似一片湖水接受着月光的爱抚"[2]。在经过阿申顿的住所时,阿申顿邀请罗茜进了他的住房和卧室。罗茜温柔地抚摸他的脸颊。他十分感动,泪水竟控制不住像泉涌般地流了下来。于是罗茜也哭了。她用双臂搂住他的头颈,"她搂住我的脖子,也哭了起来,她亲吻着我的嘴唇、眼睛和流满泪水的脸颊。她解开胸衣,把我的头搂到她的胸脯上。她抚摸着我光滑的脸庞,轻轻地来回摇晃着我,好像是在摇晃她抱在怀里的一个婴孩。我吻了她的胸脯,又吻了她洁白挺直的脖子。她脱下了胸衣,又褪去裙子和衬裙"[3]。

事后,毛姆用单马双轮双座马车送苏·琼斯回家。她问他,他认为他们这种交往会持续多久。他轻率地回答说:"六个星期。"实际上,据他后来说,他们这关系整整维持了八年。

毛姆太爱苏·琼斯了。他明知她还跟多个别的男人同居,性

---

[1] 参见本书第172页。
[2] 参见本书第172页。
[3] 参见本书第175—176页。

关系混乱，也仍不以为意，对她的感情始终不减，几年里一直帮她在舞台上谋得角色。

1913年，年近四十的毛姆考虑把结婚提上议事日程，自己应该结束单身生活，安顿下来。他想到了苏·琼斯，她确实是一个热心且理解他的生理需要的人。可是这位苏小姐正要到美国去。恰好此时毛姆正在创作一个将于11月在美国上演的剧本，届时要去那里观看彩排，于是他提前买好了一枚名贵的戒指。可是当他去迎接她的航船时，发现苏在甲板上跟一位衣着漂亮的青年男子谈得正热。见到毛姆后，苏对他说，她要径直去芝加哥，甚至不能在纽约与他待一天。三四个星期后，毛姆到了芝加哥。在苏小姐演出后，两人在她的小套间里用晚餐时，毛姆跟她说，他到芝加哥来是想向她求婚。苏却回答不愿意跟他结婚。毛姆把戒指递给她，她也退回给他，只是说："如果你想跟我同床，是可以的；但我不愿嫁给你。"毛姆回纽约后，从报上看到，苏·琼斯已于12月13日在芝加哥与安格斯·麦克唐奈尔结婚。毛姆相信，此人就是他在甲板上看到的那位男子，苏早已与他同居并已怀孕。

苏·琼斯活到六十岁，于1948年去世；但她作为毛姆笔下最真实的女性，却与他的名著《寻欢作乐》同时获得不朽，被认为是二十世纪英国小说中最值得怀念的女性人物。《寻欢作乐》快结束时，有一个场面：爱德华·德里菲尔德去世后，罗伊与毛姆在书中的替身阿申顿一起去访问他的遗孀。这位夫人把罗茜说得一无是处，甚至说"很难相信她是个好女人"[1]。阿申顿针锋相对地

---

1 参见本书第229页。

反驳了她："这恰恰就是你错的地方。"阿申顿解释说，罗茜"是个很单纯的女人"[1]，她对人天生容易产生好感，当她喜欢一个人的时候，她觉得和他一起睡觉是很自然的事。这并非道德败坏，也不是生性淫荡，这是她的一种天性。她把自己的身体交给别人，就像太阳发出光芒、鲜花吐出芬芳一样地自然，她感到这是一种愉快，她愿意给他人带来快乐。阿申顿对罗茜的评语是"真诚的，天真而不做作"[2]"像黎明一样纯洁"[3]。

阿申顿（毛姆）对罗茜（苏·琼斯）作这样的评价完全可以理解。毛姆一生有过多次爱情事件——与异性的或同性的，但只有苏·琼斯才是他爱得最深的。由于毛姆始终严守自己与苏·琼斯的关系这个秘密，人们除了可以从杰拉德·凯利那儿了解到一些他们之间有形的行迹之外，其他的就只能从《寻欢作乐》中窥知了。人们相信，毛姆在书中说的"同罗茜在一起使我感到快乐"[4]，的确是毛姆当时的真实感受。正是他与苏·琼斯的这段给他带来无比欢乐的爱情，使毛姆终生难忘，深信"总有一天我会把她写进小说里"。毛姆等待多年，最后才因哈代事件的触动，产生了创作《寻欢作乐》的动机，并在整个创作过程中得以重温自己这一段最美好的爱情。

---

[1] 参见本书第229页。
[2] 参见本书第230页。
[3] 参见本书第228页。
[4] 参见本书第178页。

三个圈 独家文学手册

图文解读

毛姆的犀利与毒舌，就藏在这些八卦里

  《寻欢作乐》一书原本就是毛姆笔下的巨大八卦，取材于毛姆本人的一段难忘的情感经历。毛姆本人曾多次提到，罗茜的原型是一位"我曾深爱多年的女人"。此外，毛姆的朋友杰拉德·凯利在给毛姆的信中写道："苏是一个可人，以她为原型创作的罗茜是你写过的书里最美好的女性角色。"毛姆在《寻欢作乐》中将自己受过的情伤坦露出来，同时结合了自己对伦敦文坛的幽默讥嘲。《旁观者》杂志曾如此点评："一个文学奇才绘声绘色地讲述文艺圈里的逸闻韵事……准确、机智、充满讥讽，却半点儿不浮夸。"除了《寻欢作乐》，毛姆还写过诸多赫赫有名的大文豪的八卦逸事。

一、毛姆眼中的简·奥斯汀
——只敢偷偷写作的女作家

毛姆说简·奥斯汀的一生可以非常简短地叙述清楚。事实的确如此。

简·奥斯汀出生于1775年。简的父母生了七个孩子,简是最小的那个。简和她姐姐卡桑德拉感情很深。从女孩到女人,甚至直到简去世,她俩一直同睡一间卧室。

据毛姆说,简的样子很讨人喜欢。她身材修长,步态轻盈稳健,走起路来十分灵巧活泼,别人看到她走路的样子就可以感受到她的蓬勃朝气。她的皮肤呈深褐色,脸颊圆润饱满,一双淡绿褐

简·奥斯汀

色的明亮眼睛与小巧的嘴巴和鼻子相得益彰，五官看起来很是和谐；天然的棕色头发卷曲又浓密。"然而，在我见过的她唯一的一幅肖像画中，简是一个略微发胖的年轻女子，眼睛又大又圆，胸部高耸，却说不上美貌。当然，这也许是画家画技不精的缘故。"[1]

毛姆还如此评价简·奥斯汀：简是个伶牙俐齿、幽默但绝不刻薄的小姑娘。她爱笑，也爱逗人笑。她性情和蔼，不愿对别人吐露可能伤害对方的话语。毛姆夸赞简十分注意观察他人，他们的自命不凡、矫揉造作、虚情假意等可笑之处，都被简在心中剖析个彻底。简的幽默感就来源于她强大的观察力。但是，简并非不食人间烟火。她喜欢打牌、跳舞、看戏剧演出，对礼服、帽子和围巾兴趣浓厚，并且精于女红。简在年轻的时候，偶尔还会和帅气的小伙子调情。那些对手指灵活度要求很高的游戏，她都可以操作得游刃有余；此外，简还有一箩筐稀奇古怪的、说也说不完的故事，因此深受孩子们的喜欢。

在简·奥斯汀那个时代，小说是一种被轻视的文学体裁，女人写书更是不成体统。在讲到简的创作时，毛姆如是说道："作为一个作者，最重要的便是创作。"

> 简在写小说的时候，总是要避免被仆人、客人和其他人发现。她把小说写在小纸片上，便于收藏，或者盖在一张吸墨纸下面。在她的房间和仆人

---

[1] 毛姆《阅读是一座随身携带的避难所：毛姆读书随笔》，罗长利译，北京联合出版公司，2017年，第24页。

的下房之间有一扇嘎吱作响的门,因为门响动的声音对她有警示作用,她便一直没有让人把门修好:一旦有人推门进来,躲在屋里写小说的她便能听到,然后迅速把稿子藏起来。[1]

简的大哥詹姆斯的儿子从来不知道自己的父亲正读得津津有味的小说正是他的姑妈所著。简的另一个哥哥亨利曾说:"如果简还活着,绝不会在作品上署名,不管这能带来多大的名声。"因此,简署在《理智与情感》扉页上的名字仅仅是"一位女士"。

和多数读者一样,毛姆也认为《傲慢与偏见》是简·奥斯汀最重要的代表作。这本书于1813年出版,它的版权卖了110英镑。毛姆说,一部作品获得了多少批评家的交口赞誉与课堂里的耐心研究,或者多少学者的讲解分析,并不能使它成为经典,只有读者获得的乐趣和教益,才是一部作品成为经典的关键。[2]

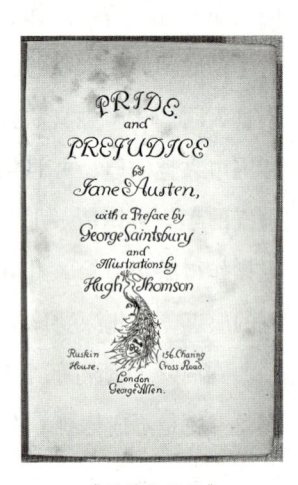

《傲慢与偏见》
插图版扉页(1894)

---

[1] 毛姆:《阅读是一座随身携带的避难所:毛姆读书随笔》,罗长利译,北京联合出版公司,2017年,第29页。
[2] 毛姆:《阅读是一座随身携带的避难所:毛姆读书随笔》,罗长利译,北京联合出版公司,2017年,第32页。

二、毛姆眼中的司汤达
——总是留心不让别人耍弄自己，却不断地出丑

毛姆坦言，想在有一定限制的篇幅里恰如其分地描述司汤达的一生，是一件不太可能的事。"我谈到的这些关于司汤达的事实毫无掩饰的成分。只要稍加思索便不难发现，司汤达的一生可以说动荡不安，其人生经验比其他许多作家都要丰富"[1]。

司汤达

司汤达原名亨利·贝尔，于1783年出生在格勒诺布尔，他的父亲是一名律师，在城里是个有钱也有一定地位的人；母亲是一位有修养的著名医生的女儿，但在司汤达七岁那年就去世了。"在深爱的母亲——用他自己的话说，他是怀着情人般的感情去爱她的——去世后，他就由自己的父亲和姨妈抚养。他的父亲严厉且拘谨，姨妈则既严厉又虔诚，他很讨厌他们"[2]。正因如此，司汤达年过半百时，还对童年时期所受到的管制耿耿于怀。

司汤达年轻时有两个目标，一是成为一名优秀的戏剧诗人，

---

[1] 毛姆：《阅读是一座随身携带的避难所：毛姆读书随笔》，罗长利译，北京联合出版公司，2017年，第67页。
[2] 毛姆：《阅读是一座随身携带的避难所：毛姆读书随笔》，罗长利译，北京联合出版公司，2017年，第59页。

二是成为伟大的情人。但毛姆完全否认了司汤达的目标,他说司汤达不但缺乏构思剧情的才能,而且其貌不扬。司汤达个头矮小,身子粗壮;嘴唇很薄,宽大的鼻子十分突出;手脚极小,有着一头黑色的鬈发,皮肤还很细腻。除此之外,他还有点儿口吃,所以不善交际,显得胆怯而笨拙。司汤达深知自己相貌丑陋,为了掩盖这个缺点,他特意打扮得优雅入时,但这种勉强维护的时尚总会遭人诟病。

司汤达是一个很古怪的人。他的性格比大多数人的要矛盾得多。毛姆也从未想过,在同一个人的身上,居然可以同时有着相互矛盾的特性。毛姆认为司汤达感情丰富、才华横溢,但缺乏自信且有些狭隘;工作起来十分勤奋,面对危险镇定勇敢,但也严厉无情,虚荣得近乎愚蠢;纵情酒色却毫无情趣,放浪形骸却毫无激情;具有情欲,但并不怎么性感;擅长高谈阔论,但不善于赢得女人的欢心。毛姆是这样调侃司汤达的:人们在发现一些司汤达写给某位情妇的十分露骨的信件之前,普遍怀疑他阳痿。

司汤达一生中追求过很多个女人,但均没有获得完满的结局。"我没有足够的篇幅详谈司汤达一生中的多次恋爱事件,只能挑其中的两三件来说,以期让读者更好地了解他的性格"[1]。在三十六岁时,司汤达第一次倾心于一位名门女士。爱慕了对方足足五个月后才敢开口表白,对方却让司汤达吃了个闭门羹。在五十一岁时,司汤达向一位出身并不高的年轻女士求婚,同样惨遭拒绝,这使他倍感屈辱。为了弥补自己的遗憾,司汤达便一股

---

[1] 毛姆:《阅读是一座随身携带的避难所:毛姆读书随笔》,罗长利译,北京联合出版公司,2017年,第62页。

脑儿地将自己所拥有的特质安装在小说的主人公身上,还增加了许多自己所艳羡的优点。《红与黑》中的于连就是他所塑造的他自己一直想成为却又无法成为的那种男人,小说中的所有女人都为他神魂颠倒。

> 他终其一生都在追求快乐,却从来没有领悟到,只有在不刻意追求的时候,才会真正得到快乐;而且,也只有在失去的时候,才能明白快乐的意义。任何人都不太可能说"我很快乐";而只能说"我曾经快乐过"。这是因为快乐并非福利、满足、安逸、愉悦、享受:所有这些都能让人快乐,但它们本身并非快乐。[1]

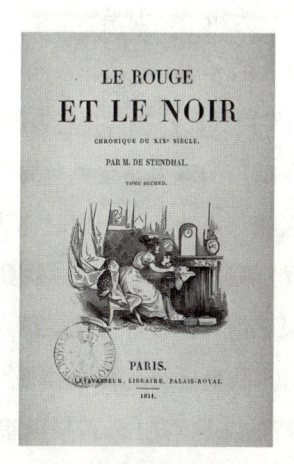

1831年法文版《红与黑》

---

[1] 毛姆:《巨匠与杰作:毛姆文集》,李锋译,上海译文出版社,2013年,第106页。

三、毛姆眼中的查尔斯·狄更斯
——复杂的私生活反倒成了写作素材

毛姆对查尔斯·狄更斯的外貌曾给出过这样的描述：他个头儿不高，但相貌非凡，举止优雅。他始终带有几分纨绔子弟的气息，年轻时喜好花哨的天鹅绒外套、色彩艳丽的领饰与白色的礼帽，不过这样的穿搭从未达到他预期的效果，人们对他的装束感到讶异甚至震惊，并且认为狄更斯的穿搭与为人大相径庭。尽管人们总是嫌他衣着花哨、行为粗俗，但是他的相貌、眼神、过人的才华、旺盛的精力，还有爽朗的笑声，总归是富有魅力的。

查尔斯·狄更斯

毛姆说这种难以抵挡的魅力是狄更斯的"资本"。狄更斯这一生曾与好几个女人暧昧不清。二十岁时，狄更斯爱上了一位银行经理的女儿——玛丽亚·比德奈尔。他真心爱着玛丽亚，但玛丽亚却并未将这段感情当回事。因此，两人的感情在两年后无疾而终。二十四岁时，狄更斯与凯特·霍格斯结婚，在度过蜜月后，狄更斯却对凯特的妹妹玛丽·霍格斯暗生情愫。在凯特因怀孕而不在他身边时，他更是整日和玛丽待在一起。后来玛丽突发疾病不治身亡，狄更斯还在日记中缅怀过她。三十岁时，狄更斯与凯特二人去美国访问，便把四个孩子托给凯特的妹妹乔治娜照看。夫妇二人回国后，更是请乔治娜与他们同住。乔治娜和玛丽长得十分相像，所以某种意义上，狄更斯在乔治娜的身上看到了玛丽。后来在意大利居住的一年中，狄更斯还认识了一位贵妇人，即德·拉·赫伊夫人，并与她相谈甚欢。四十五岁时，狄更斯在排演戏剧时认识了一位名叫爱伦·泰尔兰的年轻女演员，甚至发生了把送给爱伦的项链误送到了他妻子那里的尴尬事件。最终，狄更斯选择与妻子分居。毛姆也直言不讳地评价：关于狄更斯私生活的流言蜚语早已将狄更斯弄得焦头烂额。

> 在以上关于狄更斯生平的描述中，我并没有提及他为社会改革领域所做出的卓有成效的努力，亦未提及他对穷人、被压迫人群的同情和帮助。我只是尽可能地探讨他的私人生活，这是因为，在我的观点中，只有当你对他的私人生活感到好奇时，你才会对我向你推荐的小说——《大卫·科波菲尔》感兴趣，因为从很大程度上来看，它是一部个人传记。[1]

在毛姆眼中，狄更斯的私人生活越复杂，他的创作材料就越丰富。《大卫·科波菲尔》中威尔金斯·米考伯先生的原型便是狄更斯的父亲；朵拉·斯彭洛和阿格尼丝的原型是前面提到的玛丽亚和乔治娜。后来，玛丽亚和狄更斯在分手许多年后得以重逢，时过境迁，此时狄更斯早已成为声名赫赫的小说家，而玛丽

---

[1] 毛姆：《阅读是一座随身携带的避难所：毛姆读书随笔》，罗长利译，北京联合出版公司，2017年，第49页。

亚却成了一个肥胖、平庸、愚鲁的家庭主妇。于是，狄更斯再一次将自己的初恋写进了小说，参考玛丽亚这时的形象，狄更斯写出了《小杜丽》中的芙洛拉·费因钦。尽管狄更斯在描写上流社会生活时塑造出的人物并不十分真实可信，不过毛姆认为这并无所谓，毕竟书里还有许多其他鲜活丰满、具有个性的人物。他们纵然并不十分真实，但贵在富有生气。

《大卫·科波菲尔》
1849年连载封面

四、毛姆眼中的巴尔扎克——挥霍无度的文学天才

毛姆在评价巴尔扎克的《高老头》时，顺带评价了巴尔扎克其人。

刚成名的巴尔扎克正值壮年，他虽然个子矮，但体格结实，显得十分魁梧，不会给人留下矮小的印象。他的脖子粗而白皙，同红润的脸盘形成鲜明的对比；他的额头很高，眉毛很突出，鼻孔很大，嘴唇很厚。头发乌黑浓密，一般梳在脑后，就像雄狮的鬃毛。他那双带点儿金色的褐色眼睛炯炯有神，十分摄人心

巴尔扎克

魄。他活泼直率、亲切温和且充满了活力，仅仅是同他相处，就能让你心情畅快。他的手小巧白皙，肉嘟嘟的，指甲呈现健康的血色。如果你是在白天看见他，可能会发现他穿着破旧的外套，戴着破旧的帽子，裤子上满是泥点，皮鞋也很脏。可若是在晚间的聚会上看见他，他又会摇身一变，变得光鲜亮丽，穿着镶嵌着金色纽扣的蓝色外套、黑色的裤子、白色的马甲、黑色的网眼丝袜、上等的皮鞋，手上还套上了精致的亚麻黄手套。

写作期间，巴尔扎克过着简单却极其规律的生活。毛姆说他吃过晚饭不久就上床睡觉，用人会在凌晨一点钟把他叫醒。起床后，巴尔扎克会披上洁白无瑕的长袍，因为他声称写作的时候应当穿没有污痕的衣服。而后，巴尔扎克会点上蜡烛，一杯接一杯地喝黑咖啡提神，用羽毛笔写作。写到早晨七点，他就会停笔，洗澡，躺下休息。在八九点钟的时候，出版商会给他带来校样并取走他新写的手稿。然后巴尔扎克又投入新一轮工作当中，直到中午时分。他的午饭就是几个水煮蛋，再配上水或咖啡。吃完午饭后他会持续工作到晚上六点，晚饭也很简单，但巴尔扎克在吃晚饭时会喝一点儿白葡萄酒。巴尔扎克会在吃过晚饭后的这段时间接待朋友们的来访，然而与他们简单交谈一会儿之后，他就要上床睡觉了。他独自一人的时候饮食颇为有度，可与他人一起进食的时候却是狼吞虎咽。

有一位巴尔扎克的出版商声称，他曾在一顿饭上看到巴尔扎克贪婪地吞下一百个牡蛎、十二个炸肉饼、一只鸭子、一对鹌鹑、一条舌鳎[1]、许多糖果，还有十几只梨。难怪他很快就变得肥头大耳、大腹便便。加瓦尔尼[2]说他吃起饭来活像一头肥猪。他的吃相的确不雅：他喜欢用刀而不愿用叉倒没有让我不快，我敢肯定路易十四也是这样，但巴尔扎克用餐巾擤鼻涕的习惯就实在令我恶心了。[3]

据毛姆描述，巴尔扎克跟编辑还有出版商的故事，实在又长又臭又无聊。巴尔扎克会三番五次地修改自己的手稿，最后交给出版商的手稿往往被涂改得一塌糊涂，不仅难以辨认，而且增加成本，这常常导致他和出版商之间产生激烈的争吵。此外，巴尔扎克经常信誓旦旦地说某个日期前一定交稿，并借此要求出版商预支稿费；但又由于出现别的可以赚现钱的机会，他便会把匆匆写就的稿子交给另一家出版商。这番操作导致巴尔扎克经常被起诉，他便不得不四处借钱来支付诉讼费和赔偿金，这增加了他本已沉重的负债。巴尔扎克每次一拿到预支稿费，就会马上搬进豪华公寓，他的家富丽堂皇，但是毫无品位。他会购置一辆马车和两匹好马，还会雇一名马夫、一名厨师和一个男仆。不仅如此，他还要给自己购置衣物，同时给马夫配号衣。巴尔扎克为了撑起这种排场，除了向出版商预支稿费，还向自己的妹妹、朋友借

---

[1] 硬骨鱼纲舌鳎科鱼类的统称。比目鱼的一类。
[2] 保罗·加瓦尔尼（Paul Gavarni，1804—1866），真名谢瓦利埃，法国版画家、油画家。约在1831年开始发表描绘日常生活场面的作品，因巴尔扎克等作家的赞扬而获得名望。
[3] 毛姆：《巨匠与杰作：毛姆文集》，李锋译，上海译文出版社，2013年，第136页。

钱，不断地签账单以维持奢靡的生活。有时候债主逼得紧了，他就抵押、变卖家具。毛姆犀利地说巴尔扎克当时已经到了无可救药且不顾廉耻的地步，但他才华横溢，让人钦佩不已，所以他的朋友们也自愿慷慨解囊。巴尔扎克还有向女人借钱的手段。他全然不顾及绅士风度，从女人手里借钱的时候，看不出他有一丁点儿顾虑。

1897年版《高老头》插图

但毛姆认为颇为有趣的是，巴尔扎克只有处在上述情况时才能专注于写作，财务危机反而迫使他写出了最好的作品。虽然巴尔扎克的小说没有《战争与和平》的波澜壮阔，没有《卡拉马佐夫兄弟》的撼人心魄，但是巴尔扎克的伟大之处不在于某一部作品，而在于他惊人的鸿篇巨制。读者在巴尔扎克的每一部作品中都可以看到震撼人心的场面，还有许多引人入胜的故事情节。他具有非凡的创造力与构建能力，笔下涉及的领域囊括其时代的整个生活，其代表作《人间喜剧》可谓写尽世间百态。

五、毛姆眼中的陀思妥耶夫斯基
——简直虚荣到了让人无法容忍的地步

陀思妥耶夫斯基直到生命的最后几年，还欠着一屁股债。他挥霍无度，即使生活已经令他陷入绝望，也绝不改掉花钱大手大脚的毛病。为其作传的一位作家曾表示陀思妥耶夫斯基的不自信在一定程度上是造成他胡乱花钱的罪魁祸首，因为挥霍可以给他带来一时的强大感，由此满足他过度的虚荣心。在以后的岁月，陀思妥耶夫斯基也由于这一恶习而屡陷困境。

陀思妥耶夫斯基

我在讲述陀思妥耶夫斯基生平的时候尽量没有加以评论。他给人的印象是这个人极其不讨人喜欢。虚荣是艺术家的通病，作家、画家、音乐家、演员都不能幸免，但陀思妥耶夫斯基的虚荣心令人发指。他似乎从来都没有想过，别人听到他滔滔不绝地谈论自己、谈论自己的作品时会感到厌烦。也许这是必然吧，和虚荣心相辅相成的，就是缺乏自信，也就是如今所说的自卑情结。或许正是因为这种心理，他才如此毫不掩饰地表示看不起同辈作家。[1]

---

1 参见《白痴》"三个圈独家文学手册"，江苏凤凰文艺出版社，2023年，第730页。

寻欢作乐

可是他的性格特点并不只是这些。其实他也富有同情心，有一颗爱人之心，也渴望得到他人之爱。这种复杂的性格融合在陀思妥耶夫斯基身上，在创作中表现出来。

> 陀思妥耶夫斯基虚荣、嫉妒、好辩、多疑、懦弱、自私、爱吹牛、靠不住、不体贴、眼界低、气量小。简而言之，他这个人面目可憎。然而，这并不是完整的故事。否则，很难想象他能够创造出阿辽沙·卡拉马佐夫这样一个几乎称得上所有小说中最迷人的人物，也很难想象他能够创造出圣人般的佐西马神父。……我想不出还有哪个人的为人和作品之间的对立会超过陀思妥耶夫斯基。大概这种对立在每一个具有创造力的艺术家身上都存在，只不过在作家身上表现得更为明显，因为作家的媒介是文字，他们的行为和思想之间的矛盾会更令人震惊。也许创造的天赋在童年和少年时期是一种正常的能力，要是创造力过了青春期仍然存在，那就成了一种病。如果要茁壮成长，就必须要以正常的人类品质作为代价，就好比甜瓜施了粪肥更甜，这种能力只有在混杂着劣迹的土壤里才会变得生机勃勃。陀思妥耶夫斯基能跻身世界一流小说家之列，是因为其惊人的创意；而这样的创意并非来自他身上的善，而是来自他身上的恶。[1]

---

[1] 参见《白痴》"三个圈独家文学手册"，江苏凤凰文艺出版社，2023年，第734—735页。

六、其他文豪也被毛姆"扒得一丝不挂"

毛姆说，托尔斯泰也和可怜的司汤达一样，寄希望于用时髦的穿着来弥补相貌上的丑陋。托尔斯泰幼时就父母双亡，爱赌博，喝酒也是毫无节制，为了还赌债甚至卖掉了部分从父亲那里继承来的家产。毛姆曾说托尔斯泰性情上的一大特点，就是他能够满怀热情地开始一项新的事业，但迟早又会厌烦。他缺乏一种坚韧持久的沉稳品质。

列夫·托尔斯泰

毛姆说，福楼拜感情丰富、富于想象，但始终有种厌世情绪，这可能与他在十九岁时就已有某种精神疾病有关。也正因如此，福楼拜敏感且易怒，对他人的作品挑剔万分，而当别人批评自己的作品时，福楼拜立刻会愤怒地将这种批评归结为他人的嫉妒。

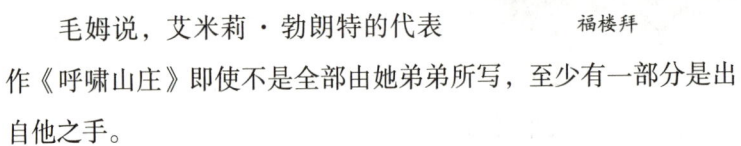

福楼拜

毛姆说，艾米莉·勃朗特的代表作《呼啸山庄》即使不是全部由她弟弟所写，至少有一部分是出自他之手。

毛姆说，当安德烈·纪德发现妻子把自己写给她的情书都烧了以后，哭了整整一个星期，因为他把这些信看成是自己文学成就的巅峰，亦是自己能够获得后人注意的主要资本。

毛姆说，塞万提斯写东西主要是为了挣钱，所以会把很多小故事插在《堂吉诃德》里充数，以增加收入。

……

毛姆犀利地评价诸多大文豪其人其作，同时本人也遭到批评家的"攻击"，面对这些评价，他自嘲道：

> 我二十几岁的时候，批评家说我野蛮，三十几岁的时候他们说我轻浮，四十几岁的时候他们说我愤世嫉俗，五十几岁的时候他们说我能干，现在我六十几岁了，他们说我浅薄。[1]

但不可否认的是，遭人诟病的毒舌与八卦，正是毛姆的闪光之处。

1　毛姆：《总结：毛姆写作生活回忆》，孙戈译，译林出版社，2012年，第208页。

欢迎您从《寻欢作乐》走进
读客三个圈经典文库

亲爱的读者，感谢您选择读客三个圈经典文库。

我们的封面统一使用"三个圈"的设计，读者可以凭借封面上形式各异的"三个圈"找到我们，走进经典的世界。

你想成为什么样的人？

对你来说什么是重要的？

这个世界应该是什么样子？

我们在生命中遇到的这些问题，或许可以在浩如烟海的文学经典中找到答案。

跟随读客三个圈经典文库，认识世界、塑造自我，成为更好的人！

《漫长的告别》 　《西西弗神话》 　《人间失格》 　《人类群星闪耀时》 　《鼠疫》

《小王子三部曲》 　《局外人》 　《月亮与六便士》 　《基督山伯爵》 　《罗生门》

读客三个圈经典文库

精神成长树

你想成为什么样的人?
对你来说什么是重要的?
这个世界应该是什么样子?

我们在生命中遇到的问题,每个时空的人都经历过,一些伟大的人留下一些伟大作品,流传下来,就成了经典。正是这些经典,共同塑造并丰富着人类的精神世界。

我们重新梳理了浩若烟海的文学经典,为您制作了精神成长树。跟随读客三个圈经典文库,汲取大师与巨匠淬炼的精神力量,完成你自己的精神成长!

树干:

不同的精神成长主题,您可以挑选任意感兴趣的主题进行深入阅读

例如:
寻找人生意义
探索自己的内心
拥有强大意志力
理解复杂的人性
…………

枝丫上的果实:

我们为您精选的经典文学作品

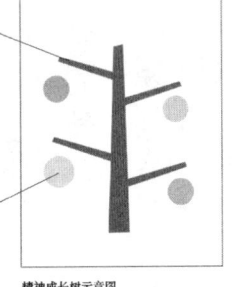

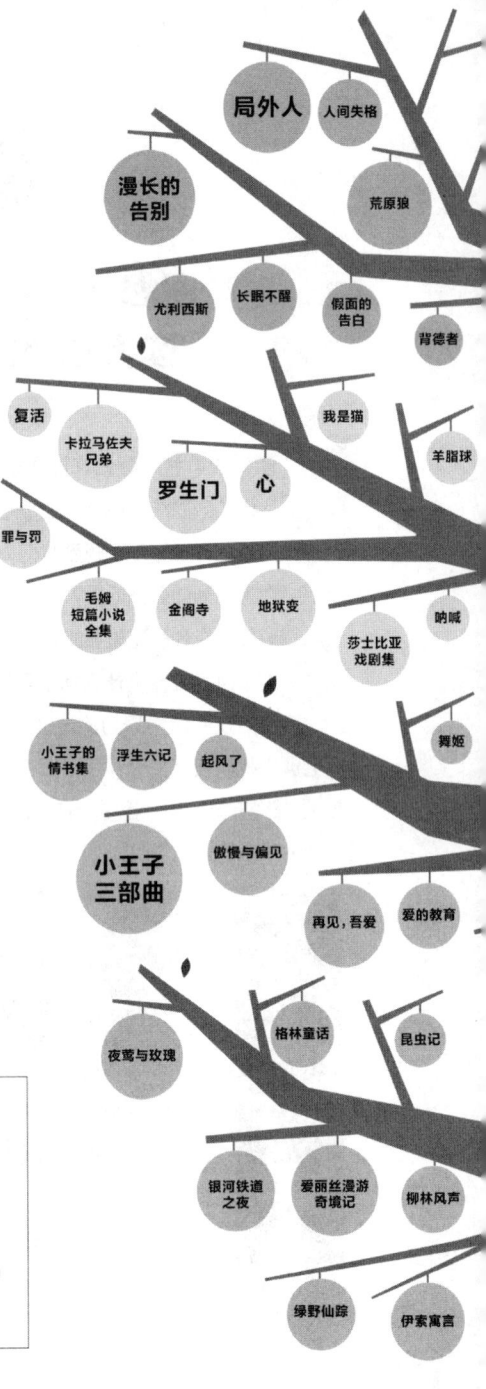

精神成长树示意图

局外人 人间失格 漫长的告别 荒原狼 尤利西斯 长眠不醒 假面的告白 背德者 复活 卡拉马佐夫兄弟 罗生门 心 我是猫 羊脂球 罪与罚 毛姆短篇小说全集 金阁寺 地狱变 呐喊 莎士比亚戏剧集 舞姬 小王子的情书集 浮生六记 起风了 小王子三部曲 傲慢与偏见 再见,吾爱 爱的教育 夜莺与玫瑰 格林童话 昆虫记 银河铁道之夜 爱丽丝漫游奇境记 柳林风声 绿野仙踪 伊索寓言

阅读之树

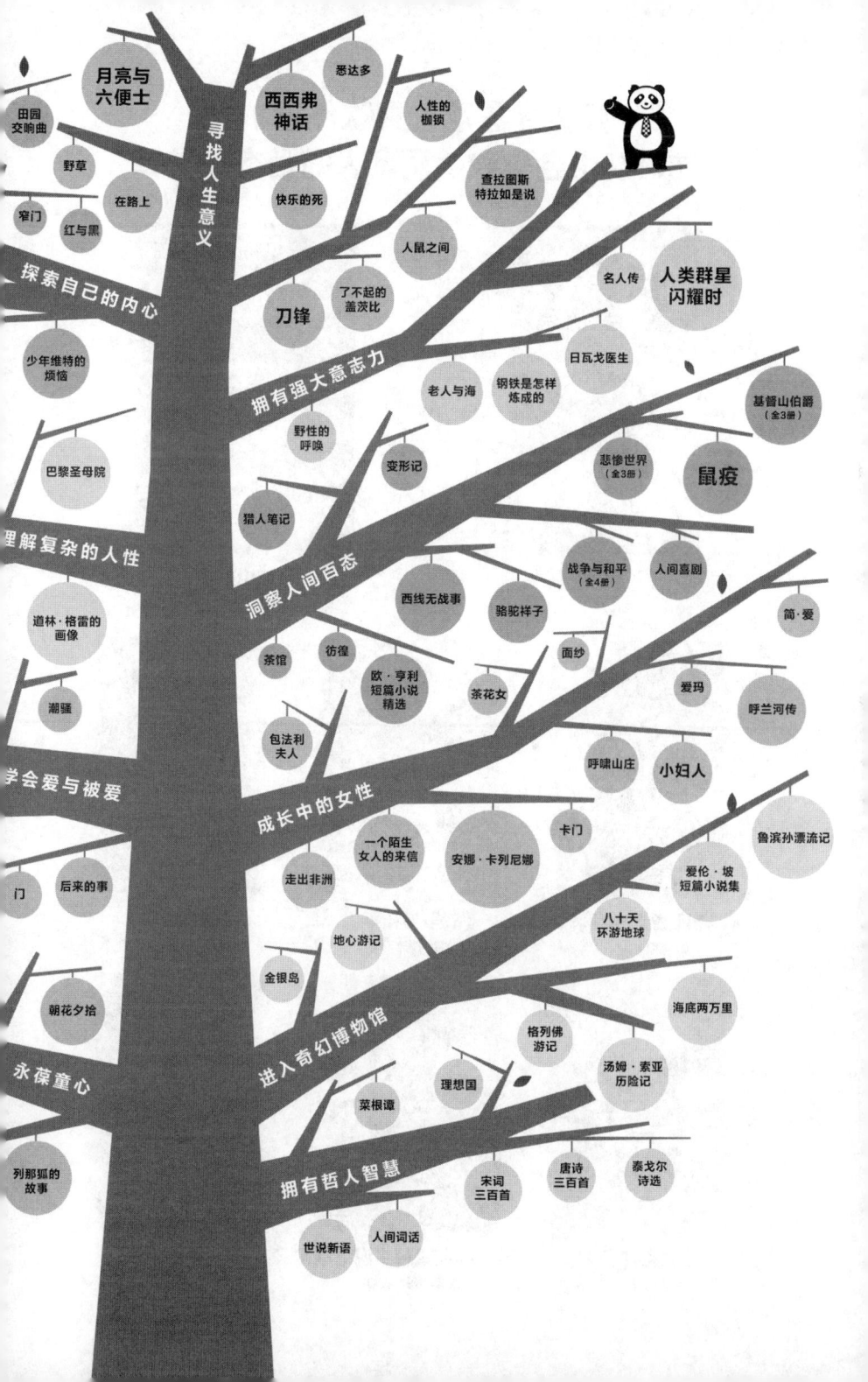

寻找人生意义
- 月亮与六便士
- 西西弗神话
- 悉达多
- 人性的枷锁
- 查拉图斯特拉如是说
- 快乐的死
- 人鼠之间
- 了不起的盖茨比
- 刀锋

探索自己的内心
- 田园交响曲
- 野草
- 在路上
- 窄门
- 红与黑
- 少年维特的烦恼
- 巴黎圣母院

拥有强大意志力
- 名人传
- 人类群星闪耀时
- 日瓦戈医生
- 老人与海
- 钢铁是怎样炼成的
- 基督山伯爵（全3册）
- 野性的呼唤
- 变形记
- 悲惨世界（全3册）
- 鼠疫
- 猎人笔记

理解复杂的人性
- 道林·格雷的画像
- 潮骚

洞察人间百态
- 战争与和平（全4册）
- 人间喜剧
- 西线无战事
- 骆驼祥子
- 简·爱
- 茶馆
- 彷徨
- 面纱
- 欧·亨利短篇小说精选
- 茶花女
- 爱玛
- 呼兰河传
- 包法利夫人
- 呼啸山庄
- 小妇人

学会爱与被爱
- 门
- 后来的事
- 朝花夕拾

成长中的女性
- 一个陌生女人的来信
- 安娜·卡列尼娜
- 卡门
- 鲁滨孙漂流记
- 走出非洲
- 爱伦·坡短篇小说集
- 地心游记
- 八十天环游地球
- 金银岛
- 海底两万里

进入奇幻博物馆
- 格列佛游记
- 汤姆·索亚历险记
- 菜根谭
- 理想国

永葆童心
- 列那狐的故事

拥有哲人智慧
- 宋词三百首
- 唐诗三百首
- 泰戈尔诗选
- 世说新语
- 人间词话

如果你喜欢《寻欢作乐》
你可能也会喜欢"洞察人间百态"书单

《鼠疫》
文库编号：080

《基督山伯爵》
文库编号：012

《西线无战事》
文库编号：162

《战争与和平》
文库编号：060

《悲惨世界》
文库编号：037

《骆驼祥子》
文库编号：159

《欧·亨利短篇小说精选》
文库编号：090

《变形记》
文库编号：102